ライアー・ライアー 13
嘘つき転校生は
最悪の仲間たちと騙し合います。

久追遥希

篠原緋呂斗（しのはら・ひろと）　**7ツ星**
学園島最強の7ツ星（偽）となった英明学園の転校生。目的のため嘘を承知で頂点に君臨。

姫路白雪（ひめじ・しらゆき）　**5ツ星**
完全無欠のイカサマチートメイド。カンパニーを率いて緋呂斗を補佐する。

彩園寺更紗（さいおんじ・さらさ）　**6ツ星**
最強の偽お嬢様。本名は朱羽莉奈。《女帝》の異名を持ち緋呂斗とは共犯関係。桜花学園所属。

秋月乃愛（あきづき・のあ）**6ツ星**
英明の《小悪魔》。あざと可愛い見た目に反し戦い方は悪辣。緋呂斗を慕う。

榎本進司（えのもと・しんじ）**6ツ星**
英明学園の生徒会長。《千里眼》と呼ばれる実力者。七瀬とは幼馴染み。

浅宮七瀬（あさみや・ななせ）**6ツ星**
英明6ツ星トリオの一人。運動神経抜群な美人ギャル。進司と張り合う。

水上摩理（みなかみ・まり）**5ツ星**
まっすぐな性格で嘘が嫌いな英明学園1年生。姉は英明の隠れた実力者・真由。

皆実雫（みなみ・しずく）**6ツ星**
聖ロザリア所属の2年生。実力を隠していたが、緋呂斗に刺激を受け覚醒。

枢木千梨（くるるぎ・せんり）**6ツ星**
栗花落女子学園所属。「決闘で会ったら逃げろ」の最強系女子。

阿久津雅（あくつ・みやび）**6ツ星**
彗星学園の真の実力者。《ヘキサグラム》に見切りをつけ、現在は《アルビオン》の一員に。

越智春虎（おち・はるとら）**6ツ星**
七番区森羅高等学校所属の《アルビオン》のリーダー。霧谷らと共に緋呂斗の前に立ちはだかる。

奈切来火（なきり・らいか）**6ツ星**
少数精鋭の天音坂学園のトップ。ファントムこと竜胆戒は従弟。

泉小夜（いずみ・さよ）**4ツ星**
桜花学園所属。姉の夜空と彩園寺家の「影の守護者」を担う。

口絵・本文イラスト：konomi（きのこのみ）

第一章　反撃開始

liar liar

＃

「――お待たせしました、ご主人様。こちら、食後の紅茶になります」

「ああ、ありがとな。ちょうど欲しかったんだ」

「それは良かったです。こちらにお砂糖も用意していますので好きなだけどうぞ。ところで……ご主人様、肩が凝ってはいませんか？」

「え？　や、別に凝ってないと思うけど……」

「いえいえ。一ヶ月《いっかげつ》も地下にいたのですから、身体《からだ》が固まってしまっているに違いありません。ここは、専属メイドであるわたしがマッサージをさせていただきます」

「!?　ぅおっ……」

「いかがでしょうか？　……もしかして、あまり気持ちよくないですか？」

「い、いや、気持ちいいけど……でも、何で急にこんなことしてくれるんだよ？」

「急にではなく、いつも通りのご奉仕です。いつも通りですので……他にして欲しいことがあれば何でも言ってくださいね、ご主人様？」

「っ……」

不意に耳元で囁《ささや》かれた言葉にドキッとして、思わず唾を呑《の》み込む俺。

一月三十日、月曜日の夜――およそ一ヶ月《いっかげつ》ぶりに地上へ帰ってきた俺は、看守ＡＩなどではなく本物の銀髪メイド・姫路白雪《ひめじしらゆき》から極上の奉仕を受けていた。

……いや、その表現だと少し語弊が生まれてしまうか。幼い頃からメイド関連のノウハウを叩《たた》き込《こ》まれて育ったという彼女は、そもそも従者として完璧だ。家事も補佐も細やかな気遣いも、平常時から常に〝極上〟の評価を下していい。

「……ふふっ」

けれど、今日の彼女はいつにも増してぐいぐい来るというか、平たく言えば〝手厚すぎるサポート〟を実現してくれていた。たとえば今は椅子に座った俺の背後に回り、白い手袋を装着したまま肩揉《かたも》みをしてくれているのだが……何というか、やはり〝接触〟というのは心臓に悪い。布越しにほのかな体温を感じるだけでなく、当の姫路が時折『いかがですか？』と言わんばかりに顔を覗《のぞ》き込んでくるので一瞬たりとも油断できない。

さらに、伏兵は姫路だけというわけじゃなかった。

「えへへ……ねえお兄ちゃん、今日からはずっとお家にいるの？　もう家出はおしまい？」

「別に家出してたわけじゃないんだけどな……まあでも、とりあえずその予定だよ」

「そうなんだ！　ってことは、わたしとゲームもできる？　いっぱい遊んでも大丈夫？」

「ああ。イベント戦に影響が出ない範囲ならいくらでも、な」

「わぁい、やった～!!　お兄ちゃん、大好き!!」

先ほどからずっと膝の上に乗っていたゴスロリドレスの天才中学生・椎名紬《しいなつむぎ》が、さらさらの黒髪を揺らしながらこちらを見上げ、ぱぁっと満面の笑みを浮かべる。

そう。彼女は彼女で、俺が帰ってくるなり片手で制服の裾にしがみつき、リビングへ移動してからも膝の上に陣取って譲らないという強硬なスタイルを取っていた。小柄なため重さが気になるようなことはないが、完全にゼロ距離なのでどうしても——いくら相手が中学生の椎名でも——感触やら匂いやらがダイレクトに伝わってきてしまう。

両手に花、もとい〝前後に花〟とでも呼ぶべき異様な状況。

それに色々な意味で耐えかねた俺は、対面の席の女性にヘルプを求めることにした。

「えっと……あの、加賀谷《かがや》さん。これって、どうにかなりませんかね……？」

「んぇ？」

お気に入りのティーカップから顔を離し、ほんのりと白く曇った眼鏡《めがね》のレンズ越しにこちらを見つめてきたのは加賀谷さんだ。相変わらずボサボサ髪の彼女は俺の後ろと膝の上を交互に眺めると、ニマリと笑みを浮かべて揶揄《やゆ》するように続ける。

「にひひ……何それ、モテすぎて困っちゃうってこと？　さっすがヒロきゅんだねん」

「違いますってば。そうじゃなくて、ほら、作戦会議とか……」

得心してくれたのかどうなのか、ともかく「あ～」と適当な相槌《あいづち》を打つ加賀谷さん。

繰り返しになるが、今日の日付は一月三十日月曜日——三学期のほぼ全てを使って行われる〝期末総力戦〟の真っ最中だ。ちょっとした、否《いな》、ちょっとしていない事情で参加が遅れた俺は、今から必死で他のプレイヤーに追い付かなければならない。

けれど加賀谷《かがや》さんは片手で頬杖《ほおづえ》を突きながら、緩い声音とノリで言葉を継ぐ。

「ま、明日《あした》の朝までにルールを把握しておけばいいんでしょ？　それならまだ焦《あせ》んなくて大丈夫だって。ヒロきゅん合流のためにおねーさんも色々と準備してるから」

「それは、ありがたいですけど……」

「うむ、感謝したまえ。……っていうか、理由はどうあれ久々の帰宅なんだからさ。ヒロきゅんには、みんなからの〝お帰り攻撃〟を受け入れる義務があると思うよん？」

おどけたような言い方で諭されて、俺は思わず「う……」と黙り込む。

が——まあ、確かに加賀谷さんの言う通りだ。状況を考えれば一月中の帰還というのは圧倒的に〝最速〟のはずだが、それはあくまで俺目線での話。地上で待っていてくれた姫《ひめ》路《じ》や椎名《しいな》からすれば意味不明なくらいに途方もない時間だったことだろう。

（っていうか……）

正直な気持ちを明かすなら、俺だって胸がいっぱいだ。

ここへ帰ってこられなかった一ヶ月《いっかげつ》ばかりの間、何度姫路のことを夢に見たか分からない。椎名がいてくれたら、と寂しさを感じたことだって何度もある。もっと言えば、加賀谷さんの惚《とぼ》けた声が聞きたくなって右耳に指を遣《や》ってしまったことだってある。

ただ、それを明確な言葉にするのは少しだけ気恥ずかしいから。

だから俺は、みんなに聞こえるか聞こえないかくらいの声音で小さく零《こぼ》すことにした。

「――……ただいま」

＃

加賀谷さん命名の〝お帰り攻撃〟は、その後二時間ほどで一旦の終息を見せた。

姫路は相変わらず俺のすぐ隣にぴったりと椅子を寄せ、椎名は膝の上でパタパタと足を揺らしているため見た目的にはほとんど変わっていないのだが、時間が夜に差し掛かってきたということもあり、そろそろ〝本題〟に入ろうという空気になっている。

――本題。

そもそも、どうして俺がこれほどの大歓迎を受けているのかと言えば、既に話題にも上がっている通り、俺がしばらくこの家に帰ってきていなかったからだ。期間にして約一ヶ月。旅行にしても家出にしても、さすがにちょっと長すぎる。

まあ、それもそのはずだろう。何しろ俺は〝誘拐〟されていたんだから。

……比喩でも誇張でも何でもなく、イメージ通りの誘拐だ。クリスマスの数日後に道端でスタンガンを押し当てられ、そのまま学園島《アカデミー》地下に広がる〝牢獄《ろうごく》〟へ押し込められるという、現代日本にあるまじき過酷な体験をさせられていた。さらに言えばその牢獄《ろうごく》とやらが巨大な《決闘《ゲーム》》のフィールドになっており、どうにか脱獄するべくつい半日前まで必死でそいつを攻略していた、というのが一連の経緯だったりする。

では、どうして俺が誘拐なんてされる羽目になっていたのか？

それは、誘拐犯——彩園寺家の影の守護者こと泉夜空と小夜の姉妹が、俺をとある《決闘》に参加させないためだった。既に六つの色付き星《ユニークスター》を持ち、８ツ星昇格戦にリーチを掛けている俺が、万が一にも〝七色持ち《オールカラー》の７ツ星〟になってしまうのを防ぐため。

そして、その《決闘《ゲーム》》というのが——

「三学期大型イベント〝期末総力戦〟……まずは間に合って良かったねん、ヒロきゅん？」

「ですね……」

ノートPCやらタブレットやらを広げて準備万端の加賀谷《かがや》さんにそんな話を振られ、俺は神妙に頷《うなず》いた。直後、隣の姫路《ひめじ》が白銀の髪を揺らして補足するように口を開く。

「学園島《アカデミー》の〝期末総力戦〟は三学期を丸ごと使って開催される、年間で最も大規模な《決闘《ゲーム》》です。参加自体は任意ですが、派手に星が動くこと、また優勝賞品が〝青〟の色付き星であることから、全生徒の99％以上がエントリーしているようですね」

「ああ……何しろ〝総力戦〟だもんな」

「はい。ただし帰省や外部受験等の兼ね合いで、例年《決闘《ゲーム》》の開始日程より後ろに〝追加エントリー受付期間〟が設けられます。その締め切りが一月いっぱい……つまり、明日まで。ご主人様は先ほど参加申請《エントリー》を済ませていますので、まさしくギリギリセーフです」

「うむうむ。話を聞く限り地下の《決闘《ゲーム》》も結構ヤバかったみたいだし、この滑り込みはかなりのお手柄だねん。さっすがヒロきゅん！」

「ん……まあ、エントリーが間に合ったのは良かったですけど」

人差し指で軽く頰《ほお》を掻《か》きながら、溜《た》め息《いき》交じりに続ける俺。

「……〝期末総力戦《こっち》〟もかなりマズい状況だってのは何となく分かってます」

「あ～……ま、そうだねん。ちょっとは覚悟して聞いてもらわないと、って感じかな」

苦笑と共に零《こぼ》された加賀谷さんの前置きに、俺は真剣な顔でごくりと一つ唾を吞《の》む。

――と、

「大丈夫だよ、お兄ちゃん？」

そこで明るい声を発したのは、相変わらず俺に抱きかかえられる格好の椎名《しいな》だった。彼女はくるりと上半身を捻《ひね》って漆黒と深紅のオッドアイを俺の方へ向けると、さらさらの黒髪をリズミカルに揺らしながら純度１００％の笑顔で告げてくる。

「お兄ちゃんは最強の魔王であるわたしのライバルだから、こんな逆境《ピンチ》くらい簡単に乗り越えられるもん。わたしの【魔眼】がそう言ってるから大安心！」

「――……そっか、そいつは心強いな」

「わにゃっ……えへへぇ」

感謝と共にポンっと頭に片手を乗せてやると、椎名《しいな》は途端にふにゃっと相好を崩す。

その後、改めて視線を持ち上げた俺は、頼れる仲間たちの顔を順に見つめてこう言った。

「それじゃあ……早速だけど、俺に〝期末総力戦〟のルールを片っ端から叩《たた》き込《こ》んでくれ」

学園島《アカデミー》内で最も規模の大きな《決闘《ゲーム》》こと期末総力戦──。

既に開始から三週間が経過している、俺だけが乗り遅れてしまった大型イベント。

「今年度の期末総力戦にて執り行われているのはPhantom thief Are Raiding Detective Over X (cross) road──通称《パラドックス《Paradox》》。簡単に言ってしまえば〝ケイドロ〟を魔改造したような、ルールの大規模《決闘《ゲーム》》です」

そんな切り口で説明を始めたのは姫路白雪《ひめじしらゆき》だ。澄んだ瞳で俺を見つめた彼女は、いつも通りの涼やかな声音で──とはいえやはり普段より近い距離で──言葉を継ぐ。

「まず、ご主人様はケイドロという遊びをご存知《ぞんじ》でしょうか？　地域によっては〝ドロケイ〟や〝助け鬼〟などと呼ぶこともあるようですが」

「ああ、知ってる。鬼ごっこの亜種みたいなやつだろ？　参加者を警察チームと泥棒チームの二つに分けて、警察は泥棒を捕まえると牢屋《ろうや》に入れることができる。逆に、泥棒は捕まった仲間にタッチすることで救出もできる……って感じのゲームだ」

「その認識で間違いありません。数ある鬼ごっこの進化版の中でもやけに戦略性が高いことでお馴染《なじ》みの、あのケイドロです」

白銀の髪をさらりと揺らして頷《うなず》く姫路。

「初めは大枠からお話しします、ご主人様――先ほど申し上げた通り、期末総力戦《パラドックス》はケイドロをモチーフにした学区対抗型の《決闘《ゲーム》》です。そしてケイドロであるからには、参加している全ての学区が二つの陣営に分かれなければなりません」

「？　まあ、そうだな」

「はい。それこそが【探偵】陣営と【怪盗】陣営、です」

そんなことを言いながら、姫路はテーブルの上の空間を手のひらで示してみせた。そこにはいつの間にか二つの投影画面が展開されており、それぞれに【探偵】と【怪盗】なるお洒落《しやれ》な題字《ロゴ》がイメージデザインと共にドンっと表示されている。

「へえ……警察と泥棒が【探偵】と【怪盗】の二陣営に変わってるわけか。……で？　魔改造っていうくらいだから、普通のケイドロとは違う部分が他にもあるんだろ？」

「その通りです、ご主人様。ケイドロはあくまでも下敷き《ベース》になっているだけですので」

微《かす》かに口元を緩めながら俺の言葉に同意する姫路。

「まず、最も大きく異なる点ですが――期末総力戦《パラドックス》では、毎週月曜日の朝に〝陣営選択会議〟が開催されます。場所は学園島《アカデミー》零番区。各学区から代表者が一名ずつ参加し、最大三十分の話し合い……もとい探り合いの末にその週の所属陣営を決定します」

「その週の所属陣営を……？　えっと、陣営ってのはさっきの【探偵】と【怪盗】のことだよな。ってことはつまり、それぞれの学区が【探偵】陣営になるのか【怪盗】陣営になるのかを自分で決められるのか？　しかも、それを毎週選び直せる……？」

「うん！　大正解だよ、お兄ちゃん！」

　思考を整理するために零《こぼ》した要領を得ない呟《つぶや》きに対し、花丸の採点を付けてくれたのは俺の膝に座っている椎名紬《しいなつむぎ》だった。ケルベロスのぬいぐるみ（ロイドという）を両手で抱きかかえた彼女は、足をパタパタとさせながら楽しげに語る。

「期末総力戦《パラドックス》では全学区が【探偵】と【怪盗】の二手に分かれて戦うんだけど、その陣営が固定じゃないの！　味方も敵もどんどんぐるぐる変わるから、協力したり利用したり裏切ったり裏切られたり……あのねあのね、すっごく楽しいの！」

「なるほどな……でもそれ、陣営の選び方は完全に自由なのか？　偏りとかは？」

「ふぇ？　かたより……って？」

「ああえっと、何ていうか、どっちかの陣営がめちゃくちゃ多くなったりしないのか？」

「あ、うん！　そういうのなら全然あるよ。だよね、メイドのお姉ちゃん？」

「そうですね。紬さんの言う通り、期末総力戦《パラドックス》では陣営選択の偏りが許容されます。極端なことを言えば、全二十の学区が一対十九に分かれたとしても《決闘》は続行となるのです。生存学区全てが同じ陣営を選んだ場合のみ仕切り直し、という仕様ですね」

　椎名の説明を補足するように涼しげな声を零す姫路《ひめじ》。

　それと同時、端末の投影画面上では加賀谷《かがや》さんが〝陣営選択〟の概要を落とし込んだアニメーションを再生してくれている。……均等に分かれる十対十から絶体絶命の一対十九まで、二つのグループにさえ分かれていれば本当に何でもいいようだ。そして陣営選択は毎週発生するため、今は【探偵】の学区も来週は【怪盗】になっているかもしれない。昨日の敵が今日の友になっているかもしれないし、その逆だって何も珍しくない。そして脱落する時は学区単位ではなく、陣営全体が一気に壊滅する。

「――つまり、期末総力戦《パラドックス》は協調と裏切りの《決闘》なのです」

　俺がそこまで思考を巡らせた辺りで、隣の姫路がそんな風にまとめながらピンと人差し指を立ててみせた。そうして彼女は、微《かす》かに間を作ってからこんなことを言う。

「そして、それを象徴するコマンドこそが……【スパイ】、ですね」

「……【スパイ】？　って、陣営は【探偵】と【怪盗】の二つじゃなかったのか？」

「いえ。ご主人様の認識通り、期末総力戦《パラドックス》に存在する陣営は二つだけです。ただし各学区には《決闘》の期間中に一度だけ、陣営選択会議で【スパイ】というコマンドを使用する権利が与えられます――これは、言ってしまえば〝裏切り機能〟のようなものですね。表面上は【探偵】陣営に所属しておきながら、その一週間に限ってはいつでも【怪盗】陣営に寝返ることができるのです。もちろん逆も然《しか》り、ですが」

「なるほど……そうなると、確かに〝裏切り〟の要素はかなり強くなりそうだな」

姫路《ひめじ》の言葉に得心して小さく頷《うなず》いてみせる俺。

「……それで？　やっぱり【探偵】は【怪盗】を全員捕まえたら勝ち、ってわけか？」

「大まかに言えばその通りですが、少しだけ補足させてくださいご主人様」

天井の照明を反射してキラキラと光る白銀の髪が、俺の目の前でさらりと揺れる。

「期末総力戦《パラドックス》において、二つの陣営に設定されているのは勝利条件ではなく〝敗北条件〟のみになります――たとえば【怪盗】陣営は、所属している全学区の全プレイヤーが【探偵】側に捕まった時点で敗北決定。ただし、この段階で直ちに《パラドックス》が終了するわけではありません。何せ、ここでは十九もの学区が【探偵】陣営に所属していてもおかしくないわけですから……それでは〝勝者〟が多すぎます」

「……まあ、それは確かに」

「はい。ですので、この場合は【怪盗】陣営に所属していた全ての学区が〝脱落〟となった上で、残った学区が再び陣営選択会議から《パラドックス》を再開するのです。こちらの〝陣営敗北〟自体は現時点でまだ一度も発生していませんが……ともかく、これを繰り返して最終的に生き残っていた一つの学区が期末総力戦の勝者となるわけですね」

一通りの説明を聞き終えた辺りで、俺は「ん……」と右手を口元へ遣《や》る。

【怪盗】陣営の〝敗北条件〟は全員が【探偵】に捕まること——ただ、それが満たされたからと言って即座に【探偵】側が《パラドックス》全体の勝者となるわけではなく、新たに陣営を組み直すところから《決闘《ゲーム》》を再開する。つまりは〝生き残り方式《サバイバル》〟だ。常に相手を蹴落とす側の陣営を選び続けない限り、最終的な勝利には辿《たど》り着けない。

括《くく》りとしてはこんな感じだ。

・《決闘《ゲーム》》冒頭（二十学区生存）→〝第一局面《フェイズワン》〟と呼称。現在はこの局面《フェイズ》。
・いずれかの陣営が敗北→〝第二局面《フェイズツー》〟へ移行。
・さらにいずれかの陣営が敗北→〝第三局面《フェイズスリー》〟へ移行（残り一学区になるまで繰り返し）。
・罰則：第二局面までに敗北した学区の所属プレイヤーは星を一つ喪失。
・報酬：第三局面以降は段階別に報酬設定／優勝学区の代表者には色付き星の青《ユニークスター・ブルー》を授与。

……と、まあここまでは分かるのだが。

「【怪盗】陣営は全員が【探偵】に捕まったら負けだとして……【探偵】陣営にも〝敗北条件〟なんてモノがあるのかよ？」

首を捻《ひね》って問い掛ける。一般的な〝ケイドロ〟の認識では、泥棒を根絶させれば勝利となる警察サイドと違って、逃げるだけの泥棒サイドに勝利条件など存在しないはずだ。

「にひひ……ヒロきゅんがそう言うと思って、ねん！」

そんな俺の質問に応えてくれたのは加賀谷《かがや》さんだった。彼女は目にも留まらぬ超高速で手元の端末を操作すると、新たなアニメーションを大画面に投影展開してみせる。

内容としては、黒マントの【怪盗】が牢屋《ろうや》から仲間を次々に助け出すという映像《モノ》だ。

牢屋の中が空っぽになった瞬間、黒マントたちは歓喜の表情で両手をあげ、反対に葉巻を咥《くわ》えた【探偵】側の面々は〝you lose…〟の文字と共に崩れ落ちる。

「この通り、期末総力戦《パラドックス》では【探偵】側にもちゃんと〝敗北条件〟が設定されてるんだよん。それこそが【怪盗】たちの全救出！　逮捕されてる【怪盗】が一人もいなくなった時点で【探偵】陣営の負け、ってわけだねん」

「【怪盗】の全救出……え、でもそれなら【怪盗】側が圧倒的に有利っていうか、そもそも最初から【探偵】側が負けてるんじゃないですか？　誰も捕まってないわけだし」

「のんのん！　そうやって悪いこと考えるヒロきゅんみたいな子のために、各学区百人ずつの〝NPC怪盗〟が《決闘《ゲーム》》開始時点から逮捕扱いになってるんだよ。その人たちも救出しなきゃいけないから、いきなり【探偵】側の敗北にはならない……それに、仲間を助ける〝救出戦〟の機会《チャンス》はちょっと限られてるんだよねん」

「……そう上手《うま》くはいかないってことですか」

ちっちっち、と軽やかに指を振られて嘆息交じりに引き下がる俺。

こうして《決闘《ゲーム》》の大枠が示されたところで、姫路《ひめじ》が次なる説明を差し込んできた。

「そして——通常のケイドロでは鬼、つまり警察が泥棒をタッチすることで〝逮捕〟扱いになりますが、期末総力戦《パラドックス》はこの辺りも大幅に魔改造されています」

「魔改造、ね。……どんなルールなんだ？」

「いわゆる《決闘《ゲーム》》内《決闘《ゲーム》》の形式です、ご主人様——期末総力戦《パラドックス》の実施期間中、学園《アカデ》島《ミー》の全土で《大捕物《レイド》》と呼ばれる疑似《決闘《ゲーム》》が発生します。これらは大前提として【探偵】と【怪盗】間の戦いを模しているため、あらゆる《大捕物《レイド》》には《略奪品》と呼ばれる報酬が設定されています。そして、この《略奪品》の価値に応じて各《大捕物》のルールや参加可能人数などが自動調整されるのです。具体的にはこうですね」

言いながら投影画面にそっと指先を触れさせる姫路。それに応じて浮かび上がってきたのは期末総力戦《パラドックス》における《大捕物《レイド》》の大まかな区分けのようなものだ。

【ノーマルレイド——〝探偵〟と〝怪盗〟間に有利不利なし。発生頻度：高。報酬：普通】

【イージーレイド——〝怪盗〟有利。発生頻度：中。報酬：控えめ】

【レアレイド——〝探偵〟有利。発生頻度：低。報酬：優良～激レア】

「へえ……参加する《大捕物《レイド》》によって報酬がかなり違うんだな。しかも【探偵】と【怪盗】が必ずしも平等ってわけじゃない」

「その通りです。【怪盗】が強力な報酬を得るためには【探偵】有利の〝レアレイド〟に飛び込まなくてはなりません。中には〝特殊勝利〟を実現するような《略奪品》さえありますので……これらの《大捕物《レイド》》で【怪盗】が勝てば《略奪品》獲得、逆に【探偵】が勝てばその《大捕物《レイド》》に参加していた全ての【怪盗】が〝逮捕〟されることになります」

「うむ！　ちなみに〝逮捕〟中の【怪盗】は《大捕物《レイド》》に参加できないよん。学区が【探偵】陣営に移っても〝謹慎〟扱いのままで、そうなると特定の《調査道具》……アイテム的なやつを使わないと復帰できなくなっちゃうから、早めに救出したいとこだね～」

「ですね。そして、その方法というのが〝救出戦〟──簡単に言えば〝逮捕された仲間の救出〟が報酬となる特殊な《大捕物《レイド》》です。ただ加賀谷《かがや》さんの言う通り頻度は低く、平均して一日に三回程度しか発生しません。もちろん、全てレアレイド扱いです」

「……なるほど」

要するに、期末総力戦《パラドックス》では【探偵】が【怪盗】を追い掛け回したりする必要はないわけだ。この《決闘《ゲーム》》で【探偵】側が【怪盗】を捕まえるには《大捕物《レイド》》とやらに勝利するだけでいい。ただし【怪盗】側が勝った場合は報酬として《略奪品》が奪われ、場合によっては既に逮捕されていた【怪盗】が救出されることすらあるのだという。

「それを繰り返して〝生き残り〟の学区を減らしていく、ってわけか……」

細かい仕様についてはまだ曖昧だが、大まかなイメージは掴《つか》めたと言っていいだろう。

と──そこで、対面の加賀谷さんが元気よく右手を上げた。

「はいはーい！　そしたらさ、せっかくだし今日までの《決闘《ゲーム》》展開をざっと見ておくっていうのはどう？　にひひ、ヒロきゅんも気になってたでしょ～？」

「ああ……それは、確かに」

真っ当すぎるその提案にこくりと素直な頷《うなず》きを返す。……そう、ほんの半日前に地下牢《ろう》獄《ごく》から脱出したばかりの俺だが、今日のうちに知っておかなければならないことは二つあった。一つは期末総力戦《パラドックス》の概要《ルール》そのもの、そしてもう一つが〝具体的にどんな流れで《決闘《ゲーム》》が進んでいるのか〟という情報だ。英明《えいめい》が苦しい立場にいることはもちろん理解しているが、それだけじゃ明日《あした》からどう動いていいか分からない。

そんな俺の内心を見透かしたように、加賀谷さんは「にひひ」と笑みを浮かべた。

「それについてはちょうどいいのがあるんだよねん。毎週日曜日の朝に《ライブラ》が公開してくれる、期末総力戦の抜粋映像《ハイライト》……題して、忙しい人のための《パラドックス》大特集！　まさしくヒロきゅんのために用意されたコンテンツってわけ！」

「いや、絶対そんな意図はないと思いますけど……でもまあ、確かにピッタリですね」

苦笑と共に相槌《あいづち》を打ちながら、俺は加賀谷さんが提示してくれた端末の画面に視線を向けた。そこに映し出されているのは計三本の動画だ。タイトルを見る限り、それぞれ一週目、二週目、三週目の《決闘《ゲーム》》展開を抜粋したモノらしい。

「ん〜と、それじゃあ……ま、やっぱり特徴的な戦略を採用してる学区を中心に見ていく方が分かりやすいよねん。ってわけで、まずは何と言っても、期末総力戦《パラドックス》の序盤から今でもずっと大活躍中の——ここだっ！」

ノリノリの前口上と共にタンッとエンターキーを叩《たた》く加賀谷《かがや》さん。

それに応じて、投影画面上ではかなり力の入った学区の紹介ムービーらしきものが流れ始めた。見知った制服と、学区対抗戦でもよく対面するお馴染《なじ》みの顔触れ。焦げ付いた金髪の不良男こと藤代慶也《ふじしろけいや》に、生真面目《きまじめ》な生徒会長・坂巻夕聖《さかまきゆうせい》、穏やかながら《女帝》親衛隊のリーダーを務める清水綾乃《しみずあやの》に、新進気鋭の一年生・飛鳥萌々《あすかもも》。そして、彼らを率いるのは、豪奢《ごうしゃ》な赤髪と意思の強い紅玉《ルビー》の瞳が特徴的な6ツ星の《女帝》彩園寺更紗《さいおんじさらさ》。

そう、すなわち——学園島三番区・桜花学園だ。

『……去年の期末総力戦、私たち桜花《おうか》は〝圧勝〟とさえ言える戦績で一位になった』

『で。先に言っておくけれど、今年のメンバーは去年より強いわ』

『異論があるなら掛かってきなさい——正々堂々、真正面から叩き潰してあげる』

彩園寺の宣戦布告が完璧に決まったところで、隣の姫路《ひめじ》が「……ん」と息を零《こぼ》した。

「期末総力戦は生き残り《サバイバル》方式なので〝途中順位〟といった概念は存在しないのですが、盛り上がりや分かりやすさの観点から《ライブラ》が〝警戒度ランキング〟なるものを公開しています。これは現在までの逮捕人数や《大捕物《レイド》》の勝利総数、戦略などを総合的に評価したランキングで、その頂点に君臨しているのが桜花学園なのです。強力なプレイヤーが多いので当然と言えば当然ですが……やはり、重要なのは〝戦略〟ですね」

「戦略……？　何か特別なことでもしてるのか、あいつら？」

「はい。更紗様率いる三番区桜花学園は、初週から全て【探偵】選択——名付けて〝常時探偵作戦〟を採用しています。期末総力戦《パラドックス》における〝陣営選択〟には様々な作戦や考え方があり、そのため様々な思惑が飛び交うことになるのですが、中でも常にどちらか片方を選び続ける……という極端な選び方には一長一短があると言えるでしょう」

　そこで一旦言葉を止める姫路。

　彼女は白手袋に包まれた右手の人差し指をピンと立てながら涼やかに続ける。

「前提として、期末総力戦《パラドックス》には二種類のステータス——探偵ランクと怪盗ランクというものが存在します。どちらも初期値は等級依存、つまり3ツ星プレイヤーなら【探偵ランク3／怪盗ランク3】なのですが、この値は《決闘》中にも変動します」

「変動……ってことは、要するに〝育てる〟ことができるのか」

「その通りです。探偵ランクは【怪盗】を捕まえれば捕まえるほど、怪盗ランクは《大捕物《レイド》》で報酬を獲得すればするほど上昇し、後の《大捕物《レイド》》で有利に振る舞うことができるようになります。そして重要なのは、各ステータスが独立していることです。【探偵】陣営にいる間は探偵ランクしか上がりませんし、参照もされません。もちろん怪盗ランクについても同様です。だからこそ〝等級〟も非常に重要なのですが……」

「ああ、なるほど……」

ようやく姫路《ひめじ》の言いたいことが分かり、碧《あお》の瞳を覗《のぞ》き込みながら説明を引き継ぐ俺。

「つまり、陣営選択を偏らせるとどっちかのステータスしか上がらなくなるのか。常時探偵作戦の桜花《おうか》なら当然【探偵】としてはめちゃくちゃ強いけど、代わりに【怪盗】としては初期値のまま、みたいなことが起こっちまう」

「はい。ですので、桜花は今さら【怪盗】陣営を選択できない……大袈裟《おおげさ》に言えば〝陣営選択に縛りがある〟状態となります。ただし探偵ランクに限って言えば、桜花学園を凌《しの》ぐ学区はありません。これまでに逮捕した【怪盗】の数も全学区中で一位です」

「…………」

涼しげな姫路の声を聞きながら、俺は目の前に映し出されたisland tube《アイ・チューブ》の画面に指先を触れさせて下の方へとスクロールしてみる。すると抜粋映像《ハイライト》の他にも様々な特集企画の類《たぐい》が組まれており、そのどれもが百万回再生を優に突破しているのが見て取れた。期末総力戦の注目度や盛り上がりが具体的な数字にもはっきりと表れている。

（そんな中で桜花の警戒度が一番高いんだから、さすがっていうか何ていうか……）

内心で複雑な思いを抱えながら「ふぅ……」と小さく息を吐く俺。三週間の遅れは思った以上に大きそうだが、今さら悔やんでばかりもいられない。

「んで……何も、桜花の一人勝ち状態ってわけじゃないんだよな。他の学区で目立ってるところって言ったらどこになるんだ？」

「はい、それは――」

「――十七番区！」

瞬間、姫路の声に重ねるような形でそんな答えを返してきたのは俺の膝に座る椎名《しいな》だった。彼女は漆黒と深紅のオッドアイをキラキラと輝かせながら告げる。

「あのね、あのねお兄ちゃん！　桜花の《女帝》さんも凄《すご》いけど、十七番区の人たちもカッコいいんだよ？　悪者《ワルモノ》なんだけど、それでも全部勝っちゃうの！　えっとね……」

嬉《うれ》しそうにはしゃぎながら人差し指で動画のシークバーを動かす椎名。

すると同時、投影画面上に先ほどとは別の映像が流れ始めた。他学区のプレイヤーが項《うな》垂《だ》れる中で高らかに哄笑《こうしょう》する極悪非道な後ろ姿。桃色の髪に大きな髪飾りが特徴的な一年生・夢野美咲《ゆめのみさき》に、かつてルナ島を震撼《しんかん》させた最強のカジノプレイヤーもとい竜胆戒《りんどうかい》。そして百獣の王を思わせるオレンジ色の髪を思いきり風に靡《なび》かせ、煽《あお》り散らすような笑みを口端に浮かべた《灼熱《しゃくねつ》の猛獣》こと6ツ星ランカー奈切来火《なきりらいか》。

彼らこそ、警戒度ランキング暫定〝二位〟――学園島十七番区・天音坂学園だ。

『ひゃっはははははは！　許可もなくアタシらの前に立つんじゃねえよ雑魚《ざこ》共ォ!!』

『奈切先輩の言う通りです！　わたしたちが主人公なんですから、モブ敵さんたちは跪《ひざまず》い

『なんか申し訳なくなってくるなぁ、これ……』

てさっさと道を開けやがりください！　ドドン!!　ドドドン！！！』

「……切り抜かれてるシーンがあまりにも物騒すぎないか？」

「？　そうでしょうか。奈切《なきり》様も夢野《ゆめの》様も、普段から割とこんな感じかと思いますが……」

「え。いや、そんなわけ――……言われてみれば、確かに」

記憶を辿《たど》ってみても否定できる要素が全く見当たらず、諦めて同意する俺。ノリノリで悪役ムーブをかます二人に挟まれて微妙な顔をしている竜胆《りんどう》の苦労が偲《しの》ばれる。

「――天音坂《あまねざか》学園は、桜花《おうか》とは真逆の戦法なんだよねん」

楽しげに頬《ほお》を緩めながら、対面の加賀谷《かがや》さんがそっと口を開いた。

「その名も〝常時怪盗作戦〟――天音坂は、これまでずっと【怪盗】として期末総力戦《パラドックス》に挑んでる。っていうか、奈切ちゃんはもう【探偵】は選ばないって断言してるよん？」

「なるほど。……ちなみに、加賀谷さん的にはどっちの方が有利だと思いますか？」

「んー、長い目で見たら【探偵】かな。《決闘《ゲーム》》が長引けば長引くほど逮捕されてるプレイヤーは多くなるし、それに【探偵】を選んでる限りは逮捕者が出ないからねん」

「あ、確かに……なら、常時怪盗作戦なんて損ばっかりなんじゃ？」

「にひひ、それがそうでもないんだよねん。《大捕物《レイド》》で獲得できる《略奪品》はかなり強力だし……それに天音坂は、ただ漫然と【怪盗】を選んでるわけじゃないのだよ」

そこで一旦言葉を止めて、眼鏡《めがね》のレンズ越しにこちらを覗《のぞ》き込んでくる加賀谷さん。

「ねえヒロきゅん、さっき話した【スパイ】コマンドの仕様って覚えてる？」

「そりゃまあ。えっと、週の途中で反対側の陣営に寝返れるんですよね？」

「うむ、そのとーり！　そして——天音坂学園は、初週の初日に〝それ〟をやった」

「…………は？」

「事実です」

俺の混乱を見て取ったのだろう、横合いから姫路《ひめじ》が澄んだ声音で補足を述べる。

「天音坂学園の初週の選択は【探偵】陣営……ですが、それは【スパイ】コマンドを用いたフェイクでした。奈切様は初日の午前中に行われた〝救出戦〟において【怪盗】陣営への寝返りを実行し、大量のＮＰＣ怪盗をまとめて解放。初日にして【怪盗】側全体の被逮捕者数が残り五十名を割り込む大混乱が巻き起こりました」

「や、ヤバすぎる……」

「はい、ヤバすぎます。先ほど〝長い目で見れば【探偵】陣営が有利〟というお話がありましたが、序盤——特に最初期は逮捕されている【怪盗】の数が少ないので、少し気を抜いただけで【怪盗】側が詰め切ってしまう可能性も充分にあるのです」

「……とんでもないな、おい」

ポツリと呟《つぶや》く。何というか、中二病真っ盛りの椎名《しいな》が気に入ってしまうのも納得の悪役《ヒール》っぷりだ。生徒数こそ少ないが、天音坂《あまねざか》は元々かなりの少数精鋭学区。それに【探偵】陣営の敗北条件を考えれば、救出すべき対象が少ないというのは有利な要素《メリット》にすらなる。

「ただ……」

と、俺がそこまで考えた辺りで、隣の姫路《ひめじ》が小さく首を横に振った。

「戦略という意味で最も脅威なのは、もしかすると桜花《おうか》でも天音坂でもないのかもしれません。評価が分散してしまうため警戒度ランキングでは上位にも入っていませんが、実態として既に最上位勢力の一角となっているのは……この方々です」

そう言って、関連動画の一覧からお目当てのモノを投影展開する姫路。それは有志がまとめた切り抜き映像で、公式の紹介動画と違って複数の学区が同時に映っている。ニヒルな笑みを浮かべながら前髪を弄《いじ》っている結川奏《ゆいかわかなで》と、眠たげな青の瞳でカメラを見つめる皆実雫《みなみしずく》、そして臙脂《えんじ》色の制服に木刀を携えた《鬼神の巫女《みこ》》こと枢木千梨《くるるぎせんり》。その他にも過去の大規模《決闘《ゲーム》》で交戦したことのある高ランカーたちがずらりと並んでいる。

すなわち——彼らは学園島《アカデミー》十三番区・叢雲《むらくも》学園、十四番区・聖ロザリア女学院、十五番区・茨《いばら》学園、十六番区・栗花落《つゆり》女子学園、十八番区・常夜《とこよ》学園からなる連合軍。

『——ああ、そうだ。私たちは徒党を組んでいる』

『みな学園島《アカデミー》の外周に位置する学区だからな。外縁連合、とでも呼んでくれればいい』

『はっきり言って、高ランカーの少ない栗花落のような学園が期末総力戦《パラドックス》で上位に入るのは至難の業だ。無理だと言っても差し支えない。……いや、これは批判ではない。期末総力戦が年間の総決算である以上、これまでの戦果である〝等級〟は参照されるべきだ』

『だが……少なくともそれは、諦める理由には足りない』

『首を洗って待っているがいい、上位勢。今に私たちが引導を渡してやる――』


「外縁連合、ね……」

ドスの利いた挑発と勝利宣言。久々に中《あ》てられた《鬼神の巫女》の殺気にゾクゾクとしたものを感じながら、それでも俺は（主に椎名の手前）平静を装って言葉を継ぐ。

「この《決闘《ゲーム》》で同盟を組むのは難しそうだけど、成功してるならそりゃ強敵だよな」

「はい、そうですね」

白銀の髪をさらりと揺らすようにして俺の見解に同意を示す姫路。

「初めは茨学園の結川様、通称《茨のゾンビ》様が一方的に下位学区を従えようとしていたようです。ただ具体的な策がなかったため上手《うま》くいかず、空中分解しかけていたところで《鬼神の巫女》こと枢木千梨様がリーダーとして擁立されたんだとか。当の枢木様が採用したのは縛り効果のあるアビリティ――〝裏切ると不利益を被《こうむ》る〟類《たぐい》の制約を全員共通で受け入れることで、単なる口約束に終わらない学区間の協力を実現しています」

「ま、そうでもしないと裏切った方が得になっちまうからな。確かに高ランカーは少ないかもしれないけど、示し合わせて同じ陣営を選んでるだけで簡単に過半数を……って、違うな。もしかしてこいつら、あえて陣営をバラけさせてたりするんじゃないか？」

「ご明察です、ご主人様。外縁連合はたとえば【探偵】陣営に二学区、【怪盗】陣営に三学区、のような形で常に所属を分散させています。いずれの陣営にも連合のメンバーがいることになりますので、あらゆる《大捕物《レイド》》の勝敗を左右することができるのです。そもそも《大捕物《レイド》》のルールで指定されるのは〝陣営単位〟の参加人数だけ……学区の括《くく》りは無視されますので、参加者を全て外縁連合で埋めてしまうことすら可能です。そのため外縁連合は、今や桜花《おうか》と天音坂《あまねざか》に並ぶ一大勢力になっていますね」

意外と言えば意外な状況に俺はごくりと唾を呑《の》む。……結川《ゆいかわ》はともかく、枢木《くるるぎ》や皆実《みなみ》なんて上位学区の選抜メンバーと比べても全く引けを取らない実力者だ。その上で陣営的な優位も確保しているというのなら、それは確かに凄《すさ》まじい脅威となるだろう。

そこまで紹介が終わった辺りで、対面の加賀谷《かがや》さんが「ん～」と大きく伸びをした。ジャージ姿のため胸元が思いきり強調されるが、何となく悔しいので無視しておく。

――ともかく、

「一週目から三週目までの展開で目立ってる学区はそのくらいかな？　八番区の音羽《おとわ》学園

なんかも強いけど、基本は桜花の……っていうか《女帝》の支援に徹しちゃってるみたいだし。あとはまあ、五番区の導宝《どうほう》学園とか九番区の神楽月《かぐらづき》学園とかかなぁ」

「え？　いや……」

そんな加賀谷さんの発言に対し、俺は思わず否定のニュアンスで顔を持ち上げた。そのくらい、と言われても……英明《えいめい》以外で一番様子を知りたい学区がまだ残っている。

「――森羅は？　七番区は何してるんですか？」

「あ～、森羅《しんら》はねぇ……」

俺の問いを受けるや否《いな》や何とも曖昧な声を零《こぼ》し、言葉に迷うような仕草で軽く頬《ほお》を掻《か》く加賀谷さん。しばらく言い淀《よど》んだ後、彼女はどこか言いにくそうに口を開いた。

「少なくとも昨日までの段階では特に目立ってなかったんだよ、うん。様子見モードっていうか何ていうか……警戒度ランキングでも十位以下だったんじゃないかな」

「……〝昨日までの段階では〟っていうのは？」

「そりゃあもちろん、今日の段階で何かがあったってことだよねん」

誤魔化《ごまか》すようにそう答えつつ、対面の加賀谷さんはふるふると首を横に振る。

今日――もとい、一月三十日の月曜日。月曜日ということは、今日が通算四回目の陣営選択会議だったはずだ。そして森羅の越智春虎《おちはるとら》が阿久津雅《あくつみやび》と連絡を取り合っていたのであれば、今朝の段階で俺と彼女が地下牢獄《ろうごく》を抜け、期末総力戦《パラドックス》に合流することは分かってい

ただろう。なら、確かに何かしらの動きを見せていてもおかしくない……が、

「森羅《しんら》については、一旦後回しにしておきましょう」

　そこで緩やかに白銀の髪を揺らしたのは他でもない姫路《ひめじ》だった。彼女は少し思い詰めたような表情を浮かべながら、それでも普段通りの涼しげな声で続ける。

「ご主人様の想像通り、森羅は今朝の陣営選択会議で大きな一手を打っています。……ですがご主人様は、まだ地下から帰ってきたばかり。今日のところは流れを整理するだけに留《とど》めておいて、明日改めて英明《えいめい》の皆さまと作戦会議を行う方がずっと効率的かと」

「ん……分かった、姫路がそこまで言うなら」

　一定の筋が通った論法で諭されて、俺はそれ以上の追及をやめることにした。まあ実際のところ、基本的なルールすら覚束《おぼつか》ない今の俺が処理するには少し複雑すぎる情報だ。森羅高等学校の動きについては頭の片隅にでも留めておけば充分だろう。

　そんなことより――こちらの方が、よっぽど緊急の課題と言える。

【学園島《アカデミー》四番区・英明学園】

【被逮捕者数９３４５／９４２７人（最下位）】

【平均探偵ランク３・４（十九位）／平均怪盗ランク３・２（十八位）】

【警戒度ランキング――十八位】

「……英明学園は、期末総力戦《パラドックス》の冒頭から執拗に狙われ続けていました」

俺の視線が英明の戦績データを映す画面に向いたのを悟ったのだろう。微《かす》かな悔しさを表情に滲《にじ》ませた姫路が、白銀の髪をさらりと揺らしながら淡々と言葉を紡ぐ。

「ご主人様という最大戦力《ランク7》が不在でしたので、他学区からすれば当然の動きです。早いうちに殲滅《せんめつ》してしまえ、という……実際、何も考えずにプレイしていたら現時点で既に全員が逮捕されていたかもしれません。全滅の危機は何度もありました」

「…………」

「そこで英明学園は、榎本《えのもと》様の提案により二週目からプレイヤーの〝厳選〟を行っています——言葉は悪いですが、要は自首作戦ですね。この状況下でも生き残れるプレイヤーを選抜し、その他の生徒は他学区に利益を与える前に自ら逮捕を受け入れる、という手法です。《大捕物《レイド》》で逮捕されてしまうと相手方の探偵ランクが上がってしまいますので」

「自首作戦、か……反対意見とかはなかったのか、それ？」

「や〜、普通の生徒会長ならバリバリ出るだろうけど、そこは榎本くんだからねん。あの子が『必ず助け出すから今はどうか譲ってほしい』なんて言ってたら信じたくもなっちゃうよん。『篠原緋呂斗《しのはらひろと》が帰ってくれば今の英明学園は歴代最強だ』……ってさ」

「……ッ……」

戦力を削《そ》ぎ落して耐えるしかなかった英明の状況に下唇を噛《か》みながら、加えて榎本の期待にぎゅっと拳を握りながら、俺は静かに首を縦に振る。……無論、そんなことは言われるまでもなかった。俺が地下牢獄《ろうごく》から這《は》い上《あ》がってきたのは期末総力戦《パラドックス》に勝つためだ。英《えい》明《めい》学園を勝利に導くためだ。これまで〝偽りの7ツ星《俺》〟がいなかったせいで英明は劣勢に追い込まれていたんだから、その分の借りをさっさと返さなきゃいけない。

俺が内心でそんな決意を固めた――瞬間だった。

「……ん？」

ポケットの中で端末が小さく震える。

それ自体は別に珍しいことでもないのだが、何となく妙な予感を覚えた俺は手早く端末を取り出してみることにした。その途端、視界に飛び込んできたのは膨大な量の通知メッセージだ。電波の届かない地下にいた一《いっ》ヶ月《かげつ》間で溜《た》まりに溜まっていたのであろう諸々《もろもろ》の通知情報が今日の朝にまとめて届いている。気が遠くなりそうな量だが……心配させてしまった分、どれだけ時間を掛けてでも丁寧に返していった方が良さそうだ。

そして――そんな無数の通知の中で、時系列的に最も新しい位置に輝いていたのは。

『ねえ篠原《しのはら》。……今夜、ちょっとだけお邪魔してもいいかしら？』

桜花《おうか》の《女帝》にして俺の〝共犯者〟でもある、彩園寺更紗《さいおんじさらさ》からのお誘いだった。

＃

俺が偽りの7ツ星になった直後に与えられたこの家は、セキュリティ対策も抜群だ。

だからこそ人には知られたくない〝密会〟も比較的安心して行える……というような記憶をぼんやり辿《たど》りながら、俺は静かに視線を持ち上げて対面に座る少女を見遣《みや》る。

「ん……」

7ツ星を競う好敵手《ライバル》であり、厄介な高ランカーであり、その実とんでもない〝嘘《うそ》〟を互いに共有している特別な相手——彩園寺更紗。変装用のコートは既に脱いでおり、今は黒のセーター姿になっている。豪奢《ごうしゃ》な赤の長髪は深夜とは思えないくらい艶やかだ。

リビングの照明に照らされながら、そんなお嬢様がちらりと視線をこちらへ向ける。

「あたしから誘っておいてなんだけど……体調とか大丈夫なの？　あんた、半日前に地下から帰ってきたばっかりじゃない。疲れてるなら出直すけれど……？」

「え？　いや、まあ……地下牢獄《向こう》も衣食住は普通に揃《そろ》ってたからな。心配ないって」

「そ、ならいいわ」

素っ気ない口調でそんなことを言ってから、少しだけ口元を緩ませる彩園寺。

そのまましばらくホットコーヒー（先ほど姫路《ひめじ》が用意してくれたものだ）で唇を湿らせていた彼女だったが、やがてふぅと短く息を吐いてゆっくりと顔を持ち上げた。豪奢な赤の長髪がさらりと揺れる中、意思の強い紅玉《ルビー》の瞳が窺《うかが》うように俺を見つめて。

「ええと……まずは、ごめんなさい。いえ、謝っても許されるようなことじゃないっていうのはよく分かっているつもりなのだけれど……」

「……えっと、何の話だ？」

「決まってるじゃない。小夜と夜空があんたを誘拐した件、よ」

ムッと唇を尖《とが》らせながら右手で軽く頬杖《ほおづえ》を突いて、彩園寺《さいおんじ》は溜《た》め息《いき》交じりに続ける。

「あの子たちが動いたのはあんたを8ツ星にしないため……で、それは要するに彩園寺家を守るため、って意味だもの。それで篠原《しのはら》が一ヶ月《いっかげつ》以上も幽閉されてたんだから、後ろめたい気持ちが全くないとはさすがに言わないわ」

「ああ、そのことか……だとしても、別にお前が謝るようなことじゃないだろ。裏でこっそり指揮を執ってたわけでもあるまいし」

「そうだけど、じゃあ想像してみなさいよ。あたしが『小夜《さよ》と夜空《よぞら》が勝手にやったことなんだから関係ないわ』って顔してたらちょっとくらいはムカつくでしょ？」

「……まあ、絶対にイラっとしないとは言い切れないな」

「ほらね。だから、あんたは黙って受け取っておいてくれればいいの」

透き通るような赤の髪を揺らしながら肩を竦《すく》めてそんな言葉を口にする彩園寺。……まあ、言わんとしていることは俺にも理解できる。状況が状況だけに彼女に非なんかあるはずもないのだが、そこまで言うなら謝罪くらいは受け取っておこう。

「本当は、あの二人と直接話したいところだけどな……」

「気持ちは分かるけれど、あんまりお勧めしないわ。あの二人——特に小夜は、今でも本気であんたを止めようとしてるから。篠原が8ツ星に近付く限り……彩園寺家の秘密を暴こうとする限り、あんたたちの関係はどんどんこじれる一方でしょうね」

「無理ゲー過ぎるな、おい……」

「だからお勧めしないって言ってるじゃない。……それとも、何よ？　もしかして、閉じ込められてる間に小夜のことが好きにでもなっちゃったわけ？」

「そんなわけないだろ……ひたすら小馬鹿にされ続けてただけだっての」

「じゃあ夜空の方かしら。自分の言いなりになってくれる気弱な子が好み、とか？」

「どっちにしても最低すぎる」

何故《なぜ》か拗《す》ねたように唇を尖らせながらそんな質問を繰り出してくる彩園寺に対し、呆《あき》れた表情で静かに首を横に振る俺。……俺と泉《いずみ》姉妹の関係は〝学園島《アカデミー》の転覆を狙う不届き者とそれを阻止する守護者たち〟であり、同時に〝誘拐犯とその被害者〟でもある。これが恋愛関係に発展するなんて天地が引っ繰り返っても有り得ないだろう。

　とにもかくにも、対面の彩園寺はアンニュイな表情でふわりと髪を揺らしている。

「ま、二人とも別に悪い子じゃないのだけどね……むしろ、彩園寺家の守護者として真《ま》っ直《す》ぐ過ぎるから、篠原みたいなやつのことがどうしても許せないってだけ」

「……分かってるよ。こんなに大掛かりな〝嘘《うそ》〟を吐《つ》いてるんだから、何も根っからの悪人だけが〝敵〟ってわけじゃない。悪いのは普通にこっちの方だ」

「ふふっ。お互い、とんでもない〝嘘〟を抱えている身は大変ね？」

くすっと笑ってそんな言葉を口にしてから、彩園寺《さいおんじ》は再びコーヒーカップに唇を触れさせた。ほうっと白い息を吐き出す姿はリラックスしているというか何というか、まるで重要な話が済んでホッとしている……とでも言いたげな雰囲気だ。

「？　彩園寺、お前……もしかして、誘拐の件を謝るためだけにわざわざ来たのか？」

故に俺は、先ほどから少し気になっていた疑問をぶつけてみることにする。

「やけに律儀だな、そりゃ。他人事《ひとごと》だって言い切れない理屈は分かったけど、それにしたって電話とかメッセージでも事足りるだろ」

「ん……まあ、確かにそうなのだけど」

「……そうなのだけど？」

「…………」

しばらく言葉の続きを待ってみると、彩園寺はやがてコトンと小さな音を立てつつ白いカップをソーサーに置いた。そうしてほんの少し躊躇《ためら》うような仕草で赤の長髪を掻《か》き上げた後、紅玉《ルビー》の瞳で正面から俺を見つめてこう切り出す。

「ねえ篠原《しのはら》。これは、一般論なのだけど……別に、あたしの話ってわけじゃないけれど」

「？　ああ」

「……一ヶ月《いっかげつ》も姿を消してた知り合いがようやく帰ってきたとして、やっと連絡が付くようになったとして。その人と会いたいなって思うのは……何か、おかしなことかしら？」

「――――………、いや。別に、おかしいことは何もないな」

「でしょ？　全くもう、篠原はこれだから……」

対面の彩園寺が微《かす》かに唇を尖《とが》らせながらぷいっとそっぽを向くのと同時、テーブルの下でちょんっと軽く脛を蹴られる。攻撃というより照れ隠しに近い行為。蹴った当人である彼女の方はと言えば、片手で頬杖《ほおづえ》を突いたままわずかにその頬を赤らめている。

――そして、

「たくさん、たくさん待ってたわ。……バカ篠原」

ポツリと零《こぼ》されたその言葉に、今度は俺が赤面する羽目になったのは言うまでもない。

＃

翌朝――学園島《アカデミー》四番区英明《えいめい》学園構内、特別棟。

いつもの生徒会室、もといそこへ向かう途中の階段にて、俺はすっかり重くなった足を見下ろしながら「はぁ……」と深い溜《た》め息《いき》を吐いていた。

「……あの、ご主人様？」

傍《かたわ》らでは英明《えいめい》の制服に身を包んだ姫路《ひめじ》が心配そうにこちらを見つめている。

「どうかされたのですか？　もしや、一《いっ》ヶ月《かげつ》に及ぶ閉鎖的な牢獄《ろうごく》生活で足腰が弱って……」

「いや、階段がキツいわけじゃないんだけど……何ていうか、さ」

周りに誰もいないことを確認してから、俺はもう一度静かに息を吐く。

「さっきの話だと……今日の生徒会室には、英明のメインメンバーが勢揃《せいぞろ》いしてるんだったよな？　具体的には榎本《えのもと》と浅宮《あさみや》と秋月《あきづき》と水上《みなかみ》の四人、ってとこか」

「はい、その通りです。ご主人様の追加エントリーも無事に済みましたので、今日の《決闘《ゲーム》》が始まる前に諸々《もろもろ》の打ち合わせをしておこうかと」

「だよな。…………くっ」

姫路の同意を受け、右手で顔を覆いながら微《かす》かに呻《うめ》く俺。……本音を言えば、これは昨日からずっと気になっていたことだ。英明メンバーとの再会はもちろん楽しみだし、何なら夢にも見たくらいなのだが、それと同じくらいに。

（めっちゃ怒られたらどうしよう……!!）

——そんな不安が心の中に潜んでいるのもまた事実だった。

いや……まあ、状況を考えれば当然の思考だろう。姫路の話では、期末総力戦《パラドックス》において英明が採用しているのは自首作戦。後々の逆転に賭けて戦力を自ら絞ってしまう綱渡りな戦略だが、それは当然ながら7ツ星である俺がいなかったために起きたことだ。つまり乱暴な言い方をしてしまえば、英明の苦境は軒並み俺のせいということになる。

そんな俺の内心を察してくれたのだろう、姫路が白銀の髪をさらりと左右に揺らす。

「遅刻やサボりならともかく〝誘拐〟ですので、ご主人様に一切の非はありませんよ？」

「や、まあそうなんだけど……俺がいなかったことで迷惑が掛かったって事実は変わらないだろ？　特に三年生は今後の人生に関わるわけだし、恨まれたっておかしくない」

「……ふむ。なるほど、そういう意図でしたか」

俺の主張を聞いて得心したように頷《うなず》く姫路。彼女は何故《なぜ》か――わずかに嬉《うれ》しそうな雰囲気で――頬《ほお》を緩ませてから、先導するように大きく一歩足を進めて続ける。

「ご主人様が恨まれているかどうかは分かりかねますが……覚悟ができているなら、進まない理由もないのではありませんか？　皆さまを余計にお待たせしてしまいますよ」

「……ま、それもそうか」

非の打ち所がない正論で諭されて、俺は仕方なく重い足を持ち上げることにした。そのままやけに長い気がする階段を上りきり、久し振りの廊下を渡って見慣れた生徒会室の前まで辿《たど》り着く。一歩引いた位置で控えてくれている姫路に改めて視線を遣《や》ってから、深い呼吸と精神統一の末にガチャリと扉を押し開けて。

――瞬間、

《パァンッ！》《パァンッッ!!》《パンッ!!》《パパァァァアンッ！！！》

「っ………、へ？」

クラッカーの陽気な炸裂音《さくれつおん》が連続して鳴り響くと共に、俺の頭上からひらひらと何かが舞い降りてきた。肩に乗った〝それ〟をまじまじと見つめてみれば、その正体は金銀に輝く正方形の小さな紙だ。何となく状況を察してゆっくり視線を持ち上げてみると、そこには『祝！　篠原緋呂斗《しのはらひろと》、生還！』と書かれた垂れ幕が堂々と吊《つ》るされている。

つまり——いわゆる〝くす玉〟というやつだ。

「え、っと……」

呆然《ぼうぜん》と辺りを見渡してみる、と……それなりに広い生徒会室の中には、見慣れた顔が大量に並んでいた。大量に、だ。事前に聞いていたメンバーだけじゃない。クラッカーを手に涙ぐんでいる多々良《たたら》がいて、その隣でホッとしたように笑顔を浮かべる辻《つじ》がいて、他にも2‐Aのクラスメイトを中心に溢《あふ》れんばかりの〝仲間〟が集まってくれている。

——そして、

「篠原先輩!!　お帰りなさい、です……っ！」

予期せぬサプライズに俺が固まっていたところ、横合いから涙交じりの声が投げ掛けられた。同時にパタパタとこちらへ駆け寄ってくる人影が一つ。滑らかな黒髪を腰の辺りまで伸ばした彼女は、水上摩理《みなかみまり》——俺の後輩にあたる少女だ。色とりどりのテープを制服に纏《まと》わせた水上は、感極まったような表情でぐすんと涙を拭っている。

「あの、あのっ……本当に、ご無事で良かったです。私、篠原先輩ともう二度と会えないんじゃないかって、ホントに、本当に不安で怖くて寂しくて……っ！」

「あ、ああ……その、一ヶ月《いっかげつ》も留守にして悪かった」

「本当ですよぉ……!!」

目を真っ赤にしながら至近距離で俺を糾弾（？）してくる水上。

そんな彼女に何か気の利いた言葉を返してやれないか考えていると――、

「〰〰、緋呂斗くんっ!!」

（おわっ!?）

「もう、もうもうもう！　緋呂斗くんのバカバカバカバカ！　乃愛《のあ》ちゃんをこんなに悲しませるなんて、世紀の大犯罪なんだからぁっ！」

死角から飛び出すや否《いな》や思いきり俺に抱き着いてきたのはゆるふわツインテールの上級生こと秋月《あきづき》乃愛だ。無理やりテンションを保っているが、その声音は涙で震えた様子。小柄な身体《からだ》とは不釣り合いなほど大きな胸がむぎゅぅっと俺の腰に押し付けられる。

「……む……」

それを受けて、俺の後ろで姫路《ひめじ》の気配がほんの少し大きくなったような気がした。

「近いです、秋月様。感動的な再会シーンを演出するのは構いませんが、どさくさに紛《まぎ》れてご主人様を籠絡しようとしないでください」

「えぇ～？　もう、独占したらダメだよ白雪《しらゆき》ちゃん？　白雪ちゃんは昨日緋呂斗《ひろと》くんにいっぱいぎゅーってしてもらったのかもしれないけど、乃愛《のあ》は今なんだから！」

「！　……ぎゅ、ぎゅーっとはされていません、ぎゅーっとは」

「わ、私も今です！　で、でもでも、ぎゅーっとされるのは少し恥ずかしいような……」

「…………何の話だよ、何の」

怒涛《どとう》の展開に流されるがままになっていた俺は、その辺りでようやくペースを取り戻して秋月《あきづき》の身体《からだ》をそっと離れさせることにした。それを受けてむぅ、と軽く唇を尖《とが》らせていた彼女だったが、やがて「えへへ♪」とあざと可愛《かわい》い笑みを俺に向けてくる。慣れ親しんだその表情もおよそ一ヶ月《いっかげつ》ぶりに見るもので、どうしても感慨深くなってしまう。

――と、

「あー、何かもう今さらっぽいカンジだけど……お帰り、シノ」

苦笑交じりの表情でそんなことを言いながらこちらへ歩み寄ってきたのは、三年生の浅宮七瀬《あさみやななせ》だった。鮮やかな金糸と端整なプロポーションが視線を奪う元モデルのスーパー女子高生。右手を軽く腰に当てた彼女は、にぱっと普段通りの笑顔で続ける。

「うんうん、やっぱシノがいないと落ち着かないよね。気持ちが引き締まんないっていうか何ていうか……ウチらもこれで完全体だぞ、みたいな？」

「完全体、って……怒ってないのかよ？」

「ほえ？　怒って、って……なになに、そんなコト気にしてたわけ？」

俺の問いに不思議そうな表情で首を傾《かし》げる浅宮。彼女は人差し指をちょこんと唇の下辺りに触れさせると、やがて得心したようにこんなことを言う。

「まあでも、そっか。確かにシノの立場ならちょこっと気になっちゃうかもね」

「……そりゃそうだって。いや、歓迎してくれるのは有り難《がた》いけど……」

生徒会室に集まっている英明《えいめい》メンバーの顔触れを見渡しながら歯切れ悪く告げる。

まあ、正直なことを言えば……水上《みなかみ》や秋月、多々良《たたら》に辻《つじ》といった距離の近い面々は、最初から俺を恨んでいるようなことはないと思っていた。浅宮やその他のクラスメイトたちについても、基本的には〝誘拐〟という事情を汲んでくれる人間が大半だろう。

「…………」

よって、俺が〝怒らせたかもしれない〟と心の底から危惧しているのは、実を言えばたったの一人――英明学園生徒会長・榎本進司《えのもとしんじ》だけだった。自分自身の性格や感情なんかよりも学園全体の利益を優先できる彼だからこそ、大事な場面で席を外していた俺にどうしようもないくらいの不満を抱いている可能性がある。

（もちろん、それは今日からの戦果で返すつもりではあるけど……）

そんなことを考えながら、奥の席でこちらへ背を向けている榎本の傍《そば》へゆっくりと近付く俺。……クラッカー＆くす玉の大騒ぎに加えて、水上や秋月の声すら意に介さない堂々たる無視っぷりだ。これは、本当の本当に怒らせてしまったのかもしれない。

「あ、あー……その、榎本《えのもと》？」

だから俺は、ほんの少しだけ窺《うかが》うような色を滲《にじ》ませながら彼の背中に声を掛けてみることにした。表情が全く見えない分、かなり慎重な第一声だ。それを受けても、榎本はしばらく無言のままだった。ただただ黙って俺に背を向け続けるだけの無反応。そして、重たい沈黙に耐えかねた俺が次なる言葉を紡ぎ出そうとした……その瞬間、

「……ふん。待ちくたびれたぞ、篠原」

背中越しに投げ掛けられた静かな一言——そこにはきっと、様々な感情が込められていた。期待も、呆《あき》れも、安堵《あんど》も、苛立《いらだ》ちも、どれもこれもが綯《な》い交《ま》ぜになった声だ。

……けれど、それでも。

ようやく振り返った榎本は、いつもの仏頂面《ぶっちょうづら》ではなく微かに口角を吊り上げていて、

「感動の再会が終わったのならさっさと席に着け——〝主役〟が不在では、いつまで経《た》っても英明学園《ぼくたち》の《決闘《ゲーム》》が始められないだろう？」

いっそ挑発的にすら思える視線を真《ま》っ直《す》ぐ俺に叩《たた》き付けながら、ただただ純粋な事実を告げるような声音でそんな言葉を口にしたのだった。

Please tell me. Himeji san

教えて姫路さん

《期末総力戦》の
ルール概要

《期末総力戦（パラドックス）》概要

3学期を丸ごと使って開催される、学園島内で最も規模の大きな《決闘》です。期末総力戦そのものは毎年同じ時期に行われていますが、今年のそれは通称《パラドックス》――“裏切りと協調”をテーマとする壮大な学区対抗戦です。

《決闘》システム

期末総力戦《パラドックス》は、ケイドロを魔改造したようなルールを持っています。全20学区が【探偵】陣営と【怪盗】陣営に分かれ、無数の《大捕物（レイド）》を通じて衝突します。そして、相手陣営の敗北条件――【怪盗】の全逮捕または全救出――を満たすことで、その陣営に所属する全ての学区をまとめて〝脱落〟させることができます。いわゆるサバイバル方式、ですね。

《大捕物（レイド）》について

期末総力戦の実施期間中は、学園島の随所で《大捕物（レイド）》が実施されます。懸かっている報酬に応じて【探偵】と【怪盗】それぞれの参加人数上限やルール設定が調整されますので、たとえば【怪盗】視点なら〝難易度の高い《大捕物》ほど良い報酬が手に入れられる可能性がある〟という認識になりますね。

《期末総力戦》の報酬とペナルティについて

期末総力戦では、陣営の脱落が発生する度に《決闘》全体の〝局面（フェイズ）〟が進行します。そして、第2局面（フェイズツー）までに脱落した学区の所属プレイヤーは、一律で星を1つ没収されます。代わりに第3局面（フェイズスリー）以降に進出した学区のプレイヤーには星や限定アビリティの報酬があり、優勝学区の代表者には“色付き星の青”が与えられる、とのことです。
つまり、ご主人様にとっては絶対に負けられない《決闘》――ということになります。

第二章　協調と裏切り

liar liar

……ざわざわとした空気が室内に蔓延《まんえん》していた。

一月三十日、月曜日。期末総力戦《パラドックス》の開始から都合四回目となる陣営選択会議の場。今のところ陣営の敗北条件は一度も満たされていないため、全二十学区が勢揃《せいぞろ》いしている。

そんな中、各学区代表者の視線は先ほどからたった一人の男に向けられていた。

『あー……もっかい言ってくんねえか、森羅《しんら》の大将？』

室内に渦巻く疑問と懸念と警戒、そんな諸々《もろもろ》の感情を代弁するかの如《ごと》く鬱陶しげな声を上げたのはいかにも好戦的な表情を引っ提げた少女だった。ライオンを想起させるオレンジの長髪に獰猛《どうもう》な目つき。十七番区天音坂《あまねざか》学園代表――奈切来火《なきりらいか》。

今も不愉快そうに口端を持ち上げた彼女は、まるで威嚇するかのように言葉を継ぐ。

『裏切り者……だぁ？』

『うん。……そうだね、確かに僕はそう言った』

そんな奈切の語気に微塵《みじん》も怯《ひる》むことなく落ち着いた声音で返答してみせたのは、この場の注目を一身に集める彼だ。こと期末総力戦《パラドックス》においては、三週目終了時点までほとんど目立った活躍をしていない学区の長。けれど一転して、つい先ほどの発言により《決闘《ゲーム》》の中心に躍り出ようとしている6ツ星ランカー。

七番区森羅高等学校代表——越智《おち》春虎《はるとら》。

彼はトントンと人差し指でテーブルを叩《たた》いてから、静かに周りの面々を見渡して言う。

『少し状況を整理しようか。ついさっき、四週目の陣営選択会議が終了した。結果は【探偵】陣営に八学区、【怪盗】陣営に十二学区。それなりに均等な分かれ方だよね』

『まぁな。偏りがないわけじゃねぇけど、明確にどっちが有利ってこともねぇだろ』

『うん。でもさっき言った通りだよ、来火さん——**【第四週目の〝怪盗〟陣営には裏切り者が潜んでいる】**。それを踏まえれば、有利なのは明らかに【探偵】側じゃないかな』

数分前にこの場を凍らせた発言を再び口にする越智。

裏切り者——学園島《アカデミー》のイベントにおいては珍しくもない響きだが、中でも期末総力戦《パラドックス》は協調と裏切りをテーマに据えた大規模《決闘《ゲーム》》だ。だからこそ、単なるフレーバーとしてではなくルール文章《テキスト》そのものに〝裏切り〟を是とする規定がある。

それこそが【スパイ】というコマンドだ。

期末総力戦《パラドックス》の期間内でたった一度だけ切れる魔法のコマンド。陣営選択の際にこれを使用した学区は、その週に限り、任意のタイミングで陣営を変更する権利を得る。

つまり越智春虎の発言は、今回の【怪盗】陣営の中に【スパイ《それ》】がいるという——平たく言えば、そういった主旨のモノになるのだろう。

『『『…………』』』

それを受けた各学区代表の反応は十人十色、もとい十九人十九色だった。英明《えいめい》学園の生徒会長はいつも通りの仏頂面《ぶっちょうづら》で会話の行方《ゆくえ》を眺めているし、桜花《おうか》の《女帝》はじっと目を瞑《つぶ》りながらも聴覚は研ぎ澄ませている。逆に聖ロザリアの代表は眠たげに欠伸《あくび》を堪《こら》えているし、茨《いばら》のゾンビは会話の流れについていけずにとりあえず笑顔を浮かべている。九番区神楽月《かぐらづき》や十三番区叢雲《むらくも》の代表プレイヤーも、静かに警戒心を募らせている。

……とはいえ、会話の主体はあくまでも奈切来火《なきりらいか》だ。

真正面から挑発を浴びせられた彼女は、挑むような態度で頬杖《ほおづえ》を突きながら答える。

『つか、何をいきなり慣れ慣れしく下の名前で呼んでやがんだあんた？　奈切様、でもいいぐらいの距離感だろうが。アタシの名前を呼んでいいのは戒《かい》くんだけなんだよ』

『ごめんごめん、僕なりに親しみを込めてるだけなんだ。許してよ』

『鬱陶しいなぁ……しかも、裏切り者ねぇ。何でそれをアタシに教えてくれるのかは知らねぇけど、だから何なんだ越智春虎ァ？　期末総力戦《パラドックス》において、各学区はそれぞれ一度だけ【スパイ】コマンドを実行できる……《決闘《ゲーム》》自体が十週近くで終わっちまうことを考えりゃ、裏切り者なんざ毎週いたって不思議でも何でもねぇだろうが』

『……ふぅん？　意外と冷静なんだね、君。状況の分析もよく出来てる』

『当たり前だろバァカ。天下無敵の奈切ちゃんを一体何だと思ってやがんだよ』

越智《おち》からの称賛、あるいは評価を受けて獰猛《どうもう》に笑ってみせる奈切。

『っていうかあんた、何を根拠に話してんだ？　いきなり占い師みたいなこと言い出しやがって……ひょっとして、アレか。未来からきたネコ型ロボットくんか何かかよ？』

『うーん、当たらずとも遠からずって感じかな。僕自身はロボットじゃないし未来人ってわけでもないけど、僕の持ってるアビリティはそういう類のモノだから』

『――――あ？』

『君が言ったんだからそんなに怒らないでよ、来火さん。もしかしたら知ってるかもしれないけど、僕は――森羅《しんら》高等学校の越智春虎《はるとら》は色付き星《ユニークスター》を二つ持ってる。そのうちの一つが白の星、付随する特殊アビリティは《シナリオライター》だ。望む未来を実現するためのアビリティ……この辺りのことは、きっと進司《しんじ》くんが保証してくれると思うけど？』

そこで話を振られたのは英明学園の生徒会長だ。途端に注目の的となった彼は『……ふん、僕もあまり親しまれたくはないが』と断ってから、不機嫌そうに肯定を返す。

『事実だ。越智の持つ《シナリオライター》は、任意の未来を手に入れるためのクエスト型アビリティ。達成したい事柄を入力すると、そこへ至るまでの様々な条件がシナリオの形で提示される――故に、疑似的な〝予言〟を可能にするアビリティだな』

『んだよそれ……頭良すぎてイカれちまったのか、英明の大将？』

『残念ながら僕は至って正常だ。二学期の《習熟戦《リフレイン》》序盤で僕たち英明学園《えいめい》がボロボロにされていたのを覚えていないのか？　あれは越智春虎《おちはるとら》の〝予言《シナリオ》〟によるものだぞ』

『……マジかよ、やっぱ色付き星《ユニークスター》ってのは狂ってやがんなおい』

基本的に嘘《うそ》を吐《つ》かない堅物《かたぶつ》生徒会長のお墨付きを受け、奈切来火《なきりらいか》は獰猛《どうもう》な表情を微《かす》かに歪《ゆが》める。……とはいえ、この程度で動揺していては天音坂《あまねざか》の代表なんて務まらない。

『望む未来を実現するためのシナリオねぇ……んじゃ、あんたはネコ型ロボットくんの劣化版、ってことじゃねぇか。希望のルートに入れる保証はどこにもねぇんだろ？』

『そうだね。君の言う通り、僕に提示されるシナリオなんて不確かなモノでしかない。あくまで有り得る未来の一つであって、道を外れたら絶対に叶わないんだ』

『あぁ……？　それがどうしたんだよ、ロマンチスト。一人語りが許されるのは主人公かラスボスだけって相場が決まってるんだけどなァ』

『そっか。それじゃあ、そろそろ本題に入ろうかな』

微かに口元を緩めて告げる越智春虎。

続けて彼は、背後に端末の画面を投影展開してみせる――それは、他でもない《シナリオライター》の効果画面だ。設定された未来と、そこへ至るために辿《たど》らなければならないシナリオ。それらが会議室の壁を埋め尽くさんばかりにずらりと並んでいる。

――そして、

『物語の〝視点〟となる人物は《灼熱《しゃくねつ》の猛獣》こと奈切来火。願った〝未来〟は、期末総力戦《パラドックス》において十七番区天音坂学園が優勝すること』

　唐突な行動に誰もが言葉を失う中、逆光に照らされた越智は淡々と言葉を紡ぐ。

『その場合、冒頭のシナリオがこうなるんだ――【第四週目の〝怪盗〟陣営には裏切り者が潜んでいる。早々に見つけ出して排除せよ】ってね』

『……はァ？　あんた、さっきから何を言って――』

『まだ分からない？　僕は何度も言ってるんだけどな、君の未来は預かったって』

　特別にドスが効いているわけでもなければ、さほど挑発的なわけでもない。

　それでも脳内に直接ぶち込まれるような越智春虎の声音が、静かに室内を支配する。

『《シナリオライター》は〝未来〟を見据える強力なアビリティだ。そのことは担い手の僕が一番よく知ってるんだけど、本当はもっと恐ろしい使い方があるんだよ。それは、他人が望む未来を利用すること。誰かの望みを勝手にシナリオの到達点に据えること……そうだよ、僕は《シナリオライター》に天音坂《きみたち》の勝利を願って〝あげた〟』

『――――』

『さっき進司《しんじ》くんが説明してくれた通り、僕の《シナリオライター》は望む未来を得るために条件が提示される〝達成型〟のアビリティだ。一度でもシナリオを外れれば望んだ未来には決して辿り着けない……この副作用《ペナルティ》の恐ろしさが分かるかな、来火さん？　要するに君たちは、このシナリオを辿らない限り期末総力戦には勝てないってことだよ』

そんな言葉と共にぐるりと室内を見渡す越智《おち》に対し、奈切《なきり》だけでなく多くの学区代表者が顔を顰《しか》めて複雑な内心を露《あら》わにする。……まあ、無理もないだろう。だってそれは、まさしく未来を人質にされているようなものだ。縛り付けられているようなものだ。

『……そんなわけだから』

ふっと背後の投影画面を落として小さな含み笑いと共に両足を組む越智春虎《はるとら》。

一瞬で《決闘《ゲーム》》の支配者となった彼は、いかにも不敵な声音でこう言った。

『さっさと裏切り者を見つけて追放した方がいいよ、来火《らいか》さん。さもないと天音坂《あまねざか》は、半数以上の学区を巻き込んで無様に敗退することになる』

＃

「——以上が、昨日の陣営選択会議終了後に交わされた一連の会話だ」

英明《えいめい》メンバーとの再会を一頻《ひとしき》り喜んだ後のこと。

生徒会室の長机をぐるりと囲む俺たち（作戦会議の開始に伴って一旦いつもの主力メンバーだけが残っている）に榎本《えのもと》が見せてきたのは、なかなか衝撃的な映像だった。

「《シナリオライター》の副作用、か……」

映像の中で出てきた言葉を復唱しながら、俺は右手をそっと口元へ遣《や》る。

白の星の特殊アビリティこと《シナリオライター》。いつかの《習熟戦《リフレイン》》では俺たち英明を散々苦しめ、さらにはこの期末総力戦《パラドックス》においても〝篠原緋呂斗《おれ》が《アルビオン《彼ら》》に膝を突く〟なんて予言を生み出している不吉かつ凶悪なアビリティだが、とはいえ《シナリオライター》が提示するシナリオというのはあくまでも設定されている未来へ向かうための〝条件《クエスト》〟であり、強制力なんてものは一切ない。逆に言えば、一度でもそのシナリオを外れてしまうと望む未来には二度と辿《たど》り着けなくなってしまう。

けれど越智は、そんな副作用《ペナルティ》を逆手に取ってみせたのだ。

あえて他人の未来を設定することで、無理難題とも言えるクエストを押し付けた。

「そんな使い方も出来るのかよ、あのアビリティ……めちゃくちゃだな、おい」

思わず正直な感想が零《こぼ》れる――が、もちろんそれだけじゃない。そもそも越智は、これまで《シナリオライター》を公表してはいなかった。そんな〝奥の手〟を全学区に晒《さら》したのだから、要は本気なのだろう。この期末総力戦《パラドックス》で全てを終わらせるつもりでいる。

「……そう、ですね」

俺がどうにか思考を整理し終えた辺りで、右隣の姫路《ひめじ》がこくりと首を縦に振った。彼女は上半身を微《かす》かに捻《ひね》ると、澄んだ碧《あお》の瞳を真《ま》っ直《す》ぐ俺に向けて続ける。

「今見ていただいた通り――昨日の陣営選択会議が終了した直後に、森羅《しんら》高等学校の越智春虎様は**【第四週目の〝怪盗〟陣営には裏切り者が潜んでいる。早々に見つけ出して排除**

せよ】という予言《クエスト》を奈切《なきり》様に突き付けました。その条件が達成されない限り、天音坂《あまねざか》は半数以上の学区を巻き込んで早々に敗退する、とも……ちなみに、今週の【怪盗】陣営は当の天音坂を入れて十二学区。その中には、わたしたち英明学園も含まれています」

「っ……それじゃあ、奈切だけじゃなく俺たちにとっても相当マズい展開なんだな」

「その通りです、ご主人様。第一局面《フェイズワン》敗退の危機、ですね」

白銀の髪をさらりと揺らしながら静かに頷《うなず》く姫路《ひめじ》。

「えっと……それでですね、篠原《しのはら》先輩」

その辺りで、向かい側の席に座る水上《みなかみ》がそわそわとした様子で口を開いた。

彼女自身にはおかしなところなど何もないのだが、しかし端末を翳《かざ》してみると一つの事実が分かる。ステータス【逮捕】——そう、水上摩理《まり》は現在〝逮捕〟されている。

「…………」

期末総力戦《パラドックス》はケイドロを模した大型《決闘《ゲーム》》だ。そのため【怪盗】サイドの逮捕という事態が頻発するわけだが、これは何も手錠が掛かったり牢屋《ろうや》に入れられたりするわけではない。単に《大捕物》への参加が禁じられるというだけだ。救出戦を介して助け出されるまでは何もできなくなる。辻《つじ》や多々良《たたら》はいわゆる〝自首〟だが、水上は初週の集中砲火に晒《さら》されてあえなく《大捕物《レイド》》に敗北してしまったらしい。

助け出していただければきっと先輩方のお役に立ってみせます——というのは、先ほどそんな説明をしてくれた水上自身の言葉だ。

とにもかくにも、彼女はいつも通り丁寧かつ真剣な口調で続ける。

「朝の会議でこんな爆弾発言が投下されてしまったので、昨日の【怪盗】陣営はかなり消極的な戦略を取っていたんです。何しろ、味方に【スパイ】がいると分かっているわけですから……特に、難易度の高い〝レアレイド〟は参加が渋られるようになりました」

「まあ、そうなるのも仕方ないよな。越智《おち》の手のひらの上で転がされてるような感じだけど、今《決闘》《ゲーム》内《決闘》《ゲーム》に参加するのはちょっとリスクが高すぎる」

「そうなんです……が！」

そこで一旦言葉を切る水上。滑らかな黒髪を揺らすような形でぱっと顔を持ち上げた彼女は、純真で真っ直《ます》ぐな瞳を俺の方へ向けながら一生懸命に言葉を継ぐ。

「篠原先輩にもう一つお伝えしておくことがあります——それは、桜花学園の動きです」

「……桜花《おうか》の？」

「はい！　期末総力戦《パラドックス》の序盤から常に警戒度ランキングで一位を取り続けている三番区桜花学園ですが、実は昨日のお昼頃に新たな手を打ってきたんです。それも今までの戦略とは全然違う、かなり攻撃的な策と言いますか……あの。篠原先輩は、泉《いずみ》小夜《さよ》という名前のプレイヤーをご存知《ぞんじ》ですか？」

「！」

唐突に出てきた名前に小さく目を見開く俺。……ご存知《ぞんじ》に決まっていた。泉小夜《いずみさよ》というのは、つい昨日まで俺を監禁していた少女の片割れだ。彩園寺《さいおんじ》家の影の守護者。けれど、ここでそれを明かすのはあまり得策ではないだろう。

「聞いたことはあるような気もするけど、微妙なところだな。有名な高ランカーか？」

「いえ、そういうわけではありません。泉さんは三番区桜花《おうか》学園所属の一年生で、等級は4ツ星……とても優秀な成績をお持ちの方ではあるのですが、公式戦への出場記録はまだありません。なので、完全にノーマークだったのですが……」

「……なんかね、すっごい強い色付き星を持ってるんだって」

言い淀《よど》んだ水上《みなかみ》の説明を途中から引き継いだのは浅宮七瀬《あさみやななせ》だ。眩《まばゆ》い金糸をくるくると指先に巻き付けながら、彼女は何やら難しい口調で続ける。

「何色の星かは知らないけど、ヤバいのは《背水の陣《ハイスイノジン》》とかっていう専用アビリティ。対戦相手を〝ギリギリの崖っぷちに追い込む〟みたいな……簡単に言えば、ルールに干渉できる系の効果みたい。桜花学園の隠し玉だ、って島内SNS《STOC》でもウワサになってたよ」

「ルール干渉……それは、確かに攻撃的だな」

言いながら右手をそっと口元へ遣《や》る俺。

相手を逆境に追い込む効果を持つ、色付き星《ユニークスター》の限定アビリティ《背水の陣《ハイスイノジン》》――浅宮はこう言っているが、おそらくそれは誤りだろう。泉姉妹は彩園寺家の影の守護者。彼女たちが得意とするのは色付き星じゃなく、偏《ひとえ》に〝冥星〟だ。《背水の陣《ハイスイノジン》》というアビリティの効果も、どちらかと言えば梓沢翼《あずさわつばさ》が持っていた《敗北の女神》に性質が近い。

「……それで、具体的にはどんなことが起こってるんだ？」

「はいはーい！　それじゃ、せっかくだから乃愛《のあ》が実物を見せてあげる♪」

俺がそんな質問を繰り出した瞬間、あざとい声音と共に手を挙げたのは左隣に座る秋月《あきづき》だった。彼女は鞄《かばん》から自身の端末を取り出すと、慣れた手つきで画面を進めていく。そして辿《たど》り着いたのは期末総力戦《パラドックス》の管理アプリだ。所属陣営に学区人数、果ては《大捕物《レイド》》の戦績なんかが並ぶ中に【所持アビリティ一覧】という項目があるのが見て取れる。

「っと、これは……」

「えへへ……あのね、緋呂斗《ひろと》くん。期末総力戦《パラドックス》では、普段の《決闘《ゲーム》》と同じでアビリティを三つまで登録《セット》できるんだよ。でもでも、期末総力戦《パラドックス》はたくさんの《大捕物《レイド》》をこなさなきゃいけない大型イベントでしょ？　だから最初に登録《セット》する三種類だけだと、いくら天才な乃愛ちゃんでもちょっと物足りなくなっちゃうの♡」

「ん……まあ、そうだろうな」

「うん！　だからね、期末総力戦には一度使うとなくなる〝消費型〟のアビリティがあるんだよ♪　それが【怪盗】陣営の《略奪品》と【探偵】陣営の《調査道具》！　もちろん今の乃愛たちは【怪盗】だから《略奪品》の方しか使えないんだけど……」

言いながら微《かす》かに身体《からだ》をこちらへ寄せて端末の画面を見せてくる秋月《あきづき》。そこには確かに通常のアビリティではない《略奪品》とやらが無数に表示されている。

「ああ、これが《略奪品》か……《大捕物《レイド》》の勝利報酬、ってやつだよな」

　昨日のルール説明で聞いた単語に反応する。《略奪品》というのは、期末総力戦《パラドックス》の《決闘《ゲーム》》内《決闘《ゲーム》》である《大捕物《レイド》》において〝報酬〟に据えられているものだ。イベント全体で三つしか登録《セット》できない通常アビリティの補完となる消費型アビリティ。

「大正解！　ちなみに、だけど……《大捕物《レイド》》で手に入る《略奪品》の強さは、そのプレイヤーの怪盗ランクと《大捕物《レイド》》自体の難易度によって決まるんだよ♪　つまり怪盗ランクの高い人がレアレイドに勝つと超強力な《略奪品》が貰《もら》えちゃう、ってわけ♡」

「なるほどな。それじゃ《調査道具》の方も似たようなもんか？」

「んと、入手方法とかはちょっと違うんだけど……今は【探偵】陣営じゃないし、このくらい押さえておけば充分かな。それでそれで、ここからが本題！　桜花《おうか》学園の泉《いずみ》ちゃんが使ってる《背水の陣《ハイスイノジン》》の具体的な影響っていうのは——これのこと♡」

　そう言って人差し指をぴとっと端末に触れさせる秋月。

　表示されている画面は先ほどから何も変わっていない——すなわち、所持アビリティ一覧の中でも《略奪品》の括《くく》りにあたる項目《モノ》だ。中でも彼女が指差してみせたのは《依存性《シーフ》の窃盗欲求《シンドローム》》なる消費型アビリティ。横には簡潔な効果文《テキスト》も記載されている。

曰《いわ》く――【一時間以内に《大捕物《レイド》》に参加しない限り、貴方《あなた》は自首扱いで逮捕される】。

「えへへ……もうもう、ホントに困っちゃうよね♪」

言葉とは裏腹に好戦的な笑みを浮かべながら、秋月は俺の顔を覗《のぞ》き込んでくる。

「これが【怪盗】陣営のプレイヤー全員に押し付けられてるんだよ。一時間以内の《大捕物《レイド》》参加を強制する《略奪品》……しかも、その条件をクリアしてもしばらく経つと戻ってきちゃうんだって♪　こんな縛りがあるせいで、乃愛《のあ》たちは味方に【スパイ】がいるって分かってても《大捕物《レイド》》に参加しなきゃいけなくなっちゃったの。色付き星《ユニークスター》が関わるとただの４ツ星でも一気に強くなっちゃうっていうか……ま、乃愛は負けないけど♡」

「……そうか。確かに、そいつはかなりの逆境だな」

そんな言葉を返しながら静かに頷《うなず》く俺。冥星のことは誤魔化《ごまか》しているにしても、これだけ派手に動いているんだ。やはり泉小夜《さよ》も〝本気〟ということだろう。

（阿久津《あくつ》が合流した瞬間に越智《おち》が動き始めて、泉姉妹が本格参戦したことで桜花も別の手を打つようになった……《E×E×E《クロス・イー》》の終焉《しゅうえん》が期末総力戦《パラドックス》にも大きな影響を与えてるってわけだ。全学区生存の〝第一局面《フェイズワン》〟を終わらせようとしてる。だから当然、英明学園《おれたち》もここから一気に挽回《ばんかい》しなきゃいけない……）

そんなことを考えながら俺はテーブルの下でぎゅっと拳を握り締める。

ともかく――昨夜のレクチャーで基本ルールと三週目までの動向を、今日の打ち合わせで四週目の動き出しを知ることができたわけだから、これにて期末総力戦《パラドックス》の基礎知識は充分に賄えたと言っていいだろう。そろそろ〝実戦〟に移って然《しか》るべき頃合いだ。

「ふむ……」

そんな俺の内心を見透かしたのか、鷹揚《おうよう》に頷《うなず》いたのは榎本《えのもと》だった。彼はいつも通りの仏頂面《ぶっちょうづら》を持ち上げると、長机に座る英明《えいめい》の主力メンバーたちを静かに見渡す。

――そうして一言。

「秋月《あきづき》、姫路《ひめじ》、水上《みなかみ》、ついでに七瀬《ななせ》。……白状しよう、僕は昨日から嘘を吐いていた。元より篠原《しのはら》の復帰時に明かすつもりではあったが、嘘《うそ》は嘘だ。この場を借りて謝っておく」

「ついでに言うなし。……ってゆーか、嘘？　進司《しんじ》が？　それって珍しくない？」

「そうだな。僕は基本的に嘘を吐かない――というか、これも嘘というよりは単なる黙秘だ。この場にいる全員に黙っていたことが一つある。それを今から開示しよう」

もったいぶるような口調と態度でそんなことを言ってから。

榎本は、静かに視線を持ち上げた。

「――――〝裏切り者〟は英明学園《ぼくたち》だ」

＃

「「「「……はい？」」」」

作戦会議の中盤で繰り出された榎本進司による〝裏切り者〟発言。

それを受けた俺たちはみな思い思いの反応を零《こぼ》したが、そんな諸々《もろもろ》を一言に集約するとすればやはり『はい？』だった。

「ちょ、ちょ……」

混乱が場を支配する中、全員を代表して声を上げたのは浅宮《あさみや》だ。彼女は椅子ごと榎本の方へ向き直ると、難しい顔で思考を整理しながらどうにか言葉を紡ぎ出す。

「ウチらが裏切り者って……それ、どゆこと？【スパイ】だって言いたいの？」

「七瀬にしては理解が速いな、その通りだ。昨日の陣営選択会議において、知っての通り僕は【怪盗】を選択している――が、その際に【スパイ】コマンドを被せている。故に第四週の英明学園は、いつでも【探偵】側に寝返ることができる【スパイ】だ」

「う、嘘……だってそんなこと、全く――」

「【スパイ】の利点は何と言っても奇襲性だ。自らが裏切り者であると知るプレイヤーが少なければ少ないほど他学区にバレる危険が減り、効果的な裏切りを演出できる可能性が高くなる。……とはいえ、越智春虎《おちはるとら》があんなことを言い出さなければ、僕だってここにいるメンバーくらいには昨日の時点で話しておくつもりだったがな」

ちょっとした計算違いだ、と迷惑そうに肩を竦《すく》めてみせる榎本。

「……ですが、どうしてこのタイミングで【スパイ】なのでしょうか？」

そこで、浅宮《あさみや》に次いで不思議そうに口を開いたのは他でもない姫路白雪《ひめじしらゆき》だ。

「これは批判ではなく純粋な疑問なのですが……【スパイ】は《決闘《ゲーム》》全体で一度しか使えない強力なコマンドです。やはり、ここ一番の攻めとして使うのが一般的では？」

「そうかもしれないな。だが、同時に【スパイ】は最強の防護策でもある」

「防護策……ですか？」

「ああ、何しろ【スパイ】によって与えられるのは陣営変更の〝権利〟だからな。戦況に応じて任意の陣営を選べることになる。その権利が残っている限り、第四週目に僕たちが敗北することは有り得ない。昨日の朝の時点で、篠原《しのはら》が期末総力戦《パラドックス》にエントリーすることはほぼ確定していたからな……越智《おち》の方も何かしら動きを見せると踏んでいた」

「——なるほど。ありがとうございます、よく分かりました」

澄み切った声で礼を述べつつ綺麗《きれい》に頭を下げる姫路。……要するに榎本《えのもと》は、越智がこのタイミングで何かしら仕掛けてくることを見越して、どうあっても凌《しの》ぎ切れるように【スパイ】を使っていたらしい。さすがの危機察知能力といったところだろう。

「けど……」

二人の会話を聞きながら思考に耽《ふけ》っていた俺は、そこで静かに顔を持ち上げた。

「奈切《なきり》に対する〝予言〟の中で越智が裏切り者の存在を匂わせてたのは確かだし、英明《おれたち》が

実際に【スパイ】を使ってるのも間違いない。でも、だからって【スパイ】が英明だけとは限らないよな？　っていうか、そうじゃない可能性の方が高いはずだ」

「？　えっと……どゆこと、シノ？」

「そのままの意味だよ。だって、例のシナリオが成り立つためには絶対に裏切り者がいなくちゃいけないだろ？　榎本《えのもと》が【スパイ】を使う展開を読んでた、って可能性も否定はできないけど、そんな不確かな予測に賭けるのは少なくとも越智《おち》のやり方じゃない」

「榎本ではなく榎本先輩だ。……が、内容については概《おおむ》ね同意する」

むすっと不機嫌そうに腕を組みつつ、榎本は仏頂面《ぶっちょうづら》でそう言い放つ。

「端的に言えば裏取引というやつだろうな。最も大々的にやっているのは外縁連合——栗《つ》花落《ゆり》女子を中心とする下位学区の連合軍だが、あれは〝契約〟さえ適切に交わせれば誰もが真似《まね》できる強力な戦術だ。そして《シナリオライター》を介して未来を人質に取れる越智春虎《はるとら》は、どんな相手とでも有利に交渉できる」

「……いやいや、やっぱり化け物過ぎるだろ《シナリオライター》」

「ふん、それが僕たちの仇敵《きゅうてき》なのだから仕方あるまい」

嘆息交じりに呟《つぶや》きながら〝上等だ〟とでも言うように口端を持ち上げる榎本。

そうして彼は、手元の端末を操って各学区の基本データを大きく投影展開してみせる。

「英明《えいめい》学園以外の裏切り者……森羅《しんら》高等学校と裏で繋《つな》がり、第四週目に【スパイ】を使って【怪盗】陣営に紛《まぎ》れ込んでいる学区。僕の見立てだと、候補はさほど多くない」

そんな淀《よど》みない説明と共にピックアップされたのは三つの学園だ。

――学園島《アカデミー》八番区・音羽《おとわ》学園。

――学園島《アカデミー》十五番区・茨《いばら》学園。

――学園島《アカデミー》十七番区・天音坂《あまねざか》学園。

「まあ、こんなところだろうな。6ツ星ランカーにして〝不死鳥〟の二つ名を持つ久我崎《くがさき》晴嵐《せいらん》が所属する音羽は、かねてより桜花《おうか》の支援を行っているため【探偵】寝返りの有力候補。次に、結川奏《ゆいかわかなで》が率いる茨は〝靡《なび》きやすい〟という意味で同じく有力候補になる」

「……じゃあ、天音坂が入ってるのは？」

「あの会話そのものが演技《ポーズ》で、森羅と繋がっているのは最初から天音坂学園だけという説だ。もちろんその他の下位学区を取り込んでいる可能性もないとは言わないが、やはり一定の戦力は必要だからな。重点的な警戒を置くべき相手はこの辺りだと考えている」

そんな言葉で話を締《し》め括《くく》る榎本。

「むぅ……それでさ、進司《しんじ》」

すると同時、しばらく神妙な顔で腕組みをしながら思考に耽《ふけ》っていた浅宮《あさみや》が、鮮やかな金糸をさらりと揺らしながら隣の榎本に問いかけた。

「状況は分かったけど、結局これからどうやって動けばいいわけ？　ウチらが裏切り者なんだから、今週のどこかで【探偵】側に寝返る……ってコトだよね？」

「無論、その通りだ。だからこそ、重要なのはタイミングだな」

浅宮《あさみや》の質問に対し、榎本《えのもと》は端的な同意を返しながら静かに首を縦に振った。

――そして、

「既に姫路《ひめじ》辺りから聞いているかもしれないが……いいか、篠原《しのはら》。僕たち英明《えいめい》学園は現時点で大量の被逮捕者を出している。エントリー総数９４２７人に対し、現在《大捕物》に参加できるプレイヤーはたったの80数名といったところだ。被逮捕者の総人数や割合に関しては、詳しいデータを確認するまでもなく全学区中で最多だろう」

「……、ああ」

それが謝罪の体ではなく単に戦略を告げるような口調で語られた、という事実に少しばかり安堵《あんど》しながら、俺は榎本の目を見つめ返しつつ平然と相槌《あいづち》を打つ。

「知ってるよ。俺がいない間に総攻撃されることが分かってたから、無駄な被害を出さないように〝避難〟させてたんだろ？　多分、俺が榎本の立場でもそうしてる」

「……ふむ。そこまで分かっているのなら何も言うまい」

「ま、信用してるからな。先輩の手腕ってやつを」

「ならばそろそろ敬語で喋《しゃべ》ってもらいたいものだが……いや、今は時間が惜しい」

ちら、と端末の時刻表示を見下ろしながら小さく首を横に振る榎本。現在時刻は午前八時三十七分……そして、期末総力戦《パラドックス》は毎朝九時ちょうどに《決闘《ゲーム》》再開となる。そろそろ全体的な方針を決めておかなければならない時間帯だろう。

と、いうわけで――いつも通りの仏頂面《ぶっちょうづら》を浮かべたまま、榎本進司《しんじ》は静かに告げる。

「僕も、僕自身の判断が間違っていたとは思っていない。そして……間違っていなかったからこそ、これからは反撃を行うべきだ。期末総力戦《パラドックス》第四週目――篠原緋呂斗の参戦をもって、僕たち英明学園は〝怪盗救出〟の方針に転換する。そして〝裏切り〟のタイミングに関しては7ツ星である篠原に一任しよう」

「えへへ……♪　すぐ助けてあげるから待っててね、摩理《まり》ちゃん♡」

「あ、ありがとうございます乃愛《のあ》先輩……！　私、しっかり準備しています！」

榎本の号令に従って秋月《あきづき》と水上《みなかみ》が思い思いの抱負を口にする。

それに小さな頷《うなず》きを被《かぶ》せつつ、俺は確認のためにも一つの問いを投げることにした。

「裏切りのタイミングか……俺も一通りのルールは把握してるつもりなんだけどさ、逮捕されたプレイヤーってのは〝救出戦〟を介さないと期末総力戦《パラドックス》に復帰できないのか？」

「基本的にはその通りだ。他の方法が一切ないとは言わないが、全て《略奪品》や《調査道具》を使った裏ルートになる。学区が【探偵】陣営に移った場合は〝謹慎〟という形で引き続き行動が封じられる上、救出戦も起こせないため復帰はさらに困難になるな」

「……なるほど。じゃあつまり、こういうことか？　今の英明は【スパイ】コマンドを使ってるから、今週中ならいつでも【探偵】側に寝返ることができる——だけど、今後のことを考えればさっさと陣営を移しちまうんじゃなくて、自首作戦で逮捕されまくってる仲間を可能な限り救出してから寝返った方がいい？」

「はい、そうですね。わたしもそれが最善かと思います」

そこで、榎本《えのもと》に代わって肯定の言葉を口にしたのは姫路白雪《ひめじしらゆき》だ。彼女は姿勢よく座ったまま俺の方に向き直ると、いつも通りの涼しげな声音で〝根拠〟を述べる。

「実はですね、ご主人様。初週から常時怪盗作戦を採用している天音坂《あまねざか》学園の奈切来火《なきりらいか》様は、その戦略に相応《ふさわ》しい特殊アビリティを登録《セット》しているのです。それこそが《臨時解放戦線》——通常、期末総力戦《パラドックス》の《大捕物《レイド》》は全てランダムに発生するものですが、このアビリティでは任意のタイミングで〝救出戦〟を引き起こせます」

「へえ……さすがに好戦的だな、あいつ」

「はい。実際、第一週目の寝返り直後に【探偵】側へ甚大《じんだい》な被害を与えたのもこのアビリティの恩恵ですので。……ですが奈切様は、今週に入ってからまだ一度もその効果を使っていません。三週目までとは打って変わって慎重な動きになっています」

「——裏切り者がいるから、か」

その通りです、と白銀の髪を微《かす》かに揺らして頷《うなず》く姫路。

強制的に〝救出戦〟を引き起こせるアビリティ……それは、確かに【怪盗】側の軸になり得る強力な効果だが、同時に裏切りにはひどく弱い。何しろ怪盗の救出というのは一般的な《略奪品》より価値の高い報酬だとされており、自動的に【探偵】有利のレアレイドになるからだ。故に天音坂は、裏切り者がいる限り《臨時解放戦線》を使えない。

「つまり、です」

白手袋に包まれた右手の人差し指をピンと立て、姫路は澄み切った声音で続ける。

「わたしたちが英明《えいめい》学園の仲間を救い出すためには、奈切様の《臨時解放戦線》を利用するのが最も効率的。そして、奈切様に当のアビリティを気持ちよく使っていただくためには、越智様のシナリオを無事に達成したと〝錯覚〟してもらう外ありません」

「だな。俺たち以外の裏切り者を早めに確定させて、陣営変更の権利もさっさと消費させて、奈切が安心して暴れられるような状況を作る……要は身代《スケープゴート》わりみたいなもんだ。そのついでに、俺たちのことを信用できる仲間だって思い込んでもらえばいい」

「うん♪　そこまで出来たら完璧、だけど……でもでも、どうしたらいいのかな？」

ぴと、と人差し指を頬《ほお》に当てながらあざと可愛《かわい》く小首を傾《かし》げる秋月《あきづき》。

彼女だけでなくこの場の全員から視線を浴びつつ、俺はゆっくりと思考を巡らせて。

「——……それなら」

裏切り者を炙《あぶ》り出《だ》すための〝策〟を、静かに告げることにした——。

「じゃかじゃん！　白状してください、ラスボスさん！　裏切り者はあなたですね!?」

「え。………は？」

♯

英明《えいめい》学園内での作戦会議が終わってからおよそ三十分後。

とある《大捕物《レイド》》に参加するべく会場《フィールド》となる五番区へやってきた俺は、到着するなり軽やかな足取りで近付いてきた人物に思いきり人差し指を突き付けられていた。

白状だのラスボスだのと突飛な単語《ワード》ばかりだが、とはいえ知らない相手でもない。俺の目の前で決めポーズを取っているのは、セーラー服をベースにした天音坂《あまねざか》の制服にパーカーを合わせた少女。桃色のショートヘアに大きな髪飾りを付けた新進気鋭の一年生。

その名も、夢野美咲《ゆめのみさき》である。

「ふっふっふ……そろそろ観念した方がいいですよ。世間は騙《だま》せても、主人公であるわたしの目だけは誤魔化《ごまか》せませんから！　やっぱり英明学園が【スパイ】なんですよね？」

「……何の根拠があって言ってるんだよ、それは」

「あ！　まだ白を切るつもりなんですね!?　無駄です、無為です、無謀です！　わたしが主人公アイでじぃーっと見つめたら、どんなラスボスさんだって罪の意識に耐えかねてあっという間に自白しちゃうんですから！　ドドン！」

「っ……いや、だから」

主人公アイとやらを見せつけるためか一足飛ばしで吐息が掛かる距離まで詰め寄ってきた夢野に対し、俺はわずかに狼狽《うろた》える。……彼女の主人公気質には慣れたものだが、俺が普段から〝嘘《うそ》〟を抱えていることと、英明が実際【スパイ】であること、そして彼女がやたら可愛《かわい》いことが三重で作用して、さすがにドクンと心臓が高鳴ってしまう。

「「………」」

同行している姫路《ひめじ》と秋月《あきづき》からダブルでじとっとした視線が向けられていることを背中で感じつつ、俺はどうにか平静を装って「ったく……」と口を開くことにした。

「英明が【スパイ】だなんて、そんなわけないだろ？　そもそも、この《大捕物《レイド》》の情報を【怪盗】陣営全体に流してやったのは俺たちだぞ」

「んぅ、それはそうなんですけど……や、やりますね、ラスボスさん！」

一瞬で論破されぐぬぬと効果音付きで悔しがる夢野。

彼女はこれでも、天才揃《ぞろ》いの天音坂において主力の一人と言っても過言じゃないほど優秀なプレイヤーだ。今年度の一年生の中では間違いなく五本の指に入るだろう。

そんな夢野がここへ来ているのは、他でもない――今から行われる《大捕物《レイド》》の報酬が破格だからだ。期末総力戦の《大捕物《レイド》》はざっくり〝通常仕様《ノーマルレイド》〟か〝怪盗有利《イージーレイド》〟か、あるいは〝探偵有利《レアレイド》〟の三段階に分けられるが、今回のそれは〝探偵有利〟のド真ん中。難易度が高い分、ランク6以上の【怪盗】なら激レア級の《略奪品》を獲得できる。

そして、そんな情報をいち早く掴《つか》み、報酬確保のために各学区のトップランカーを寄越《よこ》せと発信したのが英明学園《えいめい》……なのだが、正確に言えばそれは嘘だ。本来ならこの《大捕物《レイド》》は何の変哲もないノーマルレイドだった。けれど榎本《えのもと》の《略奪品》で報酬と難易度を釣り上げてもらい、魅力的な《大捕物《レイド》》に仕立て上げたという寸法である。

（俺たちの中に潜んでる【スパイ】にとって、この《大捕物《レイド》》の重要度はめちゃくちゃ高いはず……【怪盗】陣営に強力な《略奪品》が渡ったら困るってのはもちろんだけど、それより何より【怪盗】側のトップランカーをまとめて逮捕できる大チャンスっていうのがデカすぎる。もしも【スパイ】がいるならここで裏切らない手はないだろ）

脳内で記憶を辿《たど》るようにしながら改めて現状の作戦を整理する俺。

その上で、目の前の夢野《ゆめの》にはブラフも兼ねて全く別の言葉を掛けておく。

「俺たちが裏切り者の【スパイ】なら、わざわざ厄介な敵を呼んだりしないけどな」

「ぐ、ぐぬぬ……あ、でもでも、ここであっさり勝てちゃったら張り合いがないなぁって思って唯一無二の主人公であるわたしを呼びつけた可能性もっ！」

「いや、お前じゃないんだから……」

瞳をキラキラとさせながら追及してくる夢野に嘆息交じりの答えを返す俺。

と――そこへ、

「やあやあ、英明学園と天音坂《あまねざか》学園の諸君……もとい、裏切り者候補のみんな」

不意に横合いから聞こえてきた軽薄な声。

微《かす》かな鬱陶しさを覚えながらもそちらを振り向いてみれば、視界に映ったのは気取った雰囲気の男だった。入念にセットされた淡い色合いの髪。ニヒルな笑みを口元に貼り付けた彼は、十五番区茨《いばら》学園のリーダー――最弱の６ツ星、もとい結川奏《ゆいかわかなで》その人だ。

「お待たせ、僕だよ」

「？　……え、と。ごめんなさい、何となく顔は知っている気もするんですが、絶妙に思い出せません……！　役名のある方なら一応名乗って欲しいです！　ビシッ！」

「なっ！　ぼ、僕の名前を知らないなんて……君、それでも学園島《アカデミー》の生徒なのかい？　僕はここにいる篠原緋呂斗《しのはらひろと》が躍進するきっかけとなった五月期交流戦《アストラル》において、彼のライバルとして燦然《さんぜん》たる輝きを見せつけた６ツ星・結川――」

「……あ！　わたし、主人公なのでビビッと思い出しました。半年前の《ＳＦＩＡ》か何かでご一緒したような気がします！　確か《茨のゾンビ》さんですねっ!?」

「そのあだ名は言わないでくれるかなぁ!?」

ピンときた、と言わんばかりに両手を叩《たた》いた夢野の発言に頭を抱える結川。

完全に〝噛《か》ませ犬〟のイメージが定着してしまっているが……まあ、それでも彼は紛《まぎ》れもなく６ツ星であり、茨学園のトップランカーだ。何だかんだで年度末付近までその地位を手放していない辺り、案外本当に優秀なプレイヤーなのかもしれない。

「くっ……すっかり調子を狂わされてしまったよ」

そんな俺の内心を知ってか知らずか、ポケットに右手を突っ込んだ結川《ゆいかわ》は――意味深な仕草にも見えるが実際は単なるニヒル気取りだ――ゆっくりと首を振って続ける。

「まあいいさ。君たちも分かっているとは思うけど……明確に〝探偵有利〟なルールを持つこのレアレイド。僕たち【怪盗】陣営が勝利を収めて報酬の《略奪品》を獲得することができれば、今後の展開は大きく【怪盗】側に傾くだろう」

「……？　ああ、だから何だよ結川」

「何だ、分からないのか篠原《しのはら》！　それなら僕が――茨《いばら》学園の代表にして6ツ星ランカー結川奏《かなで》が解説してあげよう！　いいかい、越智春虎《おちはるとら》のシナリオによれば僕たち【怪盗】陣営には裏切り者がいる。彼らはもうすぐ【探偵】陣営に寝返る予定なのだから、この《大捕物《レイド》》で【怪盗】が盗みを成功させてしまうと非常に困るわけだ。故に、ここで裏切り者が尻尾《しっぽ》を出す可能性は大いにある！　つまり、敵は【探偵】だけではない!!!!」

「……えへへ♪　その辺は、みんな〝前提〟として知ってると思うけど……」

「ぬぁっ!?」

小悪魔のあざと可愛《かわい》い煽《あお》りに甚大《じんだい》なダメージを受ける結川。妙に自信満々な態度だから重要な情報でも掴《つか》んでいるのかと思ったが、どうやらそういうわけでもないらしい。

「ふ、ふん……」

そのまましばし狼狽《うろた》えていた結川《ゆいかわ》は、やがて強がるように言葉を継いだ。

「僕に楯突《たてつ》くとはやはり怪しいな、英明《えいめい》学園。裏切り者の筆頭候補は依然として君たちというわけか。次いで音羽《おとわ》に天音坂《あまねざか》に……やれやれ、ただでさえ〝探偵有利〟のレアレイドだというのに忙しい限りだね。僕でなければ耐えられないよ」

「？　音羽、ですか？　変なことを言いますねゾンビさん。わたしの主人公レーダーによれば、音羽学園は主要メンバーを送り込んできてないはずですけど……」

言いながら辺りを見渡す夢野《ゆめの》。

把握できる限り、この《大捕物《レイド》》の参加者は【怪盗】陣営から二十人のようだ。英明は三人、天音坂から一人、茨《いばら》が三人、音羽は二人。他にも神楽月《かぐらづき》等の姿が見える。

ここで大前提だが、期末総力戦《パラドックス》の《大捕物《レイド》》では【探偵】側と【怪盗】側の参加人数上限というものがそれぞれ指定されている。多くの場合、これは均等にならない。ルールと報酬の兼ね合いで自動調整されるというのが通例だ。そして重要な事実として、期末総力戦の《大捕物《レイド》》において〝学区〟という括りはシステム上の意味を一切持たない——要するに、あくまでも〝陣営対抗戦〟というわけだ。指定されるのは合計の人数上限だけであり、全員が同じ学区であっても完全にバラバラでも《大捕物《レイド》》は成立する。

ただし〝逮捕〟のリスクを分散するため、数人ずつ参加するのが一般的らしいが。

……ともかく、

「まあね。音羽の参加者は3ツ星が二人、既に全体の人数上限に達している以上これから高ランカーが参戦することもない。だけど君たちは、一つ大事なことを忘れている――」

やけに得意げな様子の結川が、ふっと白い歯を見せて言う。

「――《緊急動員》。音羽のエースこと久我崎晴嵐《くがさきせいらん》が好んで使う特殊アビリティだ。特定の《決闘《ゲーム》》に外からの助っ人《すけと》を連れ込む補助効果……そんな秘術を後輩に託し、途中からあの〝不死鳥〟が参加するつもりなんだとしたら。さぁ、どうかな？」

「ん～。可能性はあるかもしれないけど、乃愛《のあ》ちゃん的には茨学園の方が怪しいかも♪」

「ぐ、ぬぬ……演技が上手《うま》いな、小悪魔！　今にその化けの皮を剥《は》ぎ取《と》ってやる！」

苛々《いらいら》とした口調と共にびしっと俺たちの方へ人差し指を突き付けてくる結川。それに倣って、夢野もまた両手を腰に当てながら「勝つのはわたしたちです！　えへん！」と満面の笑みで宣戦布告を繰り出したりしている。

そんなものを受けて、俺は――

（俺たちの任務は、英明学園が〝裏切り者〟だってのがバレないように【探偵】陣営と交戦しつつ、その上で【怪盗】陣営の中にいるもう一組の〝裏切り者〟に対処すること。かなりの難題だけど……やるしかない、よな）

――隣の姫路《ひめじ》と密《ひそ》かに目を見合わせながら、小さく息を吐き出した。

＃

【期末総力戦《パラドックス》内レアレイド《すごろく鬼ごっこ》――ルール一覧】

【《すごろく鬼ごっこ》は、その名の通り〝すごろく〟をモチーフとした《大捕物《レイド》》である。ただし〝駒〟はプレイヤー自身であり、盤面《ボード》は五番区の一部を使用する】

【〝探偵〟陣営の参加人数上限は百名、〝怪盗〟陣営の参加人数上限は二十名。いずれも持ち込めるアビリティ（あるいは《略奪品》や《調査道具》）は一人一つまでとする】

【《すごろく鬼ごっこ》において、五番区内には各路地に沿うような形で拡張現実《AR》表示のマス目が設定されている。出発地点《スタート》から目的地《ゴール》までのルートは複数存在し、合計のマス数や道中で手に入るアイテム（後述）の内容がそれぞれ異なる】

【〝探偵〟陣営のプレイヤーが〝怪盗〟陣営のプレイヤーと同じマスに止まった場合、該当の〝怪盗〟プレイヤーは《すごろく鬼ごっこ》から脱落する。
この時点で〝怪盗〟側プレイヤーが全滅した場合は即座に〝探偵〟陣営の勝利。
逆に〝怪盗〟陣営は、誰か一人でも捕まることなく目的地《ゴール》へ到達できれば勝利となる】

【移動について：《すごろく鬼ごっこ》ではサイコロの類《たぐい》を使用しない。その代わり、各プレイヤーには移動手段として〝トランプ〟が与えられる。〝怪盗〟側プレイヤーは1〜10の計十枚、〝探偵〟側はそれに絵札三枚を加えた計十三枚が初期手札となる。
プレイヤーは各ターンの開始時にいずれかのトランプを消費して、そこに書かれた数字の分だけマス目を移動することができる。逆走も可能だが、使用したトランプの数字より少ないマスで移動を終えることはできない】
【ここで、最初の3ターンは〝怪盗〟陣営のプレイヤーだけが行動できる先行ターンである。4ターン目からは両陣営が一斉に行動を選択し、全員同時に移動処理を実行する】
【アイテムについて：拡張現実《AR》表示された盤面上には〝ジョーカー〟が冠されたマスが存在する。これらは移動カードの選択時に通常のトランプ（数字）と一緒に使うことができるジョーカーカードを手に入れられるマスであり、各ジョーカーは様々な補助効果を持っている。ジョーカーマスで獲得できるカードは無作為《ランダム》だが、初めに誰かが止まった時点で抽選され、以降は固定。また、当初から金／銀／銅のレアリティのみ示されている】

【初手ボーナスとして、全プレイヤーに〝銅〟のジョーカーカードを一枚配布する。また同マスにいる味方陣営のプレイヤーとは1ターンに一枚まで手札の交換が可能】

――夢野《ゆめの》および結川《ゆいかわ》との会話を通じて一通りの〝探り〟を入れた後のこと。

俺たち英明《えいめい》学園の三人は、十数分後に迫った《大捕物《レイド》》の開始を待ちながらルールの整理とざっくりとした作戦会議を行っていた。

「むむむぅ……」

ちょこんと背伸びするような格好で俺の端末を覗《のぞ》き込んでいた秋月《あきづき》（あざとい）が、悩むような、あるいは甘えるような吐息と共に口を開く。

「移動できるマスの数が完全ランダムじゃない、追いかけっこ型のすごろくって感じだよね。追っ手の【探偵】が百人で、乃愛《のあ》たち【怪盗】が二十人。【怪盗】側は誰か一人でも目的地《ゴール》に到着できれば勝ちみたいだけど、これ……」

「……だな。残念ながら、こいつは相当裏切り者に優しいルールだ」

秋月の発言の意図を汲《く》み取りつつ、俺は溜《た》め息《いき》交じりに同意を返す。

《すごろく鬼ごっこ》――【怪盗】陣営が〝逃げ手〟側、【探偵】陣営が〝追い手〟側となり、五番区の路上に拡張現実《AR》表示されたマス目の上で壮大な鬼ごっこを行うという《大捕物《レイド》》。先行する【怪盗】側は一人でも目的地《ゴール》に辿《たど》り着ければ勝ち、逆に後ろから追い掛けてくる【探偵】側はそれを防ぎつつ【怪盗】全員を捕まえられれば勝ちだ。ただしマス目の移動はランダムではなく、各々使用したトランプの数字が参照される。

さらに、一般的なすごろくと違って道順《ルート》もいくつか存在するようだ。短いルートなら45マス程度、最長のルートは80マス近くに設定されている。当然ながらマス数が少ない方が目的地《ゴール》は近くなるが、道中で拾えるアイテムは長いルートほど豪華になるらしい。

「そうですね……」

白の手袋に包まれた右手を唇に触れさせていた姫路《ひめじ》もまた、静かに首を縦に振る。

「【怪盗】陣営に与えられている3ターンの猶予は、本来ならなるべく【探偵】側との距離を広げておくための準備期間です。それがあるからこのルールは成り立っている……のですが、そんな制約も裏切り者であれば容易に踏み倒せてしまいますので」

「うんうん、そうだよね♪　だって、隣にいた人が急に【探偵】になって乃愛のこと捕まえてくるかもしれないんでしょ？　そんなのどうしようもないかも～♡」

姫路と秋月が零《こぼ》した懸念に「まあな……」と同意を返す俺。当然ながら嬉《うれ》しい情報では全くないが、この《大捕物《レイド》》の報酬を釣り上げたのは俺たちなのだから仕方ない。

……《すごろく鬼ごっこ》はあくまでも【探偵】と【怪盗】の追いかけっこ。

人数比も五倍なのだから当然【探偵】の動きは警戒しなければならないが、それはそれとして〝致命的な一手〟を容易に放てるのは【スパイ】の方だ。

「だからこそ、それを踏まえた上での……つまり裏切り者がいる前提での勝ち筋を探らなきゃいけない。ってなると、重要なのはやっぱり〝ジョーカー〟か」

端末に表示されたルール文章《テキスト》の一部に指先を触れさせる。……ジョーカー。それは多種多様な補助効果によって《大捕物《レイド》》を有利に進めるためのカード群だ。もしかしたら人生ゲ○ムの類《たぐい》より桃太○電鉄か何かを思い浮かべた方が分かりやすいかもしれない。

「かなり色んな種類があるみたいだな」

「はい、そうですね。マップ上に存在するジョーカーは、その強力さとレアリティに応じて金／銀／銅の三段階に分類されているようですが……」

言いながら端末画面を軽く撫《な》で、ジョーカーの効果を一覧で表示させる姫路《ひめじ》。

【ジョーカー（銅）：遠隔交換／追加移動X／強制逆走……など】
【ジョーカー（銀）：新規手札獲得／透明化／ルート開拓……など】
【ジョーカー（金）：大跳躍／リサイクル／連続行動……など】

――三人で画面を覗《のぞ》き込みながら、それぞれの持つ特殊効果を確認する。

銅ジョーカーは最もありふれているだけあって、すごろくでもよくある〝追加でXマス進む〟効果や〝手札の遠隔交換〟といった汎用的なカードが多いようだ。ただし銀ジョーカーにもなると《すごろく鬼ごっこ》ならではの色がぐっと増し、短縮ルートを開拓したり【探偵】側から身を守ったりするようなカードも現れる。金ジョーカーに至ってはワープやら手札の再利用やら二回行動やら、明らかなパワーカードが満載だ。

『はろはろ〜。ヒロきゅんヒロきゅん、ちょっといい？』

と——そこで、不意に右耳のイヤホンを介して俺の元に届けられたのは、慣れ親しんだ加賀谷《かがや》さんの声だった。回線越しの彼女は相変わらず楽しげな口調で捲《まく》し立てる。

『《すごろく鬼ごっこ》の全体マップはもう公開されてるんだけど、ルートによって結構ジョーカーの配置数が違うみたいなんだよねん』

『さらにさらに、マップに表示されてるジョーカーの情報は金／銀／銅の色だけで、各マスで貰《もら》えるカードの内容は最初に誰かが踏んだタイミングでランダム決定！』

『特定のジョーカーを使った作戦を立てるならその辺の仕様も要注意、って感じかな』

（……なるほど）

欲しい情報を的確に投げてくれる加賀谷さんに内心で感謝を捧《ささ》げつつ思考に耽《ふけ》る。

今ここで考えるべきこと——それは《すごろく鬼ごっこ》の攻略方法などではなく、裏切り者ならどうやって動くかだ。茨《いばら》か音羽《おとわ》か天音坂《あまねざか》かは知らないが、確実に【怪盗】陣営に潜んでいる【スパイ】。彼らがこのルールの上でどう振る舞うのかを予測して、それを叩き潰せるような策を練らなきゃいけない。後ろから追ってくる【探偵】たちとすぐ隣にいる裏切り者の両方に対処できる策を、どうにか絞り出す必要がある。

「…………」

「わ……えへへ。乃愛《のあ》、緋呂斗《ひろと》くんが真剣に考えてるところ久し振りに見ちゃったかも♡」

「……秋月様《あきづき》？　ご主人様の邪魔をするのはお止《や》めください」

「ごめんごめん♪　でも、そういう白雪《しらゆき》ちゃんだって実は見惚《みと》れてたんでしょ？　さっきからじ～っと緋呂斗くんのこと見てるし、顔もちょっと赤くなってるし……えへへ♡」

「い、いえ、そのようなことは決して――」

「――……悪い、待たせたな」

「「！」」

しばしの黙考を終えて顔を上げると、何故《なぜ》か目と鼻の先にいた姫路《ひめじ》と秋月がびくっと肩を跳ねさせて俺から距離を取った。謎の過剰反応に「？」と首を傾《かし》げつつも、時間があまりないことを思い出し、俺はさっそく〝本題〟を切り出すことにする。

小さく息を吸い込んでから、一言。

「俺たちは、こんな作戦で行こうと思う。まず、裏切り者は――」

♯

――強力な《略奪品》が報酬として掲げられた【探偵】有利の《すごろく鬼ごっこ》。

裏切り者を炙《あぶ》り出《だ》すには最適と思われるこのレアレイドにおいて、序盤の【怪盗】陣営を引っ張る役目に名乗りを上げたのは、意外にも十五番区茨《いばら》学園の面々だった。

『ふっ……いやぁ、順調な展開だねぇ。全く誰のおかげなんだろうか！』

手元の端末からは《茨のゾンビ》こと結川奏《ゆいかわかなで》の声が流れ込んできている。これは一対一の通話というわけではなく、【怪盗】陣営の全員がアクセス権を持つ〝共通回線〟のようなものだ。《すごろく鬼ごっこ》には目的地《ゴール》までのルートが無数に存在し、さらには一つのマスが数十メートル規模に及ぶため、プレイヤー間で直接やり取りするのはあまり現実的じゃない。そんな不便を解消するためのシステムが共通回線《これ》だった。

「ん……」

現在は《大捕物《レイド》》開始から3ターンが経過したところ、つまり追っ手である【探偵】陣営のことを気にせず【怪盗】側だけが比較的自由に行動できる〝先行ターン〟がちょうど終了したタイミングだ。そしてイヤホンの向こうの結川が先ほどから威張り散らしている理由は、この3ターンの間に彼ら茨学園が取った行動にある。

『《羽根付きの靴《ロケットブーツ》》――何の変哲もない《略奪品》だけど、僕のように優秀なプレイヤーに使われるとやはり輝くものだね。僕たちが早々に大きい目を出して各ルートのジョーカーを踏んでいったおかげで、【怪盗】陣営のみんなが攻略の方針を立てやすくなったわけだ。ああ、なんて親切なんだろう！』

『む……いいえ、親切は親切でも何となく押しつけがましい感じがします！　わたしの主人公的な直感だと、むしろあなたが〝裏切り者〟です！　ビビッ、ときました！』

『ビビッ⁉　よ、よく分からない直感に頼るのはやめたまえ！』

遠隔でやり合っている夢野《ゆめの》と結川《ゆいかわ》の口論を聞きながら、俺は静かに記憶を辿《たど》る。

まあ――実際、結川の言い分はそこまで誇張表現というわけでもなかった。結川本人を含めて三人がエントリーしている茨《いばら》学園は揃《そろ》って《羽根付きの靴《ロケットブーツ》》なる《略奪品》を使用し、初手で20マスほど前進した。それだけなら単なる脅かしでしかないのだが、彼らは3ターン連続で別々のジョーカーマスに停止してみせたのだ。

ここで、各マスに配置されたジョーカーの内容というのは〝初めに誰かが止まった時点で〟確定する。開始時点では金／銀／銅のレアリティしか決まっていないものの、一度でも誰かが踏めば《追加移動X》やら《遠隔交換》やらに固定されるんだ。

これはかなり重要な仕様だった。獲得できるジョーカーが完全ランダムだとさすがに作戦には組み込めないが、一度誰かが確定してくれれば方針くらいは立てられる。加えて先行するのは常に【怪盗】側なので、明確に【怪盗】の利になる行為だと言っていい。

『ぐぬぬ……ゾンビさんに正論で攻撃されています！　とっても悔しいです！』

『ふはははは！　分かったら僕を崇《あが》め奉《たてまつ》ってくれればいいよ！』

……そこまで誇るべき偉業なのかはともかく、だが。

とにもかくにも、そんな風に〝初手ブースト〟作戦を取った茨学園の三人は、現在スタート地点から40マス近く駒を進めている。彼らの進行ルートはバラバラだ。最短コースである【裏路地ルート】とジョーカーマスが最も多い【商業施設ルート】、そして長さとジョーカーマスの数がいずれも平均的な【大通りルート】の三方に散らばっている。

ちなみに、俺と姫路《ひめじ》と秋月《あきづき》が選択したのは結川奏《かなで》の後追いとなる【大通りルート】。《5》↓《8》↓《6》と数字トランプを使い、三人で常に同じマスを踏み続けている。

このうち1ターン目に止まったのが銀ジョーカー、3ターン目に止まったのが銅ジョーカーのマスだ。3ターンで19マス、と考えると進捗的にはやや遅い方だろうか。

「ん～……」

右手をおでこに当てるようなあざと可愛《かわい》い格好で辺りを見渡していた秋月が、後ろ手を組みながらちょこんと俺に向き直る。

「【怪盗】陣営は全部で二十人いるはずなのに、たった3ターンで結構バラバラになっちゃったね♪　もちろん、乃愛《のあ》と緋呂斗《ひろと》くんはずーっと一緒だけど……えへへ♡」

「……さりげなく腕を取ろうとしないでください、秋月様。ふしだらです」

「ええ～、何で～？　乃愛はただ迷子にならないように手を繋《つな》ごうとしただけだもん♪」

「なるほど。それでは、わたしがご主人様の代わりに手綱を握って差し上げます」

俺と秋月の間に割って入るような形で強引に彼女の手を取る姫路。ゆるふわなツインテールを揺らす秋月は最初こそ不満げに頬《ほお》を膨らませていたものの、やがて〝まあこれはこれで〟と思い直したのか、何ともくすぐったそうな笑みを浮かべてみせる。

そんな二人の様子を眺めつつ、俺は各プレイヤーの現在地を示すマップを展開した。

「まあ、確かにバラけたな……【大通りルート】と【裏路地ルート】の二つが割と人気みたいだけど、それ以外の【商業施設ルート】とか【川沿いルート】とか、あとは【歩道橋ルート】なんかにも最低一人か二人くらいは【怪盗】がいるって感じだ」

「そのようですね。もちろん【怪盗】陣営としてはそれが妥当な戦略なのですが」

「全員捕まったら負け、だもんな。夢野《ゆめの》のやつは……【商業施設ルート】に行ったのか」

「はい。ジョーカー数最多、という利点《メリット》よりむしろマス数最多という難点《デメリット》の方に〝主人公らしさ〟を感じている可能性は大いにありますが……まあ、何だかんだでとても優秀な方ですからね。きっと上手《うま》く立ち回ってくれることでしょう」

少しばかり達観したような口調で呟《つぶや》く姫路《ひめじ》。

そうして彼女は、耳の周りの髪を掻《か》き上げながら静かに背後へ視線を向けた。

「とにもかくにも——ここからは【探偵】陣営の皆さまが行動を開始します。ようやく本番といったところですね、ご主人様？」

「……だな」

頷《うなず》きながら端末をポケットへ入れ、姫路に倣って出発地点《スタート》の方向を見遣《みや》る俺。

路地に合わせてマスが形成されている《すごろく鬼ごっこ》では10マスも進めば何度か角を曲がることになり、出発地点《スタート》の様子なんかとっくに窺《うかが》えなくなっている。ただし3ターン前には同じ場所にいたわけで、【探偵】陣営の顔触れも一通りは確認していた。

——総勢百名にも上る《すごろく鬼ごっこ》の〝鬼〟たち。

もちろん人数だけが強みというわけじゃない。強力な《略奪品》が懸かっていて、さらには怪盗ランク6以上のプレイヤーが複数参加しているような《大捕物《レイド》》なんだから、当然【探偵】側だってそれに見合うだけの戦力を用意する必要がある。

故に《すごろく鬼ごっこ》で【探偵】陣営を率いるのは、桜花学園の最終兵器——

「……藤代慶也《ふじしろけいや》、か」

静かに記憶を辿《たど》っていた俺は、嘆息と共にポツリとその名を口にした。

そう——基本的には探偵ランク4程度の中堅プレイヤーで構成された今回の【探偵】陣営だが、その先頭に立っていたのは他でもない彼だった。くすんだ金髪と不良めいた容姿が強烈な印象を与えるランク7の【探偵】。無骨な誠実さから一部で人気が爆発しているという、あの《女帝》彩園寺更紗《さいおんじさらさ》と並び称されることも多い本物の強敵である。

「もうもう、あんな強いのが参加してるなんて聞いてないよね♪」

俺の呟きを聞き付けたのか、姫路と手を繋《つな》いだままの秋月《あきづき》が好戦的な笑みを浮かべる。

「藤代くんは威厳もカリスマもあるから〝司令塔《リーダー》〟として完璧だし、周りの子たちも普通に機能しちゃうかも。えへへ、裏切り者なんかいなくても全然強かったりして♡」

「ですね。森羅《しんら》高等学校と繋がっている【スパイ】がどの学区だとしても、それを桜花《おうか》学園とも事細かに共有しているとは考えられませんので……【探偵】側は【探偵】側で、裏切り者の存在に頼ることなくわたしたちを倒すつもりでいるものかと」

「そりゃまあ、な……」

右手で頭を掻《か》きながら姫路《ひめじ》の言葉に同意する。……様々な学区の狙いが複雑に交錯する期末総力戦《パラドックス》だからこそ、他学区の働きに期待する振る舞いは基本的に悪手《NG》だ。同じ陣営の仲間はあくまで利用する対象であり、心から信用するような相手では決してない。というか、本来の《大捕物《レイド》》とは単純に【探偵】と【怪盗】の勝負なんだ。裏切り者という特殊要素が絡んでいるだけで、俺たちの〝敵〟は最初から藤代《ふじしろ》たち【探偵】陣営である。

（けど、藤代のスタンスがどうであれ【怪盗】陣営の中に裏切り者はいる……で、俺の予想が確かなら、そいつらはこのタイミングで自分から暴露してくれるはずだ）

視線を前方へ向け直しつつ、3ターン目の移動処理が終わるのを待つ俺。

【――4ターン目を開始します】

【怪盗／探偵陣営の両プレイヤーは行動を選択してください】

そうして《すごろく鬼ごっこ》が運命の4ターン目に突入した――瞬間だった。

『あはっ……』

……【怪盗】陣営の共通回線を伝って聞こえてきたのは、爽やかで耳障《ざわ》りな笑い声。

その主は今さら確認するまでもなく、十五番区茨《いばら》学園の長・結川奏だ。

『あは、あははははははは！　はーっはっはっはー!!　この声を聞いているか、聞こえているか篠原緋呂斗《しのはらひろと》！　君は僕たちを安易に〝前〟へと進ませた……それが【怪盗】全体の決定的な敗因になるとも知らずにね！　全く、不注意この上ない決断だよ！』

「……へえ？　どういう意味だよ、そりゃ」

『決まっている——こういうことだ!!』

端末の向こうの結川《ゆいかわ》が勢い任せに言い放った、その刹那。

【——茨学園が〝スパイ〟コマンドを使用しました】

【今この瞬間より、茨学園の所属陣営は〝探偵〟となります】

【この処理は、現在開催中のあらゆる《大捕物《レイド》》に適用されます——】

投影画面に表示されたのは、茨学園の〝陣営変更〟を示すシステムメッセージだ。

『篠原！　ああ篠原、君は気付かなかったのかな!?　この《大捕物《レイド》》には必勝法があるんだよ……スターである僕はルールを見た瞬間に気付いてしまったんだけどね！』

「必勝法ね。それって、要するに——」

『ああいや、君が分からないのも無理はないよ！　これは僕くらいの次元に達しないと到底思い至らない領域だ。だけど僕は親切だから教えてあげよう、その作戦とは!!』

「——挟み撃ち、だろ？」

『っ……ぬわんで先に言うんだよぉおおおおおおおおおおお！！？』

……回線越しに絶叫する結川《ゆいかわ》の声がうるさくて、思わず端末の音量を0にする。

「大変調子に乗っておられますね、結川様……」

それを見て気の毒そうに零《こぼ》すのは姫路白雪《ひめじしらゆき》だ。彼女は澄んだ碧《あお》の瞳をルート前方（どこかにはきっと結川がいる）に向けながら、平常通りの涼しげな顔で口を開く。

「挟み撃ち。確かに、今回の《大捕物《レイド》》においては非常に強力な戦法です。もちろん【怪盗】側に【スパイ】が紛《まぎ》れ込んでいる前提にはなりますが、序盤にスタートダッシュを決めるだけで簡単に【怪盗】陣営全体の動きを封じることができますので」

「えへへ、そうだよね♪　逆走もＯＫなルールだから、乃愛《のあ》たちからすれば前からも後ろからも【探偵】さんが迫ってくることになるもん。きゃ～、こわ～い♡」

「……楽しそうですね、秋月《あきづき》様。語っている状況はかなり絶望的なのですが」

「当たり前だよ、白雪ちゃん。だって……」

そこまで言った辺りで一度言葉を切る秋月。

彼女はあざと可愛《かわい》い上目遣いで俺を覗《のぞ》き込むと、囁《ささや》くような甘い声音でこう言った。

「——だって、緋呂斗くんが最初に言ってた通りの展開だもんね♡」

♭♭

「まず、裏切り者は——初手でブースト系のアビリティを使って飛び出した連中だ」

……約一時間前。

《すごろく鬼ごっこ》の作戦会議において、俺は姫路と秋月にそんな推測を共有していた。

「ブースト系のアビリティ……ですか？」

澄んだ声音で俺の言葉を復唱しつつ、隣の姫路が白銀の髪をさらりと揺らす。

「それはどのような読みなのでしょうか、ご主人様」

「ああ。俺たちが裏切り者だったらどうするか、ってのを考えてみたんだよ。《すごろく鬼ごっこ》は二つの陣営に分かれた盤面《ボード》上の追いかけっこ。先に【怪盗】側がスタート地点を出発して、その後ろから【探偵】たちが追い縋《すが》る流れだ。……もし俺がここで寝返るつもりの【スパイ】なら、とにかく初手で大きく飛び出しておいて、俺たちと元々の【探偵】連中とで残りの【怪盗】を挟み撃ちにする。何せ逆走も可能なルールだからな」

「なるほど……言われてみれば、確かにそれが最善策なのかもしれません」

白手袋をそっと唇に触れさせながら静かに頷《うなず》く姫路。

そんな彼女に「だろ？」と短く返しつつ、俺は二人の顔を交互に見つめる。

「で、だ。裏切り者が今言ったような〝挟み撃ち〟の作戦を取ってきた場合、俺たち【怪盗】側が勝つのは相当難しくなる。簡単に全滅させられてお終《しま》いだ」

「うんうん、そうだよね。逃げなきゃいけない【探偵】が乃愛《のあ》たちの前にいるんだもん」

「ああ。だから、どうにかしてそいつらを躱す手段を用意する必要がある」

言いながら、俺は端末から《すごろく鬼ごっこ》のルール文章《テキスト》をもう一度確認してみることにした。そうして目の前に展開したのは〝ジョーカー〟効果の一覧だ。

「パッと見た限りだけど……まず、一気に30マス近くワープできる《大跳躍》は前方にいる【スパイ】たちを躱《かわ》すのにもってこいの効果だよな。だけど金ジョーカー枠だからそもそも対象のマスが限られてて、最短ルートから大きく外れないと踏めもしない。その上でランダム排出なんだから、あんまり現実的な案じゃなさそうだ」

「そうですね。では……たとえば銅ジョーカーにある《追加移動X》のような効果に《数値管理》系のアビリティを重ねるのはいかがでしょうか？　ご主人様は期末総力戦《パラドックス》の登録《セット》アビリティをまだ確定させていませんし、汎用性も充分に高いです」

「ん……今回はそれじゃ足りない気がしてるんだよな。ただでさえ何十マスも先を進んでるやつらを追い越さなきゃいけないんだから、多少のブーストじゃ届かない。裏切り者がろくなジョーカーを引いてなければ逃げ切れるかもしれないけど……」

「……確かに、どうしても運が絡んできてしまいますね」

こくん、と頷《うなず》いて引き下がる姫路《ひめじ》。今の案でもある程度の勝率にはなりそうだが、ある程度じゃダメだというのは俺が〝偽りの7ツ星〟になった瞬間からお互いの共通認識になっている。不確定要素なんか残っていたら意味がない。絶対に勝てる策が要る。

そこへ、ふわりと柑橘系《かんきつけい》の香りが漂った。

「えへへ……♪　だったらもう答えは決まってるよね、緋呂斗《ひろと》くん♡」

「はい。わたしも、そう思います」

秋月《あきづき》が指差した一枚の銀ジョーカーを見て、姫路が真っ直《ま》ぐ《す》同意の言葉を口にする。

それこそが《透明化》――使用したターンに限り〝絶対防御〟の加護を得るジョーカーだ。仮に複数の【探偵】に詰め寄られようとも、該当ターンだけは捕まらない。

「ま、そりゃそうだよな……移動系のカードで前にいる【スパイ】を追い抜かすのが難しいなら、もう〝同じマスに止まっても大丈夫〟なようにして無理やりすり抜ける以外に方法はない。これなら相手側の引きが無視できるからランダム性は最低限だし、何より【スパイ】連中だけじゃなくて後ろにいる【探偵】たちも同時に無効化できる」

「そだね♪　たとえば【大通りルート】なら、出発地点《スタート》から目的地《ゴール》まで52マス……十枚のトランプを上から順に使っていけば、クリアまでは最速で8ターン。で、最初の3ターンは【探偵】側が動いてないから、あと5ターンだけ凌《しの》げればいいのかな？」

「いえ。最後の8ターン目は移動処理が終了した段階で目的地《ゴール》に到達していますので、実質4ターンです。つまり《透明化》が四枚あれば必勝、ということになりますね」

思案するように言いながらさりげなく右耳に指を触れさせる姫路。

と――直後、回線を共有している俺のイヤホンからも加賀谷《かがや》さんの声が聞こえてきた。

『おねーさんの方でちょっと調べてみたけど、マップ上にある銀ジョーカーの取得マスは全部で二十五ヶ所《か》……で、そのうち三ヶ所が《透明化》を排出してくれるマスだねん。ただし何が出るかはランダムだから、確率操作系のアビリティは必須かも』

『ちなみに一人のプレイヤーが同じマスで何度もジョーカーを手に入れることはできないけど、排出枚数自体に制限はないみたいだよん？　つまりヒロきゅんたちが三人とも同じマスに止まって同じジョーカーを三枚ゲット、はＯＫってこと！』

……そんなジョーカーマスの仕様を頭に叩《たた》き込《こ》みつつ、再び右手を口元へ遣《や》る俺。

一度中身が確定したマスは同じジョーカーを吐き出し続けるわけだから、たとえば《幸運》系のアビリティを使って出発地点《スタート》付近で無理やり《透明化》を出してしまえば、俺と姫路《ひめじ》と秋月《あきづき》で合計三枚を確保できる。ここまでは充分に現実的な考えだろう。

「ただ、一人が三枚も四枚も同じジョーカーを手に入れるのはどう考えても無理……だから、方針としては誰か一人に《透明化》を集めちまった方が良さそうだ。同じマスにいる味方とは1ターンに一枚まで手札を交換できる、ってルールもあることだしな」

「あ、確かに！　そっか、ジョーカーも〝トランプ〟の一種だから数字カードみたいに交換していいんだよね。えへへ、さっすが緋呂斗《ひろと》くん♡」

「なるほど……であれば、三枚までは確実に入手できることになりますね。ですが、三枚だけでは先ほどの案と同様に勝ち切れません。あと一枚だけ追加が必要です」

「ん～……でもでも」

　そこで声を上げたのは秋月だ。彼女は顎の辺りに人差し指をぴとっと当てながら（あざとい）、栗色《くり》のゆるふわツインテールを微《かす》かに揺らして首を傾《かし》げる。

「たとえば白雪《しらゆき》ちゃんが特攻要員だとして……乃愛《のあ》と緋呂斗くんが二手に分かれて銀ジョーカーのマスを踏み続ければ、白雪ちゃんの《透明化》が切れるまでに〝四枚目〟を手に入れられるんじゃないかな？　最初にもらえるボーナスカードで《遠隔交換》を選んでおけば、離れたマスにいても手札の交換はできちゃうし♪」

「まあな。その場合、俺と秋月は目的地《ゴール》を気にせずに数字カードを使えるから、銀ジョーカーマス決め打ちで移動していい。……っていうか、それだけじゃないな。その時点ではもう裏切り者が分かってるんだから、【怪盗】陣営の誰か一人が《透明化》を引いてくれてれば充分なんだ。確実に勝てる策なんだからさすがに融通してくれるだろ」

「それで四枚……うん、ちゃんと足りるね♪」

　指折り数えてあざと可愛《かわい》い笑みを浮かべる秋月。……今の作戦だけだと最後の詰めが甘いような気がしなくもないが、

『にひひ、おっけーおっけー。こっちも準備しとくよん』

　右耳のイヤホンからは何とも頼もしい声が漏れ聞こえてくる。

　そう、そこまで持っていければ実は必勝だった。あとは、どこかで銀ジョーカーの抽選を《カンパニー》に弄《いじ》ってもらうだけでいい。初手で不正《イカサマ》を敢行するのはあまりにも怪し

いが、ある程度ジョーカーが捲《めく》れた段階なら違和感すら持たれないだろう。

裏切り者が〝挟み撃ち戦術〟を採用してくることを見越した《透明化《ステルス》》作戦。

少なくとも、机上の論としては成立しているように思える。

（あとは、追手の【探偵】側に面倒なやつがいなきゃいいんだけど……）

そんなことを考えながら、俺は《すごろく鬼ごっこ》の開始を待つことにした。

＃

『ぐ、ぬぬ……ぬぬぬ！　何故《なぜ》だ！　どうして同じマスに入っているのに捕まらない!!』

《すごろく鬼ごっこ》４ターン目終了時点――。

共通回線から流れ込んでくる結川奏《ゆいかわかなで》の大声から察するに、どうやら彼は姫路《ひめじ》と同じマスに停止したようだ。そして見事に《透明化》の効果で弾《はじ》かれてくれたらしい。

つまりは完全に予定通りの展開である……のだが、

（――……、最悪だ）

俺の胸中に渦巻くのは達成感でも愉悦でもなく、どうしようもない焦燥感だ。

本来なら、この時点で俺（または秋月《あきづき》）の手札には累計四枚目の《透明化》が入っているはずだった。偶然の産物、あるいは《カンパニー》によるイカサマ操作でダメ押しの一枚を獲得し、勝利を決定づけてしまう算段だった。……けれど、

『や〜……まさかまさか、追手側が初手でいきなり残り二ヶ所の《透明化》を潰してくるなんて思ってもみなかったねん』

――そう、まさに加賀谷《かがや》さんの言う通りだ。

いや、本音を言えば【探偵】陣営の参加メンバーを見た段階で嫌な予感はしていた。桜《おう》花《か》学園の最終兵器こと藤代慶也《ふじしろけいや》。学園島《アカデミー》全体でもトップクラスの実力者である彼は、下手すれば裏切り者よりも厄介な〝敵〟になり得る。

そして――そんな懸念は、残念ながら見事に的中してしまった。

「……っ……」

起こったこと自体は非常にシンプルだ。藤代慶也は、もとい彼に率いられた【探偵】陣営のプレイヤーたちは、端的に言えば俺たちと全く同じ方法を使ってきた。【探偵】側の行動開始1ターン目、つまり全体の4ターン目を使って、最も出発地点に近かった銀ジョーカーマス二つを確率操作系のアビリティで《透明化》に固定してしまったのだ。

……このマップ上で《透明化》を排出してくれる銀ジョーカーマスは最大三ヶ《か》所。既にそれらの位置が全て確定してしまった以上、俺や秋月がいくら張り切って探索を続けたところで《透明化》が手に入る可能性は完全に皆無だということになる。

つまり、藤代は俺たちの作戦を読んでいたんだ――俺が〝裏切り者がいる前提〟で動くことを読み切り、それを前提として【探偵】側の戦術を組み立てていた。

（ハイスペックすぎるんだよ、くそ……！）

思わず内心で悪態を吐《つ》いてしまうが、そんなことをしても事態は欠片《かけら》も好転しない。だからこそ俺は、冷静さを取り戻すためにも改めて状況を整理してみることにした。

まず、英明《えいめい》メンバーが所持しているジョーカーの内訳はこんな感じだ。

【篠原緋呂斗《しのはらひろと》――《遠隔交換》《追加移動3》】
【姫路白雪《ひめじしらゆき》――《透明化》《透明化》《遠隔交換》】
【秋月乃愛《あきづきのあ》――《追加移動4》《強制逆走》】

最初のターンに三人揃《そろ》って獲得した《透明化》は同マス交換を通じて全て姫路に渡っており、既に使用された一枚を差し引いて残り二枚となっている。結川《ゆいかわ》が既に姫路と同マスにいることを考えれば、どこかで《透明化》を節約するのは難しそうだ。

（だから、結局一枚足りない……このまま進めても、6ターン目には姫路の《透明化》が切れるから目的地《ゴール》まではギリギリ届かない。けど、当のジョーカーを獲得できるマスは三つとも出発地点《スタート》付近……【探偵】の包囲網を抜けてあそこまで戻るのは無茶《むちゃ》過ぎる）

……つまり、俺たちが四枚目の《透明化》を手に入れるのは不可能だ。

このままだと姫路は、目的地まであと一手だけ足りず【探偵】たちに捕まってしまう。

【――5ターン目を開始します】
【怪盗／探偵陣営の両プレイヤーは行動を選択してください】

（くそ！　何かないのか、何か――――……………って）

そこまで考えた瞬間、俺はふとあることに思い当たって思考を止めた。

期末総力戦《パラドックス》は、最後の一学区になるまで鎬《しのぎ》を削り合う学区対抗の〝生き残り戦〟だ。一年の総決算とも言われる大規模《決闘《ゲーム》》なわけで、当然ながらその括《くく》りは学区単位になる。他学区所属のプレイヤーなんて全員〝敵〟でしかない。

けれどそれでも、この《決闘《ゲーム》》が掲げているテーマは協調と裏切りだ――一週間単位で変動する二つの陣営は、一時的なものであるにせよ〝仲間〟という概念を作り出す。あらゆる《大捕物《レイド》》は陣営同士の対抗戦であり、学区という括りにルール上の意味はない。

――つまり、

（英明メンバーだけじゃない……【怪盗】は、俺たちの他にもいる）

マップ上に散らばる【怪盗】陣営のアイコンを見つめてごくりと唾を呑《の》み込む俺。

普段の《決闘《ゲーム》》と感覚が違うため何となく戸惑ってしまうが、茨《いばら》学園が裏切り者だと発覚した以上、残り十七人の【怪盗】は協力した方が絶対に得なんだ。そして、この追加戦力はとんでもなく重要だった。何せ【怪盗】陣営には天音坂の夢野美咲がいる。

（っ……加賀谷《かがや》さん！）

『あいあいさー！　美咲《みさき》ちゃんの手札だよねん、ちょいとお待ちを～』

俺がタタンっと右耳のイヤホンを叩《たた》くと、端末の向こうの加賀谷さんが食い気味にそんな言葉を返してきた。そうして待つこと数秒、いかにも楽しげな声が耳朶《じだ》を打つ。

『にひひ、お待たせヒロきゅん。ジョーカー最多の【商業施設ルート】を通ってるからっていうのもあるとは思うけど、さっすが美咲《みさき》ちゃんって感じの手札だよん？　《ルート開拓》に《追加移動7》に《大跳躍》に……【怪盗】の理想ムーブだね、これ』

（へえ……《大跳躍》まで持ってるんですか、夢野《ゆめの》のやつ）

『そうそう、30マス以上飛べる爆弾級の金ジョーカー！　でも【商業施設ルート】はざっと80マスくらいあるから、これだけじゃまだ目的地《ゴール》には遠いかな……う～む』

ぶつぶつと計算を続ける加賀谷《かがや》さんの声を聞きながら、俺は右手を口元へ遣《や》る。

おそらく、だが――夢野のプランとしては、手札にたっぷりの移動系ジョーカーを溜《た》め込《こ》んだ上で【探偵】たちの包囲網を強引に突破する目論見《もくろみ》なんだろう。現状ではまだカードが足りていないようだが、もう少しターンが経過すれば現実的な策になる。

ただその場合、不気味なのはやはり藤代慶也《ふじしろけいや》だ。

俺たちの《透明化《ステルス》》作戦を早々に潰しておいて、夢野の方はノータッチで素通し《スルー》……なんて、そんな中途半端な手を打ってくるような相手じゃないだろう。《大跳躍》の弱点はただ一つ、他のジョーカーと違って数字トランプによる移動と併用できない点だ。夢野がワープする先に【探偵】が回り込んでいたら、彼女はあっさり捕まってしまう。

そして、夢野自身がそのことに気付いているかと言えば――まあ、微妙なところか。

『だって……マップに映ってないもんね、金髪のお兄ちゃん』

イヤホン越しに神妙な声を零《こぼ》すのは《カンパニー》の天才中学生こと椎名紬《しいなつむぎ》だ。

『あ、もしかしてこのお兄ちゃんだけ【吸血鬼】だからレーダーには映らないとか!?』

『ん〜、そうだったら面白いけど……多分《潜伏》系のアビリティか《調査道具》を使ってるだけだねん。しかも夢野ちゃんが確定させてた金ジョーカーの《大跳躍》を後追いで手に入れてるから、次のターンでぐーんと一気に前進しちゃうかも。もうね、こっそり夢野ちゃんを仕留める気満々って感じのムーブだよん？』

椎名の気付きと加賀谷さんによる補足を受けて密《ひそ》かに下唇を噛《か》む俺。……確かに、それは考え得る限り最悪のパターンだ。場合によっては【怪盗】側の攻め手が完全に封じられてしまう可能性すらある。さすがの強敵だが、しかし感心してばかりもいられない。

——俺が使える手札は出揃《でそろ》った。

これらを上手《うま》く組み合わせて〝必勝〟まで持っていくには、何をどう選べばいい？

♭

（ふっふっふ……これで、輝ける勝利は主人公であるわたしのものです！）

《すごろく鬼ごっこ》5ターン目——。

【商業施設ルート】を独走する夢野美咲は、自身の手札を眺めてほくそ笑んでいた。

初手から常にジョーカーマスを踏み続けてきたおかげで、彼女の端末には大量の切り札《ジョーカー》が詰め込まれている。中でも《大跳躍》と《ルート開拓》は格別だ。裏切り者がいようがいまいが真正面からぶち抜く一手——それこそが夢野美咲《ゆめのみさき》の主人公的美学である。

（本当はラスボスさんが裏切り者だと思っていましたが……まあ、そんなのはどっちでもいいです！　結局、最後に勝つのは〝主人公《わたし》〟なんですから！　ビシッ！）

見ている人がいなくても横ピースだけはきちんと決めておく。

そうして夢野は、とっておきの秘策を開示するような心持ちで《大跳躍》を使用することにした。移動先は【大通りルート】との合流地点。最短ルートから微妙に外れているため、彼女の策が読まれてでもいない限りは【探偵】が立ち寄る理由なんかない。

（ふっふーん！　もちろん、わたしの考えを読める【探偵】なんて……って、あれ？）

……そこで妙な表示が目に入って、夢野は改めて端末に視線を落とした。

彼女が《大跳躍》で移動しようとしている先——そこに、一人の【探偵】が移動先アイコンを被せてきている。つい先ほどのターンは間違いなくマップに映っていなかった【探偵】だ。じゃあまさか、アビリティか何かを使って潜伏していた……？　こちらの策を読み切り、ワープ後に生じる大きな隙を突いて確実に彼女を〝狩る〟ために？

「そ、そんな主人公みたいなこと……このわたしを差し置いてっ⁉」

ぞくっとくるような寒気に襲われて素直な感情を口にする夢野。遅れてじわじわと焦《あせ》りが込み上げてくるが、しかしカードは既に選択してしまった。受理されてしまった。

「ど、どうしたら……っ」

思わず、おろおろと辺りを見渡してしまう。普段なら隣に奈切来火《なきりらいか》や竜胆戒《りんどうかい》といった頼れる先輩がいてくれるのだが、今の彼女は一人きりだ。天性のセンスでここまで駆け抜けてきたものの、こういった局面《ピンチ》を乗り越える経験値だけは圧倒的に足りていない。

だから彼女は目尻に涙を浮かべて。じわ、と微《かす》かに視界が滲《にじ》んで。

せめて捕まる瞬間くらいは気丈でいようと小さく視線を持ち上げた——その時だった。

『もしもーし？　えへへ、美咲ちゃんで合ってるよね？』

「——……、へ？」

もはや勝負を投げようとしていた彼女に共通回線から通信を飛ばしてきたのは、他でもない英明の小悪魔だった。名前は確か秋月乃愛《あきづきのあ》。夢野が執着している〝ラスボスさん〟にはさすがに及ばないが、学園島《アカデミー》全体での知名度も抜群に高い6ツ星ランカーだ。

「え、と……そうですけど、何ですか？　わたし、正義の主人公なので小悪魔さんとは組めないです。わたしの物語は全年齢版なんですから！　ビシッ！」

『え～、いきなりフラれちゃったぁ……乃愛ちゃん大ショック。でもでも、別に組んでくれなくて大丈夫だよ？　これは〝交渉〟とかじゃなくて、単なる〝挨拶〟だから♪』

「あいさつ……？」

『うん♪　ごめんね、っていう可愛《かわい》い挨拶♡』

端末の向こうの〝小悪魔〟は蠱惑的《こわくてき》なまでに甘い声音でそんなことを言ってくる。確かに大層可愛らしいが、残念ながらそれ以上のことは何一つ分からない。

「む……な、何を謝られているのか分かりません！　というかわたし、それどころじゃないんですっ！　主人公は世界を救うので忙しいんですから！　ドドン!!」

『えへへ、それはそうだよね～♪　だって《大跳躍》の先に藤代《ふじしろ》くんがいるんだもん♡』

「！　どうして、小悪魔さんがそれを……」

『もっちろん、緋呂斗《ひろと》くんが乃愛《のあ》にこっそり教えてくれたから♡　……でもでも、安心していいよ美咲《みさき》ちゃん？　美咲ちゃんは捕まったりしないから、ね♪』

再びよく分からないことを言われ、思わず「え……？」と首を傾《かし》げる夢野《ゆめの》。

美咲ちゃんは捕まったりしない――小悪魔は確かにそう言った。けれど純然たる事実として、彼女が《大跳躍》で飛ぼうとしている先には【探偵】陣営の藤代慶也《けいや》が控えているんだ。張られた罠《わな》に飛び込むのだから、捕まらないなんてことは有り得ない。

そんな疑問を抱きながら再度マップを開くと、そこでは意味不明な事態が起こっていた。

「!?　な、な、な……何でわたし、こんなに逆走してるんですかっ!?」

――そう。

金ジョーカー《大跳躍》によって凄《すさ》まじい前進を成し遂げるはずだった彼女だが、その移動先表示が強引に捻じ曲げられている。目的地《ゴール》に急接近するどころか、むしろ出発地点《スタート》付近への大後退だ。今までの道のりを台無しにするとんでもない〝逆〟ワープ。

　こんなの有り得ない、と混乱しかけて、そこでハッと思い当たる。……有り得ない、わけじゃない。〝こんなの〟を可能にする銅のジョーカーが一枚だけある。

「まさか……《強制逆走》!?」

『あったり～♡』

　悲鳴にも似た夢野の問い掛けに対し、英明《えいめい》の小悪魔は軽やかな肯定を返してきた。

『敵だけじゃなくて味方にも使える《強制逆走》……その効果で、美咲ちゃんの移動先を真逆に変えちゃったの♪　これで美咲ちゃんは出発地点《スタート》方向に逆戻り♡』

「ど、どうしてそんな悪逆非道を……！　わたし、これでも【怪盗】陣営の仲間なんですけど！　主人公なんですけど！　裏切り者でもないのに、何でこんな……！」

『……えへへ』

　それ以上の追及を断ち切るかのように小悪魔はあざと可愛い笑みを零《こぼ》す。……同時、夢野の端末画面には〝移動開始〟のメッセージが浮かび上がっていた。どうやら全員のコマンド入力が終わったらしい。すなわち、あとはもう運を天に任せるしかない。

　ぐぬぅ、と悔しげに顔を持ち上げた夢野に対し、端末の向こうの小悪魔は――

『行ってみれば分かるよ、美咲ちゃん。で、分かったら……ちゃんとお返ししてね♡』

——底の見えない好戦的な笑い声と共にそう言った。

『わ、分かりましたよ、もう！　知っての通り、わたしは主人公ですから！　小悪魔さんの策略なんかには負けません……！　ビュビュンと一気に移動します!!』

♯

「…………ん」

秋月《あきづき》と夢野《ゆめの》の会話が一段落するのをイヤホン越しに聞き届け、俺はそっと息を吐く。

おそらく、これでやれることは全てやっただろう。４ターン目の銅ジョーカーで《強制逆走》を手に入れていた秋月と【商業施設ルート】の恩恵で《大跳躍》を獲得していた夢野の接触。許可など欠片《かけら》も取っていない一方的な干渉ではあるが、ともかくこれで夢野は目的地《ゴール》の方向ではなく出発地点《スタート》付近まで強引に引き戻されることとなる。

『ああ……？　誰も、いねェ……だと？』

次いで、端末から漏れ聞こえてきたのは《カンパニー》経由で傍受している【探偵】陣営の共通回線——声の主は、当然ながら藤代慶也《ふじしろけいや》だ。マップを見れば、彼が駒を進めている先は夢野が辿り着くはずだった場所であることが分かる。……凄《すさ》まじい読みだが、これは《すごろく鬼ごっこ》の仕様《ルール》からすれば一応は可能な行為だ。盤面《ボード》は共有で移動用のトランプも公開情報なんだから、最も効率的な移動先は〝計算〟だけで推定できる。

けれど、そんな藤代の鋭い読みは秋月の《強制逆走》によって防がれた。

『小悪魔さんは〝行ってみれば分かる〟と言っていましたが……何なんでしょう？　とても怪しい気配がするというか……はっ！　もしやこれは、本物の主人公なら誰もが味わうとされる〝敵のアジトに囚《とら》われて人体改造されそうになる展開《やつ》〟ですか⁉』

距離が断トツで長いため、夢野の移動処理はまだ終わっていないようだ。怪訝《けげん》な声で零《こぼ》される疑問、もとい独り言を聞き流しながら、俺は密《ひそ》かに安堵《あんど》の笑みを浮かべる。

（……間に合った、か）

そう——まず大前提として、俺たちは何も夢野を困らせたくて《強制逆走》を使ったわけじゃない。英明《えいめい》学園は確かに【スパイ】だが、それでも当分の間は【怪盗】陣営に居座って仲間を救出しまくるつもりなんだ。初戦で負けたら目も当てられない。

じゃあ、勝つためには一体何が必要か？

現在【怪盗】陣営で最も目的地《ゴール》に近いのは姫路白雪《ひめじしらゆき》だ。手札にある《透明化》の枚数を考えれば6ターン目までは誰にも捕まらずに済む。ただし【怪盗】陣営の移動用トランプは1～10の十枚だから、6ターンで進めるのは最大45マスだ。最終ターンの進捗を加味しても49マス。【大通りルート】の総マス数《52》にはやはり一手足りない。

故に《カンパニー》による不正《イカサマ》も併用してもう一枚の《透明化》を手に入れるのが当初の予定だったのだが、そんな作戦は藤代の機転によって早々に潰されている。だからこそ他の策を練らなければならない――と、そう思い込まされていた。

（でも……）

端末上で全体マップを眺めながら、俺は微《かす》かな吐息と共に小さく首を横に振る。

秋月《あきづき》が4ターン目に拾っていた《強制逆走》の銅ジョーカー……あれが鍵だった。対象プレイヤーの移動先を〝出発地点《スタート》方向〟へ捻《ね》じ曲《ま》げるマイナスの修正。本来なら敵陣営に対する足止めとして使うものだが、もちろん味方を対象に取ることもできる。

そして――藤代慶也が潰した《透明化》は、どれもスタート地点付近にあるわけだ。

『ここが敵のアジトですね！　……って、え？　このマスって、もしかして……』

ようやく移動を終えたらしい夢野《ゆめの》が端末の向こうで戸惑いの声を零《こぼ》す。……が、まあそれもそのはずだろう。何しろそこは《透明化》が拾える銀ジョーカーのマスだ。そして彼女が――５ツ星かつ怪盗ランク７の夢野美咲《みさき》がその意図を汲《く》み取《と》れないはずはない。

「はっ……ようやく気付いてくれたみたいだな、夢野」

『！　その声は……ラスボスさん!?　わ、わたしの背景に暗雲が立ち込めます！』

その辺りで、俺は右耳のイヤホンに指を添えながら煽《あお》るように口を開いていた。回線の向こうの夢野が息を呑《の》んでいるのを察しつつ、あくまでも余裕の態度で続ける。

「これで少しは俺たちのことを信用する気になっただろ？　あとはお前が姫路《ひめじ》の《遠隔交換》を受け入れてくれれば、それだけで【怪盗】側の勝利が決まるってわけだ」

『確かに、そう見えますけど……そ、それ、本当に本当ですか!?　ラスボスさんに言われると全部が胡散臭《うさんくさ》く聞こえます！　頭脳系主人公の直感として！』

「じゃあ無視するってのかよ。ったく……言っておくけどな、夢野。お前が《透明化》のジョーカーを姫路に渡してくれなかったら、その時点で【怪盗】陣営の勝ち筋は完全になくなっちまうぞ？　俺と仲良く逮捕でもされたいってのかよ」

『ラスボスさんと一緒に投獄、ですか……それはそれで主人公感がないわけでもないですが、よくよく考えたら復帰初戦でボロ負けして逮捕されるラスボスさんとか見たくありませんね！　そんなのを倒しに行く主人公の身にもなってほしいです！　むむん！』

「……そっちかよ。いやまあ、何でもいいけどさ」

　思っていたのとは違う方向に火が付いた夢野の声を聞きながら、俺は苦笑と共に頬《ほお》を掻《か》く。相変わらず突飛な言動だが、きっと彼女なりに一本の筋は通っているのだろう。

　まあ、とにもかくにも。

『分かりました。それなら、今回だけはラスボスさんの策に乗ってあげます……！』

　おそらくは決めポーズと共に、迫真の声音でそんな台詞《せりふ》を言い放つ夢野。

　そして――いや、ここまで来たらもはや更なる展開なんてものが入り込む隙はどこにもなかった。6ターン目には《遠隔交換》の効果で夢野から姫路へ四枚目の《透明化》が移動し、7ターン目の無事が確保される。夢野を捕え損ねた藤代慶也《ふじしろけいや》は既に姫路のすぐ後ろまで迫っていたが、鉄壁の銀ジョーカーこと《透明化》は彼の追随をも許さない。

……とまあ、そんなわけで。

期末総力戦《パラドックス》合流初戦——強力な《略奪品》と裏切り者の炙《あぶ》り出《だ》しを賭けた《すごろく鬼ごっこ》は、俺たち【怪盗】陣営の勝利と相成った。

【《すごろく鬼ごっこ》——終了。勝者：〝怪盗〟陣営】
【〝怪盗〟陣営：報酬として怪盗ランクに応じた《略奪品》獲得】
【〝探偵〟陣営：ペナルティとして累計逮捕人数から二十人減少】

♯

「そ、んな……バカな。この僕が負けるなんて……夢か？　夢なのか、これは？」

——一時間半に渡る激闘の末、俺たちは終了処理のため出発地点《スタート》に戻ってきていた。

その傍《かたわ》らでがっくりと跪《ひざまず》いている（といってもニヒルな表情と共に片膝を突いているだけだが）のは、もちろん茨《いばら》学園の結川奏《ゆいかわかなで》だ。【スパイ】を使ったにも関わらず【怪盗】たちを取り逃がし、強力な《略奪品》まで奪われたのだから相当な痛手だろう。

「……チッ」

代わりに、と言っていいのかどうかは微妙なところだが、今回の【探偵】陣営で司令塔《リーダー》を務めていた藤代慶也《ふじしろけいや》の方は、結川とは対照的に大袈裟《おおげさ》なリアクションの類《たぐい》は取っていなかった。悔しさと苛立《いらだ》ちが混じった鋭い舌打ちの後、特に何を言うでもなく静かにこちらへ背を向ける。きっとすぐにでも次の《大捕物《レイド》》へと向かうのだろう。彼と同様、桜花《おうか》の制服を着た数人のプレイヤーがぞろぞろとこの場を去っていく。

「──やはり強敵ですね、桜花学園」

そんな彼らの背中を見送りつつ、隣の姫路《ひめじ》がポツリと零《こぼ》す。

「今回は【探偵】陣営が敗北しましたが……期末総力戦《パラドックス》で〝プレイヤーの逮捕〟が発生するのは【怪盗】側が敗北した場合に限ります。その点、桜花学園は初週から常時探偵作戦を採用していますので、現在まで一人もプレイヤーを減らしていないのです。一万人以上の生徒がフルで活動可能、ということですね」

「そうだったな。……ちなみに、姫路。【怪盗】陣営は負けたら即逮捕なんだよな？　なのに【探偵】陣営には《略奪品》を奪われるくらいしかペナルティがないのか？」

「いえ、もちろんありますご主人様」

さらりと白銀の髪を揺らして首を振る姫路。続けて彼女は端末の画面を提示する。

【怪盗ランク】──手に入れた《略奪品》の累計個数で上昇。怪盗有利《イージーレイド》の報酬で換算した場合〝3×現在のランク〟で次のランクへ昇格する（ランク3なら九つで昇格）。ここで中立仕様《ノーマルレイド》の報酬は単体で二つ分、探偵有利《アレイド》の報酬は単体で三つ分の扱いとする。

【探偵ランク】――逮捕した〝怪盗〟の累計人数で上昇。一律〝50×現在のランク〟人の逮捕で次のランクへ昇格する（ランク3なら150人で昇格）。ただし《大捕物《レイド》》敗北時は取り逃がした〝怪盗〟の数だけ累計逮捕人数が減少する。

「――既に概要だけはお伝えしていますが、期末総力戦《パラドックス》には探偵ランクと怪盗ランクという二種類のステータスが存在します。どちらも初期値は各プレイヤーの等級に依存するのですが、それぞれこのような基準で〝変動〟するのです。つまり《大捕物《レイド》》に敗北し【怪盗】を取り逃がすと、その分だけ探偵ランクの上昇が遠ざかるわけですね」

「なるほど……じゃあ、その探偵ランクってのは高ければ高いほど有利なんだな？」

「そうですね。【探偵】側の消費アビリティである《調査道具》は、探偵ランクの上昇に伴って使える種類が飛躍的に増えていきますので……強力な《略奪品》を持つ【怪盗】が強いのと同様、ランクの高い【探偵】は強いのです。非公式の格付けですが、探偵ランクが9以上となったプレイヤーは俗に〝名探偵〟と称されていますね」

「――えへへ♪　でもでも、ランク9の〝名探偵〟はまだ一人しかいないんだよね♡」

そこでひょこっと俺と姫路《ひめじ》の間から顔を覗《のぞ》かせたのは他でもない秋月乃愛《あきづきのあ》だ。

「誰だか分かる？　緋呂斗《ひろと》くん」

「いや、そんなの――って、ああ。もしかして、彩園寺か？」

「そのとーり♪　ずっと【探偵】陣営だからっていうのもあるけど、今まで参加した全部の《大捕物《レイド》》で圧勝してるんだもん。無敗の《女帝》ここにあり、って感じかも♡」

「ですね。ランク9の〝名探偵〟ともなれば《調査道具》についても非常に強力なものを使えるようになります。更紗《さらさ》様に限らず、桜花《おうか》の【探偵】は軒並み厄介ですよ？」

「……ん……」

期末総力戦《パラドックス》の仕様を改めて確認しつつ、俺はそっと右手を口元へ遣《や》る。……やはり、この《決闘《ゲーム》》における【探偵】と【怪盗】には明確な〝方針の違い〟が存在するようだ。最終的な勝利を目指すには、その辺りのニュアンスも掴《つか》んでおく必要があるだろう。

と――俺が頭の中でそんな結論に至った、瞬間だった。

「けっ……何だよ何だよ。あんたが〝裏切り者〟なら楽しかったんだけどなァ、7ツ星？」

背後から投げ掛けられた声に「っ⁉」と目を見開きつつ、動揺を殺して振り返る。

そこに立っていたのは二人の少女だった。一人はつい先ほどまで同じ《大捕物《レイド》》に参加していた桃色ショートの後輩・夢野美咲《ゆめのみさき》。【怪盗】陣営を勝利に導いた救世主だが、俺の作戦で〝勝たされた〟ことが不満なのか、ぷくぅっと頬《ほお》を膨らませている。

そして、もう一人は《すごろく鬼ごっこ》には参加していなかったはずの少女――おそらく近くで様子でも窺《うかが》っていたんだろう。百獣の王を思わせるオレンジ色の長髪を大きく風に靡《なび》かせた6ツ星ランカー。《灼熱《しゃくねつ》の猛獣》の二つ名を持つ、奈切来火その人だ。

「ったくよぉ……」

当の彼女は獰猛《どうもう》な表情を浮かべながらツカツカと俺の眼前まで歩み寄ってきた。そうして静かに左腕を持ち上げると、人差し指の先をトンっと俺の心臓の辺りへ突き付ける。

「正直なとこ、アタシはあんたら英明《えいめい》学園が裏切り者だって確信してた。《すごろく鬼ごっこ》の報酬を釣り上げたのも陽動にしか見えなかったし、何より英明が【スパイ】を使うなら篠原緋呂斗《あんた》が帰ってくる今この瞬間を措《お》いて他にねぇ」

「……へえ？　そいつは随分と鋭い観察力だな」

（あ、あっぶねえ……！）

飄々《ひょうひょう》とした態度で皮肉っぽい言葉を返しつつ、内心では奈切《なきり》の読みに驚嘆する俺。ただし心音を高鳴らせると怪しまれるため、意識的に冷静さを保ちながら口を開く。

「俺たちからすれば、順当に茨《いばら》学園が一番怪しかったけどな。越智《おち》のシナリオに組み込まれてるんだから、基本的にはあいつらの〝下〟に付かなきゃいけないだろ？　学校ランキングで現状一位の英明学園がそんな選択をする理由がどこにもない」

「けっ……そりゃそうなんだけどな。ま、今となっちゃどうでもいい。茨の野郎が裏切り者で、あんたら英明は潔白《シロ》だった——それがアタシにとっての全てだ」

そう言って、俺の胸元からすっと指を離す奈切。……今の仕草を見るに、彼女は本当に俺の鼓動か何かを確認していたのだろう。俺たちを仲間だと認めたフリをして、実際はもう一組の裏切り者なんじゃないかと疑っていた。ボロが出ないかと探っていた。

(けど……どうにか耐えたみたいだな)

目の前に立つ奈切の表情を見て、俺はそう確信する。

彼女が浮かべているのは、もはや疑いの色ではない――獲物を食らい尽くさんとする獰猛な笑み。様々な学区の思惑が交錯する現状を心の底から愉《たの》しんでいるかのような余裕と愉悦。加えて、そんな覇道における共犯者を見つけたことに対する歓喜と喝采。

十七番区天音坂《あまねざか》学園の〝猛獣〟は、オレンジの瞳で真正面から俺を見つめて言い放つ。

「ともかく、これで条件は整った――心置きなく暴れるとしようぜ、英明さんよぉ？」

そうして提示されたのは……特殊アビリティ《臨時解放戦線》。

常時怪盗作戦を担う天音坂の奈切来火《らいか》が有する、俺たち【怪盗】にとっての宝刀だ。通常は一日に三回ほどしか発生しない〝救出戦〟を無理やり決行に移すアビリティ。裏切りのリスクが高いため【スパイ】がいる間は決して抜かれなかった諸刃《もろは》の剣。

「――ああ、そうだな。ずっと捕まったままじゃ退屈で仕方ないだろうし、さ」

そんなものを見た俺は、ニヤリと口角を釣り上げながら歓迎するようにそう言った。

#

英明《えいめい》と天音坂《あまねざか》を中心とした〝怪盗救出作戦〟は、ひとまず上々の成果をあげていた。

もちろん今の【探偵】陣営は強学区揃《ぞろ》いだ。強力な《略奪品》が懸かったレアレイドや通常の〝救出戦〟はガチガチに固められているのだが、奈切《なきり》の《臨時解放戦線》はゲリラ戦仕様。不意打ちで《大捕物《レイド》》を始められるため、圧倒的に【怪盗】側が有利だった。

その結果、俺の参戦から数日が経過した二月三日の金曜日時点で——

【英明学園：被逮捕者数9345人→7227人（2118人救出）】
【天音坂学園：被逮捕者数39人→28人（11人救出）】
【音羽《おとわ》学園：439人救出】【神楽月《かぐらづき》学園：901人救出】【阿澄之台《あずみのだい》学園：……】

——と、なかなか目覚ましい進捗を見せている。

ちなみに、ここで救出された【怪盗】というのは、辻《つじ》や多々良《たたら》といった英明の準メイン戦力が大多数だ。彼らは期末総力戦《パラドックス》の初期段階から長いこと捕まっていたため、今は少しでも怪盗ランクを上げるべく〝ノーマルレイド〟に参加している。多々良なんかは長文で感謝のメッセージを送ってきていたが、これはどちらかと言えば奈切のお手柄だ。

さらに、身近なところで言えば一年生の水上摩理《みなかみまり》が復活し、ついでに俺の怪盗ランクも7から8へと昇格した。戦力的にはある程度持ち直したと言っていいだろう。

『……んで』

そして――《決闘》の展開を加速するため、という理由で期末総力戦《パラドックス》は土曜日も実施期間だが、それを踏まえても第四週目の終盤と言える頃。つい先ほど《臨時解放戦線》を介した〝救出戦〟が一つ終了し、英明《おれたち》は天音坂とのオンライン会議を行っていた。画面の向こうで何たらフラペチーノを飲んでいた奈切来火《らいか》がかったるそうに口を開く。

『まぁ、経過は順調っちゃ順調なんだけどよ……今日が金曜日ってことを考えりゃ、そろそろブーストを掛ける必要があるだろォな。本場の〝救出戦〟に勝つか、もしくは《臨時解放戦線》に報酬《バフ》強化を載せまくるかだ。今のペースじゃ間に合わねぇ』

『……ふむ』

彼女の提案にそんな声を零《こぼ》したのは他でもない榎本進司《えのもとしんじ》だ。奈切とは対照的に落ち着いた雰囲気だが、どちらにも学区を引っ張る存在としての〝格〟が窺《うかが》える。

『いずれにしてもリスクは高いが、このまま【怪盗】陣営で押し切るのであれば避けられない衝突になるな。僕たちの採用していた自首作戦がネックになってしまうが……』

『ったくホントだよタコ野郎。どこの千里眼サマが足引っ張ってると思ってやがんだァ？』

『あー……あのさ、来火？』

と——そこで口を挟んできたのは天音坂《あまねざか》の竜胆戒《りんどうかい》だった。今現在は《大捕物《レイド》》参戦中のため〝聞くだけ〟の体で接続《アクセス》していたはずだが、途中で我慢できなくなったのだろう。

『裏では絶賛してたのに本人を前にすると照れて文句ばっかりになるやつ、無駄に敵を作るからやめとこうって言ったよね？　っていうか、この前は英明《えいめい》の主力メンバー全員を天《あま》音坂《ねざか》にスカウトしたいくらいだって——』

『っ……だぁあああもううるせぇな戒くん！　バァカバァカ！　そっちは《大捕物《レイド》》の真っ最中なんだろ⁉　サボってたら逮捕されちまうぞバァアアカ‼』

『ちょ——』

顔を真っ赤にした奈切《なきり》の八つ当たりによってあっという間にオンライン会議から退室させられる竜胆。それについて誰もが何かしらの感情を抱いたことだろうが、荒い息を吐く奈切にぎろりと一瞥《いちべつ》され、結局は画面に向かって肩を竦《すく》めるに留《とど》めておく。

「とても可愛《かわい》らしいですね、奈切様……」

唯一リアルで隣にいる姫路《ひめじ》に耳元で囁《ささや》かれ、苦笑交じりに「……だな」と返す俺。

まあ、とにもかくにも——《大捕物《レイド》》参加中の竜胆が退室してからも【怪盗】陣営の作戦会議はしばらく続いた。議題は主に〝今週中に全ての【怪盗】を救出する〟ための方法についてだ。期末総力戦《パラドックス》は毎週月曜日から土曜日が実施期間であり、日曜日はいわゆる休息日だ。ここで〝第一局面《フェイズワン》〟を終わらせるつもりなら期限はあと二日しかない。

けれど、さすがにそこまで都合のいい策はなかなか浮かばず。

オンライン会議が明らかな停滞に陥って、そのまま十数分が経過した——その時だった。

『——ピコン！　み、みみみみ、皆さん！　聞いてください、大ニュースです!!』

ピコン、というログイン音（口でも奏でていた）と共に乱入してきたのは、天音坂《あまねざか》学園の夢野美咲《ゆめのみさき》だ。彼女は興奮で上気した頬《ほお》を晒《さら》しながら息せき切って言葉を継ぐ。

『と、とんでもないことが起きました……！　凄《すご》いですよ、号外です！　大激震です！』

『激震だぁ？　んじゃあ、誰かが大金星でも掴《つか》んだってのかよ？』

『違います、奈切《なきり》先輩——その逆です!!』

ハイテンションから繰り出された思わぬ発言に画面の向こうの奈切が『あぁ？』と小さく眉を顰《ひそ》める。もちろん俺も、その他の参加メンバーも同様だ。

そんな疑問をまとめて〝肯定〟するかのように、夢野は興奮気味の口調で続けた。

『とんでもなく悪い事態です！　これまでの好調が一気に崩れるかのような……ふふ、ふふふふ！　ですが、それでこそ主人公！　これは物語の神様がわたしに与えた試練に違いありません！　覚醒した主人公であるわたしがズバババっと解決してみせます!!』

『んだよ、いつもの発作か……で？　御託はいらねぇ、何があったんだよ美咲？』

『はい！　……覚悟して聞いてください、皆さん』

奈切の要望を反映してか、それまでとは打って変わって深刻な表情を浮かべる夢野。

そうして彼女は、もはや焦《じ》らすこともなくこんな事実を口にした。

『学園島の全土で【怪盗】陣営の勝率がガタ落ちしているんです――それも、2ツ星や3ツ星のプレイヤーばかりじゃありません。直近で英明《えいめい》学園の秋月乃愛《あきづきのあ》さん、音羽《おとわ》学園の久《く》我崎晴嵐《がさきせいらん》さん、そして……今まさに、天音坂の竜胆《りんどう》先輩が〝逮捕〟されました!!』

『――――――…………あ？』

……それは。

確かに、正気か現実を疑いたくなるくらいには衝撃的な大ニュースだった。

#

――前提として。

期末総力戦《パラドックス》では学園島《アカデミー》の各所で《大捕物《レイド》》が開催され、それらの報酬には【怪盗】陣営の消費型アビリティである《略奪品》が設定されている。そして各《大捕物《レイド》》のルールや参加人数上限は、報酬の価値に応じて変化する――要するに、強力な《略奪品》が懸かっている《大捕物《レイド》》ほど【怪盗】にとって不利な設定になるわけだ。

だからこそ、そもそも【怪盗】が逮捕されること自体はさほど珍しい事態じゃない。高難度の〝レアレイド〟に挑戦した結果だとも言えるし、日和《ひよ》って価値の低い《略奪品》ばかり狙っていたら期末総力戦《パラドックス》全体の加速《インフレ》についていけなくなる。

とはいえ、

『秋月乃愛《あきづきのあ》に、久我崎晴嵐《くがさきせいらん》に、竜胆戒《りんどうかい》……いずれも怪盗ランク7の実力者だ。《決闘《ゲーム》》センスは言うまでもなく一級品で、強力な《略奪品》も取り揃《そろ》えていたはずだが……』

「……そう、だよな」

画面の向こうで怪訝《けげん》な顔をする榎本《えのもと》に、俺も静かに同意の言葉を口にする。

実際、信じられないという気持ちは未《いま》だに強かった。尋常じゃない洞察力で相手の動きを読み切る秋月に、トリッキーな行動と確かなカリスマで王道を征《い》く久我崎、そしてルナ島の頂点に君臨するほど心理戦やテクニックに長《た》けた竜胆。絶対に負けるわけがない、とまでは言わないが、こうも立て続けに敗北したとなるとさすがに違和感がある。

「っていうか……そっちは大丈夫なのか、奈切《なきり》？」

そこまで思考を巡らせた辺りで、俺は微《かす》かに視線を持ち上げながらそんな疑問を投げてみることにした。画面の一角に収まった天音坂《あまねざか》のリーダー・奈切来火《らいか》は、やや力を失ったオレンジ色の前髪を目の辺りまで垂らしつつ小さく肩を震わせている。

『……あ？』

俺の問いを受け、ゆっくりと顔を上げる奈切。その表情はいつも通り——を装っているが、やはり動揺が大きいのか右へ左へと視線が揺れ動いているのがよく分かる。

『べ、別に……戒くんが捕まったからって何ともねーし。あんなやつ、ただ口うるさいだけの腐れ縁だっつーの。ど、どどうでもいいに決まってんだろ………ったく』

「……何の話だよ、それ？　天音坂の重要戦力じゃないのか、って訊《き》いてるんだけど」

『！　は、はぁ!?　だから〝どうでもいい〟って答えてんだろバァカ！　別に勘違いなんか欠片《かけら》もしてねぇっつーの！　穿《うが》ってくんな学園島《アカデミー》最強！』

何故《なぜ》か顔を赤らめながらこちらへ指を突き付け、オレンジ色の髪をぶんぶんと振り回す奈切。穿ったつもりはないのだが、相変わらず従弟《いとこ》の話題になると熱くなるようだ。

と、まあそれはともかく。

「――確認できました、ご主人様。並びに英明《えいめい》学園および天音坂学園の皆さま」

右耳のイヤホンに指を添えながら《カンパニー》経由で何やら調べていた姫路《ひめじ》が、俺の隣からちょこんと顔を出すような格好でオンライン会議に澄み切った声を流す。

「この度【怪盗】陣営の高ランカーが相次いで《大捕物《レイド》》に敗れ、【探偵】陣営に逮捕されている件ですが……やはり、偶然というわけではなさそうです」

『へぇ……？　どういう意味だよ、そりゃ？』

「はい、奈切様。たとえば秋月様が参加していたのは〝公共交通機関を利用したレースゲーム〟なのですが、当の《大捕物《レイド》》が始まった直後に【怪盗】側の路線が全て運休になっていました。また久我崎《くがさき》様が参戦していた〝一方のチームが常に攻撃側を担当する変則野球〟の方も、ボールの重量が改変され得点が一切入らなかった模様です」

『ほぉ……なかなか優秀だなァ、美少女メイド。んじゃあ戒《かい》くんはどうしたってんだ？』

「竜胆《りんどう》様はオンラインカジノ形式の《大捕物《レイド》》に挑んでいましたが、ランダムに賭けた場合の勝率――いわゆる期待値――が宝くじよりも遥《はる》かに低く設定されていたようです。それでも竜胆様の個人スコア自体はプラスになっている辺りが凄《すさ》まじいですが……」

『けっ、そりゃ戒くんがカジノで負けるわけねぇからな。……にしても』

竜胆の偉業を自分のことのように誇りつつ、奈切《なきり》は面倒《めんどう》そうに長い髪を掻《か》き上げる。

『要するに、報酬として設定されてる《略奪品》の価値以上に〝怪盗不利〟な謎ルールが罷《まか》り通《とお》ってるってわけか。なら、もしかしてこいつは――《背水の陣》か？』

「その通りです、奈切様」

《灼熱《しゃくねつ》の猛獣》の問い掛けにこくりと頷《うなず》いてみせる姫路《ひめじ》。

「先日より【怪盗】陣営全体に《依存性の窃盗欲求《シーフシンドローム》》を強いている泉《いずみ》様の《背水の陣《ハイスイノジン》》で
すが、あの特殊アビリティの効果はそもそも〝逆境的状況の押し付け〟です。これが《大捕物》のルールそのものへの干渉、という形で牙を剥《む》いているようですね」

『ふむ……僕の方でも確認できた。規模の大小はともかく、ここ数時間の《大捕物《レイド》》で報酬以上に〝探偵有利〟のルールになっているものが軽く二十はあるようだ。そして、その全てに《背水の陣《ハイスイノジン》》が使用された形跡が見つかった。……確定だな』

榎本《えのもと》による断定を受けて俺は「ん……」と思考に耽《ふけ》る。

彼の推測は、ほとんど間違いないだろう。泉小夜《さよ》の持つ《背水の陣《ハイスイノジン》》は冥星由来のモノである可能性が高いが、引き起こされる結果は色付き星《ユニークスター》と大差ない。そもそも【怪盗】陣営全体に影響を与えるほどの弱体化《デバフ》効果なんて普通じゃないんだ。それも高ランカーが参加しているようなレアレイドだけでなく、ノーマルレイドまで干渉されている。

……不条理なくらいの逆境。

いつかの《敗北の女神》を想起させるような重たい絶望感。

『けっ……』

けれど──そんな空気を軽々と吹き飛ばすように息を吐いたのは彼女だった。十七番区天音坂《あまねざか》学園の学区代表にして《灼熱の猛獣》こと奈切来火《らいか》。

『なぁ学園島《アカデミー》最強。あんたも分かってるだろォけど……これだけ〝怪盗不利〟のルール改変が横行してる現状で《臨時解放戦線》を仕掛けるなんてのは愚策中の愚策だ。アタシの戒く──じゃなくて、そっちの、あー、何だ、英明《えいめい》の小悪魔まで逮捕されてるくらいだからな。泉小夜なんて名前のプレイヤーは記憶にねぇけど、とにかく相当なモンだろ』

「……まあ、そうだな。俺もそう思う」

泉に関する詳細は伏せつつも小さく頷いて同意を示す俺。

「けど……だったらどうするっていうんだよ、奈切《なきり》？　期末総力戦《パラドックス》における【探偵】側の敗北条件は〝逮捕されてる【怪盗】が全員救出されること〟だ。《背水の陣《ハイスイノジン》》の効果が蔓《まん》延《えん》してようが何だろうが、結局は〝救出戦〟を推し進めなきゃいけない」

『まぁな。ただその場合、問題になるのは勝率だ。弱体化《デバフ》があってもアタシやあんたは勝てるかもしれねぇが、んなもん陣営全体の勝利にゃ繋《つな》がらねぇ。どれだけの【怪盗】が行動不能にされてると思ってんだ？　勝ったり負けたりじゃ追い付かねぇんだよ』

　ひどく冷静な声音で告げる奈切。

　そんな彼女を見て思い出す——奈切来火《らいか》が恐れられているのは間違いなくその強さ故だが、それを構成する一つの要素として〝理性〟と〝本能〟の二極性という強烈な特徴があった。凶戦士の如《ごと》くフィールドを蹂躙《じゅうりん》する本能《オン》モードと、凍《い》てつくほどに冷徹な思考で戦況を俯瞰《ふかん》する理性《オフ》モード。ただ暴れるだけじゃないのが奈切来火の真髄だ。

とにもかくにも、氷のように鋭い視線が画面越しに俺を穿《うが》つ。

『が、さっきも言った通りだ——単に勝率が下がってるだけで、全く勝てなくなってるわけじゃねぇ。戦力さえ足りてりゃ無理やり勝ちを拾うことはできる』

「ああ、それはそうだろうな。……だけど、それじゃ大した数にはならないだろ？」

『数なんか要らねぇんだよ。その数回の〝勝ち〟で【探偵】陣営を壊滅させりゃあいい』

含むような口調でそんなことを言い放った奈切来火は、そのまま画面《こちら》へ手を伸ばして端末を操作すると、自身の背後に期末総力戦《パラドックス》のプレイヤーデータを展開してみせた。そこには《空っぽの宝石箱《ワンダーボックス》》なる《略奪品》と、ついでに七つの〝枠〟が表示されている。見ればそれらの枠にはいくつかの〝宝石〟らしきモノが埋め込まれているようだ。

「！　あれは……」

そんな光景を見て、隣の姫路《ひめじ》が何かに気付いたように碧《あお》の瞳を小さく見開く。

望み通りの反応が得られたことに満足したのか、画面の向こうの奈切来火は右手の人差し指をこめかみに押し当てて『ＢＡＮＧ！《バァン》』と派手な効果音を口にした。お決まりの所作で理性《オフ》モードから本能《オン》モードへと舵《かじ》を切り返しつつ、煽《あお》るような声音で言い放つ。

『協力者である英明学園《あんたら》には教えてやるよ。アタシたちは、そもそも【怪盗】の全解放なんか狙っちゃいない。狙ってるのは、最初から一つだけ――』

それは、つまり。

『――特殊勝利ってやつだ』

にぃ、と口端を持ち上げながら、奈切は不敵な口調でそう言った。

＃

『っと……その前に、７ツ星。遅れエントリー勢のあんたでも、そろそろ【怪盗】の格付けくらいは把握してるよな？』

——二月三日、金曜日の昼下がり。

期末総力戦《パラドックス》の四週目も終盤に差し掛かってきたこのタイミングでとんでもない策を開示した奈切来火《なきりらいか》は、特殊勝利とやらの説明へ移る前にそんなことを尋ねてきた。

少しばかり気圧《けお》されながらも俺は「ああ……」と頷《うなず》いてみせる。

「最初は等級依存だけど、色んな《大捕物《レイド》》に勝って《略奪品》を手に入れる度に〝怪盗ランク〟が上がっていくんだろ？　今のトップはお前だって聞いてるけど」

『あァ、その通りだ。アタシは今のところ唯一のランク９——通称〝天下の大泥棒〟。んで、各《大捕物《レイド》》で手に入る報酬は〝難易度〟と〝怪盗ランク〟で決まるんだから、つまりアタシが最高難度の《大捕物《レイド》》に参加すりゃ必然的に激レア級の《略奪品》が獲得できるってわけだ。その一例が《空《こ》っぽの宝石箱《いつ》》だよ、学園島最強《アカデミー》』

「《空っぽの宝石箱《ワンダーボックス》》……それが〝特殊勝利〟に繋《つな》がる《略奪品》だってのか？」

『繋がるも何も、そのまんまド直球の効果だっつの。《空っぽの宝石箱《ワンダーボックス》》で指定された七つの《略奪品》を集め切ると、その瞬間に【怪盗】連中が全解放される。現状で三つ揃《そろ》ってるから、あと四つ……つまり、最短あと四勝で【探偵】陣営を潰せるって寸法だ』

「……！　へえ、さすがは〝天下の大泥棒〟ってとこだな」

『えっへん、当然ですよラスボスさん！　奈切先輩はわたしの物語における先代の主人公的な存在！　要は、伝説上のドラドンとかそういう感じの方ですから！』

『……おい、勝手に過去の存在にしてんじゃねぇ。アタシは今も余裕で天才だ』

嬉《うれ》しそうに胸を張る夢野《ゆめの》と、そんな彼女に微妙な顔で突っ込みを入れる奈切。

が、まあそれはともかく——《空っぽの宝石箱《ワンダーボックス》》。指定された七つの《略奪品》を全て集めることで【探偵】陣営を強制敗北させる激レアな《略奪品》。確かにそれは、泉小夜《いずみさよ》の〝弱体化《デバフ》〟に対する完璧な回答《カウンター》と言っていいだろう。《背水の陣《ハイスイノジン》》によるルール改変は一つ一つの《大捕物《レイド》》というより全体的な勝率に影響を与えるやり方で、逆に奈切の策は数回でいいから特定の《大捕物《レイド》》にだけ勝てばいい……という一点突破の方針だ。元より少数精鋭である天音坂《あまねざか》にとってはこれ以上ないほど相応《ふさわ》しい一手に思える。

（それに、期末総力戦《パラドックス》はまだ四週目……全プレイヤーの中でも〝天下の大泥棒《怪盗ランク9》〟に到達してるのは奈切だけなんだから、最高レアリティの《空っぽの宝石箱《ワンダーボックス》》なんて誰にも知られてないんだよな。下手したらあっさり集め切れる可能性だってある、か……）

そんなことを考えながら、俺は画面に映らないよう密《ひそ》かに顔を顰《しか》めてみせる。

もちろん、それは奈切の作戦が上手《うま》くいきそうにないから——というわけじゃない。むしろ逆だ、この戦略はハマり得る。現在の【探偵】陣営には彩園寺《さいおんじ》も泉姉妹も《アルビオン》も外縁連合もいるわけだから何の抵抗もないとはさすがに思えないが、それでも展開次第で勝ち切ってしまうくらいのポテンシャルはあるだろう。必勝でなくとも〝無謀〟ではない。明日にでも〝第一局面《フェイズワン》〟が終わる可能性がある。

（けど……今【探偵】陣営が負けちまうと、ちょっと困ったことになるんだよな）

右手でそっと頬《ほお》を掻《か》く俺。

期末総力戦《パラドックス》の基本ルールによれば、週の途中で陣営を変更できる【スパイ】は任意発動型の〝権利〟だ。故に、このまま【怪盗】側に居座ることも可能ではあるのだが……しかし、もし万が一にも押し切ってしまった場合、桜花《おうか》が第一局面《フェイズワン》で敗退するため彩園寺が5ツ星に降格してしまう。そうなれば6ツ星ランカー全員が彼女のプロフィールを覗《のぞ》けるようになり、彼女が〝朱羽莉奈《あかばねりな》〟であることが一瞬で明るみに出てしまう。

加えて、思い出すのは越智春虎《おちはるとら》の〝予言《シナリオ》〟――**【第四週目の〝怪盗〟陣営には裏切り者が潜んでいる。早々に見つけ出して排除せよ】**。もしもこのまま【探偵】陣営が壊滅するようなら、それは奈切が正しくシナリオを達成したことを意味する。そうなれば《シナリオライター》本来の恩恵により、天音坂優勝の未来がぐっと近づいてしまう。

……ああ。

結局、つまり、要するに――ここが〝裏切りどころ〟ということなのだろう。

『…………』

念のため画面の一角を見遣《みや》れば、小さく映し出された榎本《えのもと》がさりげなく頷《うなず》いているのが見て取れた。おそらく彼も似たような結論に至ったのだろう――《空っぽの宝石箱《ワンダーボックス》》を用いた特殊勝利が成功するにしても失敗するにしても、英明《えいめい》学園としては乗らないのが正解だ。だからこそ、奈切《なきり》が俺たちを信用して虎の子の方策を明かしてくれたこのタイミングで、当の俺たちは【怪盗】陣営から【探偵】陣営へと〝寝返る〟必要がある。

「……よし」

内心ではそんなことを企《たくら》みながらも、俺はあくまで平然と口を開いた。

「じゃあ、その方針で行こう——今から一時間後に、八番区の方で一つの《大捕物《レイド》》が開催される。怪盗ランク8の俺なら報酬は《水晶の鏡《ミラークリスタル》》……《空っぽの宝石箱《ワンダーボックス》》で指定されてる《略奪品》だ。今日中にそれともう一つくらい〝宝石〟を掻き集めておいて、さっさと【怪盗】陣営の優位を確立させちまおうぜ？」

『ハッ……いいねぇいいねぇ、そうこなくっちゃな』

俺の好戦的な返答が気に入ったのか、ニヤリと獰猛《どうもう》な笑みを浮かべる奈切。

オレンジ色の長髪を大きく風に靡《なび》かせた彼女は、そのまま挑むような口調でこう言った。

『天才と最強の饗宴だ——このアタシに呑《の》まれんじゃねぇぞ、7ツ星？』

＃

——それから、およそ一時間後。

特殊勝利に繋《つな》がる《略奪品》が賭けられた《大捕物《レイド》》へ参戦する運びとなった英明学園の面々……俺と姫路《ひめじ》と水上《みなかみ》は、その舞台となる学園島《アカデミー》八番区を訪れていた。

期末総力戦《パラドックス》では学園島《アカデミー》の全土で数多《あまた》の《大捕物《レイド》》が実施されているわけだが、これから俺たちが参加するのは〝探偵有利〟なレアレイドだ。《水晶の鏡《ミラークリスタル》》を始めとする報酬候補の《略奪品》は軒並み強力……けれど、特殊勝利の件を知らない【探偵】側からすればなるべく敬遠したいところだろう。何しろ怪盗ランク8の篠原緋呂斗《しのはらひろと》と怪盗ランク9の奈切《なきり》来火《らいか》が参戦している《大捕物《レイド》》なんてあまりにもリスクが高すぎる。

「き、緊張してきました……」

俺がそうやって記憶を辿《たど》っていると、隣の後輩――水上摩理《みなかみまり》がそんな言葉を零《こぼ》した。《臨時解放戦線》による〝救出戦〟でようやく逮捕状態から復帰した水上。英明《えいめい》の主力勢で唯一の一年生とはいえ、彼女は相当な実績を持つ高ランカーだ。単なる《大捕物《レイド》》ならそれほど気後れすることもないはずだが、まあ今回ばかりは色々と勝手が違う。

「何せ、俺たちがやろうとしてるのは〝裏切り〟だからな。……っていっても、別に不正行為を働こうってわけじゃない。【スパイ】を介した陣営変更は期末総力戦《パラドックス》のルールで規定されてる正当なコマンドだ、気に病む必要は全くねえよ」

「ぁ……お気遣いありがとうございます、篠原先輩」

丁寧に頭を下げる水上。彼女は黒髪をわずかに揺らして上目遣いに俺を見る。

「その、分かってはいるんですけど……私、嘘《うそ》をつくのがあまり得意ではないので。途中で英明学園の狙いがバレてしまったらと思うと、不安で不安で……」

そんな水上の独白に「ああ……」と得心の言葉を零す俺。

確かに、これから始まる《大捕物《レイド》》において〝嘘〟は必須項目だ——俺たちは、いつかの茨《いばら》学園がそうしていたように《大捕物《レイド》》の途中で【スパイ】を使い、陣営変更を決行する。故に最終的には裏切り者だと明かすことになるのだが、これはあくまでも適切なタイミングで行う必要がある。間違っても初手でいきなり寝返って、最初から【探偵】陣営として《大捕物《レイド》》に参加する……なんてことはあっちゃいけない。

いや、本来ならそこまで警戒する必要はないのだろう。そもそもこの《大捕物《レイド》》は〝探偵有利〟な仕様《ルール》。俺たちが途中で寝返ることも加味すれば人数差は圧倒的になる。

けれど——それでも〝必勝〟とは言えないくらい、天音坂《あまねざか》は強い。特に奈切来火というプレイヤーは学園島《アカデミー》全体でも五本の指に入るくらいの実力者だ。さらに【怪盗】側の参加メンバーを見て【探偵】陣営が戦力を温存する、つまりはこの《大捕物《レイド》》を捨てる可能性も非常に高いため、今回の【探偵】陣営にはあまり期待ができない。

だからこそ、

「わたしたち英明学園はあくまでも【怪盗】としてこの《大捕物《レイド》》に参加し、どこからどう見ても【怪盗】陣営に利するような立ち回りを続け……そして、最後の最後で梯子を外す。そのようなプレイングが求められるわけですね」

「！　そ、そうですよね、白雪《しらゆき》先輩……ただ、そうなるとやっぱり、とてもとても高度な演技力が必要になると思うんですが……？」

「まあ、そりゃあるに越したことはないけど……でも、別に大丈夫だよ」

姫路《ひめじ》の分析も水上《みなかみ》の不安も当然ながら正しいが、それでも俺は小さく首を横に振る。

「だって、仕込みの部分はほとんど終わってる――俺たちは、純粋な【怪盗】として《大捕物《レイド》》に挑めばいいだけだ。そして最後に【スパイ】を使う。何も難しいことはない」

「特に演技などは考えず、普通に【怪盗】側の動きをしていいということですか……？」

「そういうことだな」

さらさらの黒髪を揺らして問い掛けてくる水上に対し、俺は端的な同意と共に頷《うなず》いてみせる。……とはいえ、それだけで彼女の表情が晴れるようなことはない。

「えと、でも……その」

困惑交じりの口調でそんなことを言いながら、水上摩理《まり》はおずおずと〝あるもの〟を差し出してきた。それは他でもない彼女自身の端末だ。続けて投影展開された大きな画面には、俺たちが今から参加する《大捕物《レイド》》のルールがずらりと表示されている。

……いや。

もしかしたら、その言い方だと少し語弊があるかもしれない。語弊というか、ちょっとした勘違いみたいなものだ。何しろ当のルールとやらはまともに表示されていない。

「……こんな状況なのに、ですか？」

遠慮がちな上目遣いと共にそっと尋ねてくる水上。

彼女が提示している虫食い状態のルール文章《テキスト》を、俺は改めて眺めることにした——。

【期末総力戦《パラドックス》内レアレイド《ポム並べ》——ルール一覧】

【《ポム並べ》では、期末総力戦《パラドックス》における〝怪盗〟陣営がアタッカー、反対に〝探偵〟陣営がブロッカーの役割を担う。制限時間二時間終了時に既定の得点《スコア》——〝1000点〟が溜《た》まっていれば〝怪盗〟側の勝利、それが阻止されれば〝探偵〟側の勝利となる】

【〝探偵〟陣営の参加人数上限は六十四名、〝怪盗〟陣営の参加人数上限は十六名。いずれも持ち込めるアビリティ（あるいは《略奪品》や《調査道具》）は一人一つとする】

【この《大捕物《レイド》》の〝得点《スコア》〟に関与するのは、拡張現実《AR》空間に投影表示される特殊な生命体こと〝ポム〟である。ポムには〝色〟と〝レベル〟が設定されており、それらは〝彼らの持つ能力〟及び〝捕獲した際の得点《スコア》〟に影響する】

【《ポム並べ》は、一言で表すなら〝役作り〟の《大捕物《レイド》》である。プレイヤーが捕獲したポムは〝3枠1組〟のセットで管理され、このセットを一つの〝役〟とみなして全体の得点計算《スコアリング》を行う。ここで《ポム並べ》に存在する役は以下の通り。
・3枠のポムが全て同色（役名〝フラッシュ〟）——■■点。
・3枠のポムが全て同レベル（役名〝スリーポム〟）——レベル1で■■点、レベル2で■■点、レベル3で■■点。
・3枠のポムのレベルが連番（役名〝ストレート〟）——マイナス■■点。
・3枠のポムが右記いずれの条件も満たさない（役ナシ）——得点《スコア》変動なし。
ただし、一つのセットが複数の条件を満たす場合は〝掛け算〟で得点《スコア》を算出する】
【全てのプレイヤーはポムをタッチすることで〝捕獲〟または〝眷属化《けんぞく》〟を行うことができる。一体のポムを〝眷属化〟していられる時間は■■分までであり、この間は該当ポムの能力を自由に使用することができる。
そして〝眷属化〟の解けたポムおよびプレイヤーによって〝捕獲〟されたポムは、即座に端末内の仮想空間上に存在する〝保管庫〟へと移動する。
保管庫は〝探偵〟と〝怪盗〟間で共有のものであり、前述の得点計算《スコアリング》機能を持つ】
【各色ポムに対応する能力は以下の通りである。

黄色ポム：[redacted]（[redacted]）
[redacted]ポム：瞬間移動（一定距離をワープする）
桃色ポム：[redacted]（[redacted]）
ここで、ポムのレベルは《1》から《[redacted]》まで存在する。レベルが高いポムほど該当の能力を高い次元で有しているものとする】
【各色ポムには〝上位種〟が存在する。上位種ポムのレベルは《[redacted]》として扱われ、レベル《1》から《[redacted]》のポムよりも高い次元の能力を持つ。上位種のポムは、いずれかの陣営のプレイヤーが[redacted]を成立させる毎に一体フィールド上に解き放たれる】
【また、上位種以外の特殊ポムとして[redacted]】

――とまあ、こんな感じだ。
状況が状況なら首を捻《ひね》るか《ライブラ》に文句でも言いたくなってくる謎のルール表示だが、今なら少なくとも意味は分かる。泉小夜《いずみさよ》が《背水の陣《ハイスイノジン》》によって【怪盗】陣営に強いている弱体化《デバフ》効果……秋月《あきづき》や久我崎《くがさき》、竜胆《りんどう》までをも〝逮捕〟に追いやった悪魔のような干渉が、今回はルールの隠匿という形で俺たちに牙を剥いているわけだ。

「えっと……その、ポムさんというんでしょうか？　とりあえず、この子たちを捕まえて色々な〝役〟を作るゲームなんですよね」

すぐ隣から画面を覗《のぞ》き込むようにしていた水上《みなかみ》がポツリとそんな言葉を口にする。

「参加者は【探偵】側が六十四人で、私たち【怪盗】が十六人。ポムさんには色とレベルが設定されていて、それを3枠1組で並べることで得点《スコア》が上がったり下がったり……これを繰り返して最終的な得点《スコア》が〝1000点〟を越えていれば【怪盗】側の勝利です」

「だな。まあ、要は麻雀《マージャン》とかポーカーみたいなもんだ。とにかくポムを〝捕獲〟して、同じ色やらレベルやらで〝役〟を作りまくる。ポムの能力ってのはそのための補助みたいなイメージだ。ただし、その能力だの得点《スコア》だのって部分はほとんど隠されてる」

「そうなんです、篠原《しのはら》先輩！　瞬間移動という単語だけは見えていますが、他の子の能力は一切不明ですし……上位種さんに至っては〝存在する〟ことしか分かりません」

「ですね。具体的な情報に関してはほぼ伏せられていると言ってしまって良さそうです」

水上の発言を受け、白銀の髪をさらりと揺らして端的に現状を整理する姫路《ひめじ》。彼女は澄んだ碧《あお》の瞳をこちらへ向けると、やれやれと言わんばかりの口調で続ける。

「本当に――困ったものですね、ご主人様」

「だな」

「？　え、と……？？」

虫食い状態のルール表示に怯えるどころかむしろ好戦的に口角を上げてみせる俺と姫路に対し、一人だけ何も知らない水上が戸惑った様子でこてりと首を傾《かし》げる。

が、まあそれもそのはずだろう──泉小夜《いずみさよ》による弱体化効果《デバフ》、伏せられたルール。それらは確かに俺たちにとって厄介な代物《しろもの》だったが、しかし使いようによっては裏切りの助けとなる画期的な仕様でもあった。ただしこちらは明確な〝不正《イカサマ》〟にあたるため、水上には詳細を伝えていない。俺と姫路と《カンパニー》だけで既に作戦を練り終えている。

重要なのは、とにかくタイミングだ。

最適なタイミングで【スパイ】を切って寝返ること──それが勝利に繋《つな》がる鍵となる。

……そんなわけで、

「エントリー一覧を見ても分かる通り、今回の【探偵】陣営に露骨な高ランカーは一人もいない。だからこそ【探偵《あいつら》】は、俺たち【怪盗】側がルールの一部を知らないことを利用して攻めてくるはず──まあ、具体的には〝上位種〟だな。俺たちは上位種の発生条件を知らないから、少なくとも序盤は一方的に有利を取られることになる。だから、まずはひたすら情報を集めてその辺の格差を埋めるのが先決ってところか」

「え……い、いいんですか、そんな普通に動いてしまって？」

「ああ。さっきも言った通り……水上は、というか俺たちはただただ本気で【怪盗】陣営の勝利を目指して《大捕物》に挑めばいい。それが、最後に〝反転〟するだけだから」

俺は、純粋無垢な後輩の目を覗《のぞ》き込みながら、不敵な態度でそんな言葉を口にした。

＃

期末総力戦《パラドックス》における《大捕物《レイド》》の一つ――《ポム並べ》。

泉小夜《いずみさよ》の《背水の陣《ハイスイノジン》》アビリティによって【怪盗】側にだけ一部ルールが伏せられた状態で始まったそれは、客観的に見て【探偵】側が非常に有利な《大捕物《レイド》》だった。

まず――《すごろく鬼ごっこ》でもそうだったが――両陣営の参加人数上限にはかなりの開きがある。【探偵】側が六十四人、【怪盗】側が十六人でぴったり四倍だ。

そして《ポム並べ》において、参加人数というのは見た目以上に重大な要素だった。

この《大捕物《レイド》》は、簡単に言えばポーカーや麻雀《マージャン》に近いルールを持っている。カードやら牌《はい》を集めて〝役〟を作り、それに応じて点数が決まるゲームの一種だ。そして、このカードやら牌に相当するのが、拡張現実《AR》世界に存在する不思議な生命体ことポムである。プレイヤーが彼らに触れると〝捕獲〟もしくは〝眷属《けんぞく》化〟することができ、捕獲されたポムは即座に両陣営共通の〝保管庫〟へと格納される。

そして、その際の〝順番〟に応じて得点《スコア》が加算あるいは減算される――。

要するに、これが《ポム並べ》における〝役〟なんだ。同じ色を揃《そろ》えたり同じレベルで整えたり、はたまた【1・2・3】と連番で並べたり。こうした〝3枠1組〟の役を作ることで総合得点《スコア》が上下する。【怪盗】はひたすら高い得点《スコア》を狙い続け、逆に【探偵】側はそれを阻止するか、あるいは〝減点〟となる役を作ってもいい。3枠のうち2枠までが埋まっている場合、残りの1枠にどんなポムが入るかで得点が大きく変わることになる。

故に、繰り返すようだが〝参加人数〟という要素は非常に重大だ。

……だからこそ。

《ポム並べ》開始からしばし、俺たち【怪盗】陣営はかなりの苦戦を強いられていた。

「ふぅ……」「ごくり……」

——心音を落ち着かせるために小さく息を吐き出す俺。

その隣では、俺と同様に片膝を地面に突いた水上《みなかみ》が緊張の面持ちで唾を呑《の》んでいる。

『……きゃう？』

俺たちが見据えているのは、淡い黄色で全身を彩った不思議な生命体だ——いや、生命体といっても現実世界に質量を持っているわけではなく、端末の機能を通じて拡張現実《AR》世界に投影されたデータの一種である。ただし、その見た目はかなり愛らしい。猫とウサギとリスを足して3で割ったような小動物的フォルム。ふわふわと柔らかそうな体毛。額の辺りからちょこんと生えた一本の角。駆ける時は四足を地に付けていたが、今は二本の後ろ足で全身を支えながらきょろきょろと辺りを見渡している。

そう、つまり。

「か、可愛《かわい》いぃ……です……」

「……いや、そうじゃなくて」

確かに可愛いことには可愛いが、重要なのはそこじゃない。

まず、第一に――虫食い状態のルールによって伏せられていたポムたちの〝色〟と〝能力〟の対応関係については、《大捕物《レイド》》冒頭の約十五分間である程度の情報が判明していた。……というより、奈切が無理やり判明させたと言った方が正しいだろう。彼女は開戦とほぼ同時に〝解析系〟の効果を持つ《略奪品》を手にポムの群れへと突っ込んで、呆《あき》れ返るほど大量の情報を【怪盗】陣営にもたらしてくれた。

それによれば、各色ポムの能力はざっくりこんな感じだ。

【黄色ポム：感電麻痺《まひ》（近くにいるポムまたはプレイヤーを硬直させる）】

【緑色ポム：瞬間移動（一定距離をワープする）】

【桃色ポム：範囲探索（近くにいるポムまたはプレイヤーの居場所を探索する）】

【レベル：通常種は《1》から《3》まで。頭に生えた角《ツノ》の本数が〝レベル〟を表す】

「――……って、わけだから」

奈切《なきり》が持ち帰ってきた情報を元に音羽《おとわ》や近江《おうみ》といった【怪盗】陣営の面々が細かい仕様を書き加えてくれている共有掲示板《データベース》を眺めながら、俺は声を潜めたまま続ける。

「角《ツノ》が一本のあいつは《レベル1》の黄色ポム……麻痺能力を持ってるけど、効果範囲はせいぜい半径一メートルってところだ。正面にいる俺が〝囮《おとり》〟としてギリギリまで近付いて、その隙に姫路《ひめじ》が後ろから捕まえてくれれば余裕だな」

『……お言葉ですが、ご主人様』

そんな俺の作戦に対し、イヤホン越しに〝待った〟を掛けてきたのは姫路白雪《しらゆき》だ。俺たちの逆サイドから黄色ポムを捕捉しているはずの彼女は澄み切った声音で囁《ささや》く。

『それではご主人様が丸焦げになってしまいます』

「……や、そんな漫画みたいなことはそうそう起こらないって」

『もちろん〝丸焦げ〟は比喩です。ですが、わたしはご主人様の専属メイド。囮が必要であれば、ご主人様ではなくわたしの方が――』

「大丈夫だって、姫路ならちゃんと間に合うからさ」

姫路の言葉に重ねるような形でそう言って、俺は身を潜めていた建物の影から抜け出すことにした。同時、視線の先にいた黄色ポムがくるりと身体《からだ》をこちらへ向ける。

『きゃう？　……きゅう、きゅうきゅう！』

前脚を地面について威嚇するような前傾姿勢を取る黄色ポム。見た目が可愛らしいので怖さはないが、パチッ……と身体の周囲に静電気のようなエフェクトが発生したのが見て取れた。そうだ、アイツはただの小動物じゃない。明確な〝武器〟を持っている。

「ん……」

　それでも俺は、平然とした態度で黄色ポムの元へ歩みを寄せることにした。もしもこれが《レベル2》や《レベル3》のポムならとっくに射程圏内なのかもしれないが、少なくとも《レベル1》なら安全圏だ。アイツは俺を見ながら威嚇し続けるしかない。

　そして、だからこそ。

『……、きゃうっ⁉』

　制服のスカートをふわりと膨らませつつ建物の二階から飛び降りてきた銀髪メイドの奇襲を、黄色ポムは回避することができなかった。呆気《あっけ》に取られたような鳴き声――まあそんな雰囲気がするだけだが――を上げる彼（あるいは彼女）を、柔らかく地面に降り立った姫路《ひめじ》が後ろからそっと抱きかかえる。そうして最後に優しげな口調で一言、

「――捕まえました」

　瞬間、プレイヤーによる〝捕獲〟が成立して黄色ポムは俺たちの前から姿を消した。

　そんな一連の流れを確認してから、俺は脱力して「ふぅ……」と息を吐く。

「ありがとな、姫路。おかげで丸焦げにならなくて済んだ」

「いえ」

　上品な仕草でスカートを払っていた姫路が、白銀の髪をさらりと横に振って続ける。

「ご主人様の醜態を衆目に晒《さら》すわけにはいきませんので。……それとも、もしかしてご活

躍の機会を奪ってしまったでしょうか？」

「いやいや……俺がそんなことしても盛大に空回りするのがオチだっての」

悪戯《いたずら》っぽく問い掛けてくる姫路に対し、肩を竦《すく》めて小さく苦笑を返す俺。

それから俺は、後ろに控えていた水上《みなかみ》が「凄《すご》いです白雪《しらゆき》先輩……っ！」と姫路のもとへ駆け寄っていくのを横目で見つつ、ポケットから端末を取り出すことにした。アクセスしたのはもちろん《ポム並べ》の専用アプリだ。相変わらず虫食い状態のルール文章《テキスト》は放っておくとして、このアプリにはもう一つ重要な役割がある。

――保管庫。

〝捕獲〟されたポムが移動する先であり、得点計算機能《スコアリング》を兼ねる倉庫のような画面。

そこには既に十数体のポムがデータとして保管されている。もちろん原寸大で映っているわけじゃなく、ミニチュアコレクションのように陳列されている形だ。そして〝3枠1組〟のセットが完成する度に総合得点《スコア》がリアルタイムで更新されていくため、各役がそれぞれ何点としてカウントされるのかは現時点である程度判明していた。

【3枠のポムが全て同色（役名〝フラッシュ〟）――5点】

【3枠のポムが全て同レベル（役名〝スリーポム〟）――レベル1で3点、レベル2で■■点、レベル3で10点】

【3枠のポムのレベルが連番（役名〝ストレート〟）――マイナス5点】

【3枠のポムが右記いずれの条件も満たさない（役ナシ）――得点《スコア》変動なし】
【ただし、一つのセットが複数の条件を満たす場合は〝掛け算〟で得点《スコア》を算出する】

……こんなところだ。

不明な部分はまだ少し残っているが、攻略の方針自体はそう難しいものじゃない。得点《スコア》を稼ぎたい【怪盗】は〝同色《フラッシュ》〟または〝同レベル《スリーポム》〟の役を狙い、逆になるべく低得点《スコア》に抑えたい【探偵】はそれらを阻止するか、あるいは〝連番《ストレート》〟を狙うだけ。これをひたすら繰り返して、最終的な得点《スコア》が基準を上回っていれば【怪盗】陣営の勝利となる。

ただ、

「……まだまだ遠いですね、1000点は」

嘆息交じりに零《こぼ》された姫路《ひめじ》の呟《つぶや》きに「だな……」と短く同意を返す。

1000点――そう、1000点だ。俺たち【怪盗】陣営が二時間のうちに稼がなければならない得点《スコア》は1000点。もちろん途中で〝寝返る〟前提の英明学園《おれたち》は少し事情が違うのだが、とはいえ加点のペースが悪いと天音坂《あまねざか》に疑われてしまうだろう。俺たちが裏切るその瞬間まで、少なくとも見た目上は【怪盗】側が優勢でなければいけない。

けれど、開始から十五分が経過した現段階での総合得点《スコア》は【59点】。

冒頭の数分をルール開示のためだけに消費してしまったせいもあるのだが、それを差し引いてもなかなか厳しい滑り出しと言っていいだろう。

そんな展開になっているのも、だ。

「あぁっ！　えと、その、篠原《しのはら》先輩……残念ですが、また防がれてしまったみたいです」

……横から端末を覗《のぞ》き込んでいた水上《みなかみ》が何やら悲しそうな声を上げる。

そもそもの話、ついさっき姫路が捕獲した黄色ポムは保管庫内の累計で50体目――つまり、3枠1組の括《くく》りで見れば〝2枠目〟にあたる。そして直前の1枠目に収まっていたのは同じく《レベル1》の黄色ポム。故に、3枠目に入るのが【黄色】あるいは【レベル1】の条件に当てはまるポムならいずれにしても〝加点〟となっていたわけだ。

「けど、実際3枠目に収まったのは《レベル2》の緑色ポム……ってことは、結局【黄1／黄1／緑2】で役ナシ0点になっちまったわけか」

端末の画面に視線を落としながら、俺は思案するようにそんな言葉を口にする。

もちろん、今回だけならさほど特筆するような状況でもない。元々この《大捕物《レイド》》における【探偵】の役割は〝ブロッカー〟なんだから、当然と言えば当然の話だ。けれど異常なのはその頻度だった。《ポム並べ》が始まってから約十五分、俺たち【怪盗】陣営が加点チャンスを迎える度にかなりの速度で3枠目が潰される……という事態が既に十回以上は起こっている。いくら何でもさすがに手際が良すぎるだろう。

――ただ、

「だとしたら、一ヶ所だけ疑問があるんだよな……保管庫の並びを見る限り、しばらく前に【桃3／桃3／桃3】の〝フラッシュ×スリーポム〟が成立してる。複数の条件を満たしてる場合は掛け算で得点《スコア》が入るから、このセットだけで50点分になる計算だ。こんなの痛手に決まってるはずなのに、あいつら【探偵】側はそれを妨害しなかった」

「ですね……それどころか、2枠目を埋めたのは【探偵】陣営のプレイヤーです」

端末上でポムの捕獲履歴《ログ》を確認しつつそんな補足をしてくれる姫路《ひめじ》。

「1枠目に《レベル3》の桃色ポムが入った時点で、通常の【探偵】なら同レベルまたは同色ポムの捕獲を控えるはず……実際、今は〝3枠1組〟の2枠目を【探偵】側に埋められることすらほぼありません。そう考えると、確かに違和感のある見逃しです」

「ああ。違和感っていうか、こいつは――」

「！　も、もしかして……上位種ポムさんの発生条件、でしょうか!?」

俺と姫路の会話に被《かぶ》せるような形で、興奮気味にそんな言葉を口にする水上《みなかみ》。

上位種ポム――それは、通常のポムより高次元の能力を持つとされる〝特殊ポム〟のことだ。存在することだけは分かっていたものの、ルール文章《テキスト》上で大部分が黒塗りにされていたため詳しい能力やら発生条件なんかは何一つ判明していなかった連中《ポムたち》。

滑らかな黒髪をさらりと揺らしながら、水上摩理《まり》は勢いよく続ける。

「私、分かってしまったかもしれません……！　今の【探偵】さんたちは的確な防御《ブロック》で私たちの加点を防いでいますが、それは具体的に言えば〝3枠目に適切なポムさんを配置する〟ことによって実行されています。ということはつまり、強力な〝探索〟の能力が必要不可欠なんです！　そして……探索の能力を持つのは桃色ポムさん、です！」

「――はい、わたしもそう思います」

まるで本物の名探偵かの如《ごと》く理路整然と告げられた水上の推理に対し、隣でそれを聞いていた姫路もまた小さく頷《うなず》きながら同意の言葉を口にする。

「水上様の推測通り、現在の【探偵】陣営が敷いている高い精度の防御態勢《ブロック》は強力な探索能力をベースにしていると考えるのが妥当でしょう。そして〝強力な探索能力〟というのは、まさしく上位種の桃色ポムが持つ特性……となれば、その直前に【探偵】陣営が行った見逃しこそが上位種ポムの発生条件そのものだということになります。つまりは《レベル3》の〝フラッシュ×スリーポム〟を成立させること、ですね」

「なるほど……確かに、それなら辻褄《つじつま》が合うな。50点くらい払う価値もありそうだ」

自分自身の考えを整理するためにもあえて声に出して呟《つぶや》く俺。

まあ、おそらくは間違いないだろう――二人の言う通り、先ほどから頻発している【探偵】側のスーパーセーブは上位種レベルの探索能力でもない限り説明できない。黒塗りでない本来のルールを知っている【探偵】たちは、当の上位種ポムを発生させるために【桃3／桃3／桃3】の〝フラッシュ×スリーポム〟が成立するのを見逃したわけだ。

「――ですが」

俺がそこまで思考を巡らせた辺りで、隣の姫路《ひめじ》がそっと透明な声音で言葉を継いだ。

「この《ポム並べ》において、一体のポムを〝眷属化《けんぞく》〟していられる時間は五分間……それを過ぎれば該当のポムは自動的に〝捕獲〟扱いとなり、共有の保管庫へ移動します。つまり【探偵】陣営の無双状態がいつまでも続く、というわけではありません」

「はい、そうですよね白雪《しらゆき》先輩！【探偵】さんたちの作戦が上位種の桃色ポムさんに頼ったものでしかないなら、今度は私たちがその成立を防いでしまえばいいんです。《レベル3》の〝フラッシュ×スリーポム〟には要注意——……って、あれ？　えっと、私、もしかしたら何か変なことを言っているかもしれません。むむむ……？」

身体《からだ》の前でぐっと拳を握りながら決意を露《あら》わにしていた水上《みなかみ》だったが、後半に差し掛かるにつれてみるみる減速し、最後にはこてりと首を傾《かし》げてしまった。前髪の隙間から縋《すが》るような視線を向けられて、俺は微《かす》かに頬《ほお》を緩めつつ彼女の疑問に応えることにする。

「ん……まあ、変ってわけじゃないけどな。ただ、一つ見落としがあるかもしれないぜ」

「見落とし……ですか？」

水上の純真な瞳を見つめ返しながら「ああ」と頷《うなず》く俺。

《レベル3》の〝フラッシュ×スリーポム〟を避けるように立ち振る舞う——彼女の言う作戦は確かに【探偵】陣営の計画を妨害できるやり方かもしれないが、同時にひどく消極的な戦法であることも間違いなかった。何しろその役の得点《スコア》は《ポム並べ》における最大打点である50点。これを封印しながら戦うというのは、縛りプレイにしたってかなり難易度の高いモノになってしまうだろう。

加えて、状況は既に次の段階へと移っている。

「《レベル3》の〝フラッシュ×スリーポム〟が一つ成立すると、同じ色の上位種が一体発生する――これは、多分その通りだ。けど、それで【探偵】側が有利になってたのはその法則を一方的に知ってたからだろ？　じゃあここから先は完全に五分だ。解き放たれた上位種ポムを俺たちの方で〝捕獲〟できれば、戦況は一気にこっちのものになる」

「そうですね、ご主人様。……では、まずは何色のポムを狙いましょうか？」

どこか好戦的な表情を浮かべながら、白銀の髪をさらりと揺らして尋ねてくる姫路。

感電麻痺《まひ》の黄色ポム、瞬間移動の緑色ポム、範囲探索の桃色ポム――それぞれの〝上位種〟が持つ能力はいずれも便利かつ強力なものだが、中でも注目なのは。

「まあ……順当に[redacted]、だろうな」

端末をポケットに突っ込みながら、俺は特に迷うこともなくそんな言葉を口にした。

♭

――《ポム並べ》開始から約三十分。

【探偵】陣営が桃色ポムの〝上位種〟を手放してからしばしの時間が経《た》った頃。

「ひゃっははははははははははははは!!!!」

八番区中央に横たわる《大捕物《レイド》》の舞台を、オレンジ色の煌《きら》めきが爆走していた。

その正体は奈切来火《なきりらいか》――十七番区天音坂《あまねざか》の学区代表にして《灼熱《しゃくねつ》の猛獣》の二つ名を持つ〝天下の大泥棒《怪盗ランク9》〟だ。本能モード《オン》と理性モード《オフ》という二極性を有する彼女だが、前者の特徴はとにもかくにもリミッター無視のフル稼働。恐怖心や痛覚といった足枷《あしかせ》を自覚的に切り捨てることで、生身では考えられないほどの身体能力を獲得している。壁やら塀やらに足を突いて軽やかに跳躍する様はさながら本場のパルクールだ。

「よっ、と……さぁ、このアタシから逃げてみせろや雑魚《ざこ》共ォ!!」

彼女が暴れる度に、得点計算機能《スコアリング》を兼ねる保管庫には次々に謎の生命体ことポムが放り込まれていく。【緑3/桃3/桃3】のスリーポムで10点。【緑1/緑1/緑3】のフラッシュで5点。【黄2/黄2/黄2】のフラッシュ×スリーポムは25点。

……本来なら、いくら凄《すさ》まじい身体能力でフィールド上を駆け回っていようが、ここまで効率的にポムが捕まるようなことはない。彼女に付き従っているのが瞬間移動能力を持つ《レベル3》の緑色ポムであり、疾走しながら並行で狩りを行っていることを加味しても。彼女の後ろから追《お》い縋《すが》ってきている夢野美咲《ゆめのみさき》が桃色ポムの探索能力で進行ルートを誘導していることを加味しても。この《大捕物《レイド》》に登場するポムは拡張現実《AR》空間に存在する生命体なわけで、危険な狩人《かりゅうど》が迫っていれば逃げるに決まっている。

故に、現状で最も特異な点を挙げるとすれば……全てのポムが〝硬直〟していること。

「少しくらいは感謝してやるよ、学園島《アカデミー》最強——」

凍り付いたフィールドを睥睨《へいげい》しながら、奈切来火は獰猛《どうもう》な笑みを浮かべる。

「——あんたが揃えた〝上位種〟の麻痺能力のおかげで、戒《かい》くんを誑《たぶら》かした【探偵】連中に気持ちいい復讐《ふくしゅう》をお見舞いしてやれそうだ‼」

……そんなこんなで、現在の総合得点《スコア》は【880点】。

《ポム並べ》は、いつの間にか【怪盗】陣営の圧勝ペースに呑《の》み込まれつつあった。

＃

（やぁっっぱ……）

加賀谷《かがや》さんから転送されてきた監視カメラのハッキング映像。

そんなものを密《ひそ》かに眺めていた俺は、あまりの光景に思わず頬《ほお》を引《ひ》き攣《つ》らせていた。

いや……まあ、作戦自体は上手《うま》くいったと言っていいだろう。【探偵】陣営が眷属《けんぞく》化していた上位種の桃色ポムが保管庫へと移った直後、今度はこちら側で探索能力を準備した上で《レベル3》の〝フラッシュ×スリーポム〟を狙いにいった。ここで標的にしたのは麻痺《まひ》能力を持つ黄色ポムだ。《レベル3》の時点で十メートル近い射程を持つという報告もあったため、上位種ともなればかなりの制圧力が期待できた。

しかしてそんな予想は大的中。

数十メートル四方に渡る〝感電麻痺《まひ》〟の能力と奈切来火《なきりらいか》の機動力は恐ろしいほどにマッチし、結果として《ポム並べ》の勢力図はたった数分で見事に塗り替わった。……塗り替わり過ぎてしまったような気もするが、まあ贅沢《ぜいたく》は言わないでおこう。

「す、凄《すご》いです、篠原《しのはら》先輩……」

ポムを捕獲するべく奔走してくれていた水上《みなかみ》が、何やら尊敬の眼差《まなざ》しを向けてくる。

「参加人数に何倍も差があるのに、伏せられていたルールまであったのに、あっという間に何百点も稼いでしまうなんて……私、1000点なんて本当に届くのかなって少し疑問だったんです。でも、篠原先輩ならちっとも無理なんかじゃないんですね」

「え？　いや……まあ、今回のは【怪盗】陣営に奈切がいたから採用できたってだけの強引な作戦だけどな。ただ麻痺させるだけじゃ本当は意味がない」

「それでも、凄いです！　本当に尊敬します……っ！」

「……そりゃどうも」

過ぎるくらい純粋なキラキラ視線に根負けし、肩を竦《すく》めてそう返す俺。

そんな俺に「む……」と何やら物言いたげなジト目を向けていた姫路《ひめじ》だったが、やがて小さく吐息を零《こぼ》すと、白銀の髪をさらりと揺らして次なる話題を切り出した。

「上位種の発生条件看破、および黄色ポムと奈切様の破壊的な組み合わせによって、確かに《ポム並べ》の勢力図は一変して〝怪盗優勢〟の様相となりました。ただ……お忘れですか、水上様？　わたしたちは単なる【怪盗】ではありませんから」

「！　……はい、白雪《しらゆき》先輩」

姫路の言葉にほんの一瞬だけ動揺したような色を覗《のぞ》かせつつも、覚悟なら既に決まっている――とでも言いたげな表情でこくりと頷《うなず》いてみせる水上。

「私たち英明《えいめい》学園は、この《大捕物《レイド》》を【探偵】陣営の勝利で終わらせようとしている裏切り者です。それを考えると、今の状況は少し怖いような気もしてしまいますが……」

「まあな。でも、言っただろ水上？」

不安そうに見上げてくる彼女に対し、俺はニヤリと不敵に口端を歪《ゆが》める。

「逆転の仕掛けはちゃんと考えてある。だけど、それをバラすのは最後の最後だ。それまでは俺たちが間違いなく【怪盗】陣営の仲間だって、使えるパートナーなんだって奈切に思い込ませとかなきゃいけない。……二人とも、まだ《略奪品》は使ってないよな？」

「は、はい！　しっかりと温存しています」

「わたしも未使用です、ご主人様。三人が共通して採用している《略奪品》――《短命の贋作師《リトルフェイカー》》は、まだ一度も日の目を見ていません」

涼しげな声で言いながら、端末の画面をすっと差し出してくる姫路。

そこに表示されているのは、俺たちが《ポム並べ》に持ち込んでいる【怪盗】陣営限定の消費型アビリティだ。その名も《短命の贋作師《リトルフェイカー》》……《大捕物《レイド》》に登場する各種データをコピーする、という種の効果を持つ《略奪品》である。同系統の《劣化コピー》と違って一回きりの使い捨てだが、代わりに爆発的な増殖を可能とする。

　これを全員共通で採用しているのは、当の増殖とやらが〝掛け算〟で実行されるからだ。

　ポムを三倍に増やす効果を三つ重ねれば、十体のポムが二百七十体まで膨れ上がる。

「とりあえず……今から俺たちが狙うのは、3枠を同じ色で揃《そろ》える〝フラッシュ〟だ」

《短命の贋作師《リトルフェイカー》》の効果文《テキスト》を改めて確認した後、俺は静かに視線を上げて続ける。

「けど、その前に一つだけ仕込みを入れる。内容としては【緑3／緑3／緑3】——《レベル3》の〝フラッシュ×スリーポム〟。黄色ポムの麻痺《まひ》効果が切れて奈切《なきり》の無双状態が終わったくらいのタイミングで、上位種の緑色ポムを解き放っておく」

「……？　ですが、ご主人様。そのポムを見つけて眷属《けんぞく》化するのであれば、先に《レベル3》相当の探索能力を確保しておかなければいけないのではありませんか？」

「いや、こいつは【探偵】に奪われても構わない。緑色ポムの上位種が持ってるのは〝フィールド上のどこにでも飛べる〟って効果……強いけど、制圧力は物足りない」

　小さく首を横に振る俺。上位種の緑色ポムが怖いのはそこじゃない。

「で、まあとにかく……俺たちが動くのはその後だ。さっきの緑色ポムが眷属化されるなり何なりしてから保管庫に移った直後。そこで《短命の贋作師《リトルフェイカー》》を使って一気に大量のポムを捕獲する。だから、探索能力はむしろ〝コピー元〟を集めるのに使いたいな」

「なるほど……かしこまりました、準備いたします」

こくりと頷《うなず》いてから右耳のイヤホンをトンっと叩《たた》く姫路《ひめじ》。……堂々たるイカサマ宣言だが、確かに〝探索〟に関しては《カンパニー》の手を借りるのがベストだろう。

そこまで作戦が固まった辺りで、俺はそっと右手を口元へ遣《や》る。

黄色ポムの上位種を土台にした奈切の無双と、もうすぐ決行する《短命の贋作師《リトルフェイカー》》を介した派手な稼ぎ。これらが無事に終わる頃には保管庫の得点《スコア》なんか【1000点】を優に超えていることだろう。正式な【怪盗】ならそれでいいのだが、残念ながら俺たちは【スパイ】。そして既に結論が出ている通り、この《大捕物》が最適な〝裏切り〟のタイミングだ。奈切の信用は充分に得られているだろうから、後は最後の詰めだけとなる。

（で……そのためには、あと一つだけピースが足りてないんだよな）

水上《みなかみ》のわくわくとした視線に見守られつつ、俺はさらに深くまで思考を巡らせる。

そう、そうだ――《ポム並べ》が始まった段階で、俺たちが〝【探偵】側として〟勝利する方法は描けていた。そのために必要な仕込みだって済んでいる。……が、あと一つだけ足りない情報があったんだ。それは泉《いずみ》の《背水の陣《ハイスイノジン》》によって黒塗りにされてしまったルールの一部。この《大捕物《レイド》》に存在するもう一つの特殊要素。

「………………」

その〝条件〟を推理するため、俺は改めて端末から保管庫内を覗《のぞ》き見ることにした。今もなお奈切《なきり》による強引な捕獲と【探偵】側の全力防衛が火花を散らしているため、凄《すさ》まじい勢いでポムが投げ込まれては得点《スコア》が入ったり防がれたりを繰り返している。

たとえば、直近の履歴《ログ》ならこんな具合だ。

【黄2／緑2／緑2（＋5点）】【桃1／黄1／桃1（＋3点）】
【黄2／黄2／黄2（＋25点）】【黄3／桃3／黄2（0点）】
【緑1／緑2／緑2（＋5点）】【桃2／緑2／黄2（＋5点）】
【黄3／黄3／黄3（＋50点）】【桃3／緑3／桃2（0点）】……

「………、へぇ？」

しばらく画面を眺めていた俺は、とある事実に気付いて小さく眉を動かした。

パッと見ただけでは単に〝【怪盗】陣営が怒濤《どとう》の勢いで攻め立てている〟ことしか読み取れないが……とはいえ【探偵】側の守り方には一定の法則が窺える。おそらく奈切の猛攻を全て防ぎ切ることは無理だと割り切って、致命傷になる特定の〝役〟だけ発生させないように神経を尖《とが》らせているのだろう。それが成立したらいよいよお終《しま》いだから。

――ああ、だとしたら。

きっと、それこそが最後の特殊条件で間違いないだろう。

そこまで考えた俺は、作戦の仕上げを行うべく頼れる後輩に向き直ることにした。

「水上《みなかみ》。……一つ、お前に大事な頼みがある」

♭

「けっ……あーあー、こんなもんかよ」

《ポム並べ》開始から約一時間五十分。

端末を見下ろした奈切来火《らいか》は、オレンジの髪を揺らしながら退屈そうに呟《つぶや》いていた。

いや、退屈そうというか実際に〝退屈〟なのだ――いくら桜花《おうか》の誰だかが色付き星《ユニークスター》による弱体化効果《デバフ》を仕掛けてきているとはいえ、今回の【怪盗】陣営には奈切だけでなく7ツ星の学園島《アカデミー》最強までいる。一方的な《大捕物《レイド》》展開になるのは分かり切っていた。

その結果、現在の総合得点《スコア》は【２５２３点】――。

《ポム並べ》には〝減点〟となる役が存在するためここから【探偵】陣営が逆転する可能性もないとは言わないが、それでも現実的にはまず有り得ないだろう。

(にしても……)

何となく気になって、奈切はポムの捕獲履歴《ログ》を目の前に投影展開させてみる。大部分は彼女自身の活躍だが、最も得点《スコア》が伸びているのはやはり英明《えいめい》学園が上位種の黄色ポムを解放した直後の五分間。そして同じくらいに目を引くのが、全て緑色ポムで【上位種・１・2】【3・1・2】【3・3・2】【1・3・2】【1・1・2】【3・1・2】【3・3・

2】……とひたすらに〝フラッシュ〟が乱立している部分だ。おそらく篠原緋呂斗《しのはらひろと》が何かしていたのだろうが、ともかくここだけで莫大《ばくだい》な得点《スコア》を生み出している。

（けっ……やっぱ、学園島《アカデミー》最強ってのは頭がおかしいんだな）

自分のことは棚に上げてそんな評価を下しつつ、やれやれと肩を竦《すく》める《灼熱《しやくねつ》の猛獣》。

──と、

「むむ、むむむ……」

「あん……？　どうした、美咲《みさき》？」

圧勝ムードにも関わらず隣を歩く後輩が妙に大人しいのが気に掛かり、奈切《なきり》は率直な疑問をぶつけてみることにした。オレンジ色の長髪がふわりと自身の視界を掠《かす》める。

「いつもならとっくにご機嫌な高笑いでもかましてる頃だろうがよ」

「あ……えっと、はい。わたしも、本当はそうしたいところなんですけど……」

大きな髪飾りで太陽の光をキラリと反射させつつ、遠慮がちな仕草で奈切に視線を返す後輩少女・夢野《ゆめの》美咲。彼女は桃色のショートヘアを微《かす》かに揺らしながら告げる。

「何と言いますか……わたしの主人公的な直感によると、やっぱりラスボスさんは裏切り者のはずなんです。絶対に絶対に、ただの【怪盗】なんかじゃありません！」

「裏切り者……？　茨《いばら》の馬鹿ゾンビ以外にもう一組【スパイ】がいるって言いたいのか？」

「そうですよ、奈切先輩！　わたしの主人公レーダーにビビッときているので!!」

前髪の一部をくるんと立たせながら熱弁を振るう後輩。

「ま、まあ、直感以外の根拠は特になかったりするんですけど……しょぼん」

「けっ……だとしたら、美咲の主人公力とやらも大概アテにならねぇな。見ての通り《ポム並べ》はあと数分で【怪盗】側の完全勝利だ。んで、ここで《水晶の鏡《ミラークリスタル》》とやらが手に入りゃ《空っぽの宝石箱《ワンダーボックス》》の特殊勝利条件が達成できる見込みだってぐっと増す」

「う……アテにならない、なんてことはありません！　主人公の条件は何よりも絶対に負けないこと……！　だから、やっぱりわたしが主人公に——ふにゃっ!?」

——その時。

奈切の隣を歩いていた後輩が妙な声を上げたのは、気負い過ぎてセリフを噛《か》んだわけでもなければ、突如中二病の魔力から解き放たれたためでもなかった。むしろ、全くの外的要因……目の前に現れた謎の生命体に驚いて、夢野美咲は思わず言葉を止めたのだ。

「ぽ、ぽ……ポム!?!?」

そう——彼女たちの前に出現したのは紛《まご》うことなくポムだった。拡張現実《AR》空間上にのみ存在するやたらカラフルな小動物。とはいえ、この《ポム並べ》は元々彼らを捕まえるのが目的の《大捕物《レイド》》だ。いきなり飛び出してきただけなら驚くようなことはない。

けれどそのポムは、二人がまだ見たことのない色をしていた。

黄と緑と桃、パステルカラーの三色を絵の具のパレットで綺麗《きれい》に重ねて混ぜ合わせたような合成色。名付けるなら虹色のポムとでもいったところだろうか。

「あ？　…………まさか、こいつ」

普通なら硬直してしまって然《しか》るべき意味不明な状況だが、そこですぐさま反応できるのが奈切来火《なきりらいか》という少女だった。彼女の半分を構成する氷の如《ごと》く冷静な部分では、既に様々なキーワードが乱舞している——伏せられたルール、これまで一度も出現していない特殊個体、黄色と緑色と桃色が複合したような〝虹色〟のポム。

……そういえば。

ここまで常に攻め続けてきた彼女だが、ついに一度たりとも実現し得なかった……もとい【探偵】陣営に防がれ続けてきた役がある。それは、たとえば【緑3／桃3／黄3】というような《レベル3》ポム同士の三色セットだ。目の前にいる虹色ポムがルール文章《テキスト》で伏せられていた最後の〝特殊個体〟なら、その発生条件は充分に納得できる。

（じゃあ、こいつか……？　こいつが美咲の言ってた直感の正体か？　単に【探偵】共が隠したがってた要素ってだけじゃなくて、あの7ツ星が一枚噛《か》んでやがんのか……⁉）

音速で思考を巡らせながら、奈切来火は微《かす》かに目を見開く。

もしもこの考えが正しいなら……英明《えいめい》学園が裏切り者だったのだとすれば、確かにここまで潜伏していたのは大正解だ。詳細はよく知らないが、きっとこの虹色ポムには最後の最後で総合得点《スコア》を引っ繰り返すための〝手品〟か何かが仕込まれているんだろう。

けれど勝負には必ず〝運〟が絡む。

篠原緋呂斗《しのはらひろと》がどうにかして発生条件を満たしたのだろう虹色ポムは、偶然にも彼の手が届く範囲ではなく、他でもない奈切来火の目の前に現れた——ただそれだけの話だ。

「けっ……せいぜい自分の運がなかったことを嘆くんだな、学園島《アカデミー》最強さんよォ!!」

だから彼女は、今度こそ勝利を確信しつつ真《ま》っ直《す》ぐにその手を伸ばして。

「……待てよ、猛獣」

「ッ!?」

直後。黄色ポムによって放たれた強力な麻痺《まひ》効果によって、呆気《あっけ》なく全身を硬直させた。

#

（ま、ま、間に合ったぁ……！）

——《ポム並べ》開始から一時間と五十三分。

俺は、ドクドクと高鳴る心臓をどうにか宥《なだ》めながら奈切たちの前に進み出た。

実を言えば、俺が立てていた作戦の中でここだけが唯一の賭けだった。虫食い状態のルールによって隠されていた最後の特殊ポム。その発生条件については【探偵】側の守り方から見抜けるだろうと踏んでいたものの、発生したポムがフィールド上のどこに出現するかは完全なランダムだ。基本的には《カンパニー》の探索で追い付ける予定だったが、奈切の前に現れてしまった場合だけ〝詰み〟が発生する可能性もあった。

『――分かりました、任せてください！　私、絶対に成功させてみせます……！』

そこで天音坂《あまねざか》勢の尾行を依頼した相手というのが他でもない水上摩理《みなかみまり》だ。

彼女は二十分以上に渡って奈切《なきり》と夢野《ゆめの》の後を尾《つ》けており、たった今麻痺《まひ》を成功させた。

「！　つ、捕まえました、篠原《しのはら》先輩……！」

「ああ、お手柄だ水上」

続けて水上が虹色ポムを〝眷属化《けんぞくか》〟するのを視界に捉え、俺は微《かす》かに口元を緩める。

そんな俺に対し、奈切が真正面から穿《うが》つような視線を向けてきた。

「けっ……最後の最後でやりやがったな、あんた。大体予想は出来てるけど、形式上聞いといてやるよ――アタシらは【怪盗】陣営の仲間じゃなかったのか？　極上のパートナーに対してこの仕打ちはどういうことだよ、おい」

「お気遣いどうも。……ま、お前らが想像してる通りだよ」

小さく肩を竦《すく》めながら肯定の言葉を口にする俺。

そうして俺は、いかにも気取った仕草で高々と右手を持ち上げた――これは、この《大捕物《レイド》》が始まる前に榎本《えのもと》と打ち合わせておいたジェスチャーだ。俺が《ポム並べ》の真っ最中に高々と右手を上げること。それこそが〝陣営転換〟の合図だと。

……故に。

次の瞬間、英明《えいめい》学園の陣営表示が――【怪盗】から【探偵】へと一瞬で切り替わる。

「俺たちは【スパイ】を使ってたんだ。今この瞬間に、英明学園は【探偵】陣営に寝返った。要はお前ら【怪盗】の勝利を妨害する側だ。……悪いな、奈切。お前の《臨時解放戦線》が便利だったから、しばらく潜伏したまま利用させてもらったよ」

「――……、分からねぇな」

俺の話を最後まで聞いてから、奈切はポツリと短い言葉を零《こぼ》した。両足以外は自由に動くようで、オレンジ色の長髪をガシガシと掻《か》きながら胡乱《うろん》な視線を俺に向ける。

「いや、英明学園が裏切り者だってのは百歩譲って納得してやる。だけど、それにしたって陣営変更のタイミングが謎過ぎるだろ」

「？　そうか？」

「おいおい、どう考えてもそうだろうが。得点表示《スコア》が見えてねぇのか、７ツ星……？」

苛々《いらいら》とした口調で吐き捨てながら端末を突き付けてくる奈切来火《らいか》。

そこに表示されているのは、この《大捕物《レイド》》において得点計算機能《スコアリング》を兼ねている〝保管庫〟だ。ミニチュアコレクションのように整列したポムたちは既に数百体という域にまで達しており、総合得点《スコア》はなんと【２５００点】を突破している。

けっ、と歪《ゆが》んだ笑みを浮かべながら、奈切は低い声音で言葉を継いだ。

「《ポム並べ》の基準点は【１０００点】だぞ？　ここから【探偵】側が勝つなんざどう

考えても有り得ねぇだろうがよ。【スパイ】の陣営変更は一週間のうちどこで使ってもいいんだから、確実にアタシらを潰せる必勝の瞬間まで待てば良かったじゃねぇか。これじゃ【スパイ】の奇襲性を棒に振っただけだ。……それとも、まさかとは思うが」

そこで不意に笑みを消す奈切《なきり》。

「今この瞬間が、まさしく絶好の……〝必勝かつ奇襲〟のタイミングだとでも言うんじゃねえだろうな、篠原緋呂斗《しのはらひろと》？」

「……ハッ」

低くドスの利いた彼女の問い掛けに対し、俺はあえて挑発するような軽い笑みを浮かべてみせた。そうしてニヤリと口角を持ち上げると、心からの称賛を込めて告げる。

「察しが良いじゃねえか、奈切」

「ッ……！　じゃあ――」

「――頼む、水上《みなかみ》」

「は、はい！　任せてください、篠原先輩……！」

奈切の反応に被《かぶ》せるような形で発した短い指示。それに応じたのは、先ほどからうずうずとした表情で俺の言葉を待ってくれていた水上摩理《まり》だった。滑らかな黒髪を揺らす彼女の肩には、つい先ほど〝眷属化《けんぞくか》〟した虹色のポムがちょこんと座っている。

「ええと……」

ただ、いきなり能力を使う——というわけではない。何しろ虹色ポムはルール文章《テキスト》上でほとんど伏せ字にされていた最後の特殊要素。【スパイ】を介した陣営変更により《背水《ハイスイ》の陣《ジン》》の効果範囲外となり、ようやく能力の詳細を読めるようになったばかりだ。

「……で、でも！　でもですよ、ラスボスさん！」

水上が端末と睨《にら》めっこを始めた辺りで、奈切の代わりに声を上げたのは夢野《ゆめの》だった。彼女はぴょこんと立った前髪を振り回しながら勢いよく反論を口にする。

「確かに虹色ポムの能力はとても強力なのかもしれません！　ただ《ポム並べ》の残り時間はあと五分……！　いくらラスボスさんが卑劣で横暴で最強でも、ここから１５００点以上の得点《スコア》を減らすなんて絶対に無理です！　有り得ないです!!」

「……それ、どっちかっていうと敵役っぽいセリフだけどいいのかよ？」

「構いません！　何故《なぜ》なら、最後に勝った方が主人公なので！　ドドン!!」

めちゃくちゃだが案外筋が通っているようにも聞こえる持論をドヤ顔で展開しつつ、右手の人差し指をビシッとこちらへ突き付けてくる夢野。

「まあ……確かに、普通に考えればそうだよな」

そんな彼女の主張を一部認めるように、俺は小さく肩を竦《すく》めてみせる。

実際、その通りではあるんだ。虹色ポムにどんな能力が秘められているにしても、あと数分で１５００点以上の減点を実現するなんてまず不可能。【探偵】側の役割はあくまで加点を最小限に抑えることであり、間違っても得点《スコア》を大量に削ることなんかじゃない。

けれど、それでも。

「――こちらは準備完了です。水上《みなかみ》様、いつでもどうぞ」

そんな俺の思考に呼応するかの如《ごと》く涼しげな声を零《こぼ》したのは姫路《ひめじ》だった。俺の隣に進み出た彼女は自身の端末を取り出し、目の前に〝保管庫〟を投影展開している。区分けされた枠の中にずらりと並んでいるのはもちろん数百体のポムたちだ。

……そして。

「ありがとうございます、白雪《しらゆき》先輩――私、分かりました！　虹色ポムさんの能力は、対象となるポムさんの行動を自由に操る〝支配〟の効果！　ポムさんたちを率いる王様または指導者のような存在になれるという素晴らしい能力ですが、この局面でやるべきことはきっと一つしかありません。それではポムさん、お願いします！」

《きゅいッ!!》

水上が差し出した両手の上に行儀よく座った虹色ポムは、短い首を器用に動かして保管庫内のとある一点に視線を向けた。対象の行動を乗っ取る〝支配〟の眼光――そんなものが向けられたのは、とっくに捕獲されている一匹のポムだ。

――通常なら。

保管庫に移ったポムたちは《ポム並べ》のフィールドから隔離されてしまっているわけ

で、外部から干渉する手段は一切ない。彼らの能力は決して発揮されない。

けれど《ポム並べ》最大にして最後の特殊要素である虹色ポムの〝支配〟能力を適用すれば、この《大捕物》《レイド》に存在するあらゆるポムの行動を乗っ取ることができる。すなわち保管庫の中に閉じ込められたポムの能力を無理やり使うことだってできるわけだ。

そして虹色ポムの能力を予め知っていた俺は、支配する対象も事前に仕込んでいた。

それこそが、フィールド内のあらゆる場所へ瞬間移動することができる上位種の緑色ポム——転移に際しての距離や座標の縛りといったものが一切存在しないのだから、たとえば保管庫の〝中〟から〝外〟への転移であっても問題なく成立する。

よって、

《きゅううう……？》

傍《はた》から見ていた俺たちが瞬きするよりも早く、保管庫の中で眠っていた上位種の緑色ポムは〝瞬間移動〟の能力を介してぽむっと拡張現実《AR》世界に姿を現した。周囲に何人ものプレイヤーが集まっていることに驚いたのかそいつは《きゃうっ!?》という鳴き声だけを残して彼方《かなた》へ走り去ってしまったが、誰一人としてその背を追い掛ける者はいない。

だって——もう、勝負はついていた。

「……チッ。ああもう、クソったれがよォ……」

忌々《いまいま》しげに吐き捨てる奈切《なきり》の目の前で、保管庫の得点表示が急速に減衰していく。

その変化は如実《にょじつ》なモノだった。つい先ほどまで【怪盗】陣営の勝利基準である【1000点】を遥《はる》かに上回っていたはずの総合得点《スコア》。それがカタカタカタッと暴落していき、今や【324点】にまで数字が減少していってしまっている。

「な、んで……ど、どうなってるんですかラスボスさん！！！」

全てを悟って不貞腐《ふてくさ》れたように黙り込む奈切《なきり》の隣で、夢野《ゆめの》が懸命に声を張り上げる。

「おかしいです！　おかしすぎます！　だって、だってポムが一体いなくなっただけじゃないですか！　それだけでこんな大幅に減点されるなんて……い、意地悪です！　イカサマです！　ラスボスさんが極悪非道なトリックを使ったに違いありません‼」

「ラスボスが極悪非道で何が悪いんだよ」

「悪いなんて言ってないです！　わたしは主人公なので、ラスボスさんが強ければ強いほど嬉《うれ》しいです！　でも……これが〝負けイベント〟なんだとしても、ちゃんと説明はしてください。どうすれば、あの状態からズバッと逆転なんてできるんですか……⁉」

ぐい、と両手で涙を拭いながら気丈な問いをぶつけてくる夢野。彼女からすれば《ポム並べ》は既に〝必勝〟だったはずで、そんな疑問を抱くのも無理はないだろう。

けれど、それこそが俺の策略だ。

「そこまで言うなら教えてやるよ、夢野——俺が注目したのは〝得点計算〟だ」

「とくてんけいさん……？」

唐突に切り出された俺の発言にぽかんと可愛《かわい》らしい反応を返してくる夢野。

そんな彼女に対してニヤリと笑みを浮かべつつ、俺は堂々とネタ晴らしを敢行する。

「お前らも知っての通り、この《ポム並べ》は〝3枠1組〟のポムを一つの役とみなして総合得点《スコア》を計算してる。三体の色やらレベルが揃《そろ》ってれば加点、レベルが連番で並んでればば減点、何も揃ってなければ役ナシ0点……って具合にな」

「？　それくらい知ってますけど……ラスボスさん、もしかしてわたしのことバカにしてますか？　わたし、主人公なんですけど！　天才なんですけどっ！」

「してねえよ。むしろ、警戒してるからここまで面倒な手順を踏んだんだろうが」

膨れっ面《つら》で文句を言ってくる夢野に小さく肩を竦《すく》めて応じる。

「とにかく、ポムの得点計算方法《スコアリング》は〝3枠1組〟だ。で……覚えてるか、夢野？　大体一時間くらい前に、俺たちが〝フラッシュ〟を成立させまくった時期があるんだけど」

「あ、はい。怒涛《どとう》の勢いだったので細かい得点《スコア》は見なかったですけど、あれだけで400点以上入っていたような……さすがラスボスさん、と胸を張りたい気持ちでした」

「そりゃどうも。ちなみに、アレが俺たちの勝因だぞ」

「――……はにゃ？」

完全に虚を突かれたのか言葉にならない妙な声を発する夢野。

「ど、どど……どういうことですか、ラスボスさん!?」

「〝細かい得点《スコア》は見なかった〟んだろ？　まあ、そりゃそうだよな。この《大捕物《レイド》》で重要なのは総合得点《スコア》だけだ。役ごとの内訳なんて普通は確認する意味もない」

「？　そう、じゃないんですか……？」

「今回に限ってはな。だって……変だと思わなかったのか、夢野《ゆめの》？　俺たちはあの時、緑の〝フラッシュ〟を作りまくって総合得点《スコア》を跳ね上げた。だけど《ポム並べ》にはもっと効率的に得点《スコア》を稼げる手段、というか〝役〟が存在する」

「っ………〝フラッシュ×スリーポム〟」

絞り出すように零《こぼ》されたその単語に対し、俺は「ああ」と静かに同意を返す。

彼女の言う通りだ――俺たちが真に【怪盗】陣営なら、あの場で狙うべきは〝フラッシュ×スリーポム〟の量産だった。最終的に400以上の得点を稼いでいたため違和感は控えめだっただろうが、それでも本当なら妙なんだ。あのやり方は異常だった。

「だって選べるんだからな、捕まえる順番も。俺たちは黄色ポムの麻痺《まひ》能力で何体かの緑色ポムを硬直させて、その上で増殖効果の《短命の贋作師《リトルフェイカー》》を使った。つまりはポムたちを保管庫に入れる順番も完全に意図的だった、ってことになる」

「……？　意図的と言われても、かなりランダムだったような……？」

「本当にそうか？　ちゃんと確認してみろよ」

不敵に笑いながらそう言って、手元の端末を軽く掲げてみせる。

　刹那、俺たちの間に映し出されたのは保管庫だ。それも英明《えいめい》学園が《短命の贋作師《リトルフェイカー》》の効果で大量加点を成し遂げた直後の過去映像。上位種の緑色ポムが〝眷属化《けんぞくか》〟を終えたのを皮切りに、無数の緑色ポムたちが雪崩《なだ》れ込むような形で投入されている。

　レベルの内訳としてはこんな感じだ。

【上位種・1・2】【3・1・2】【3・3・2】【1・3・2】【1・1・2】【3・1・2】【3・3・2】【1・1・2】【3・1・2】【3・3・2】……

「む、むむ……？」

　桃色の瞳で食い入るように画面を見つつ、夢野は小さく首を傾《かし》げてみせる。

「どれも緑の〝フラッシュ〟で5点ずつの加点、ですよね。確かに〝スリーポム〟も上乗せして欲しいところですけど、それはラスボスさんのセンスがないだけじゃ――」

「……違《ちげ》えだろ、美咲《みさき》。こんなもんは邪道なセンスの塊だ」

　と、そこで口を挟んできたのはしばらく無言を決め込んでいた奈切《なきり》だった。《灼熱《しゃくねつ》の猛獣》とも称される学園島《アカデミー》屈指の6ツ星ランカーは、残り一分を切っている制限時間《タイマー》を虚《うつ》ろな目で見遣《みや》ってから、大きな溜《た》め息《いき》と共にオレンジ色の髪を微《かす》かに揺らす。

「もう忘れやがったのか？　英明学園はついさっき、虹色ポムの〝支配〟能力で上位種の緑色ポムを保管庫の中から外へ瞬間移動させた――要は、保管庫の中にいたポムを一体だけ引っこ抜いちまったんだ。《ポム並べ》の得点計算《スコアリング》は〝3枠1組〟なんだから、どっかのポムがいなくなったらそこは埋めなきゃいけねぇ……詰めなきゃいけねぇ」

「！　た、確かに……っていうか、さっきの並び、もしかして！」

「――そういうことだ」

夢野《ゆめの》が何かに気付いたように大きな目を見開いた瞬間、俺は過去の映像を消して現在の保管庫を表示させることにした。上位種の緑色ポムが姿を消した保管庫。いなくなったのは確かに一体だけだが、この《大捕物《レイド》》の得点計算《スコアリング》が〝3枠1組〟で行われる以上、たった一体のズレがそれ以降全ての〝役〟に影響を及ぼすことになる。

中でも特に激震が走っているのは、俺たちが《短命の贋作師《リトルフェイカー》》を使用した箇所だ。

《変化前》
【上位種・1・2《+5点》】【3・1・2《+5点》】【3・3・2《+5点》】【1・3・2《+5点》】【1・1・2《+5点》】
【3・1・2《+5点》】【3・3・2《+5点》】【1・1・2《+5点》】【3・1・2《+5点》】【3・3・2《+5点》】……
《変化後（上位種消滅後）》
【1・2・3《−25点》】【1・2・3《−25点》】【3・2・1《−25点》】【3・2・1《−25点》】【1・2・3《−25点》】【1・2・3《−25点》】
【3・2・1《−25点》】【1・2・3《−25点》】【1・2・3《−25点》】【3・2・1《−25点》】……

すなわち――見渡す限り、全てのセットが〝同色×連番〟のストレートフラッシュ。
〝3枠1組〟の役が複数の条件を満たす場合《ポム並べ》では掛け算で各セットの得点《スコア》が算出されるため、フラッシュの【5点】とストレートの【マイナス5点】が重なる〝ストレートフラッシュ〟は一律で【マイナス25点】の扱いだ。

種明かしも済んだところで、俺は「ハッ……」と露骨に口角を上げて言葉を継ぐ。

「俺たちが《短命の贋作師《リトルフェイカー》》で稼いだ得点《スコア》が【420点】。これが【マイナス2100点】に変わってるから、差し引き2500点以上のマイナスだ。それ以降のセットでも意図せず役が崩れたり完成したりして、最終的に今の得点《スコア》に落ち着いたって感じだな」

「……チッ」

俺の解説を聞き終えて、いかにも鬱陶しそうな表情で舌打ちを飛ばしてくる奈切《なきり》。

「じゃあなんだ？　あんたは、最初からこれだけを……最後の最後で裏切って逆転することだけを考えて動いてた、ってのかよ？　何でまたそんな面倒な――」

「何だよ、不満だってのか？　夢野にも言ったけど、天音坂《おまえら》が本当の本当に厄介だから敬意を持ってぶつかってやったんだろうが。確かに最初から【探偵】陣営として参加した方が楽に決まってるけど、お前らと正面からやり合うのは絶対に得策じゃない」

「けっ……あーあー、これだから学園島《アカデミー》最強サマの相手は嫌なんだ。ったく、桜花《おうか》の《背水の陣《ハイスイノジン》》を乗り越えたと思ったら今度は身内に伏兵かよ……」

「ああ、悪いな」

奈切の嘆きを受け流しながら、俺は飄々《ひょうひょう》とした態度でそんな相槌《あいづち》を打っておく。

……が、実を言えば。

泉小夜《いずみさよ》による【怪盗】陣営への弱体化《デバフ》、もとい一部ルールの隠匿。俺たちは――正確に言えば俺と姫路《ひめじ》と《カンパニー》は――アレを逆手に取っていた。本来の《ポム並べ》には劇的な逆転の手段なんか用意されていなかったんだ。けれど泉小夜がルールへの介入なんて荒業を披露してくれたため、こちらも動きやすくなってしまった。あれだけ伏せルールが並んでいるんだから、一つくらい増やしたって誰にも違和感は持たれない。

そう、つまり――〝支配〟の能力を持つ虹色ポムなんて元のルールにはいなかった。

アイツは最初から裏切りのためだけに捏造《ねつぞう》された存在だった、というわけだ。

「まァ……ここまで完璧に仕留められちゃ仕方ねぇ、か」

生粋《きっすい》の【怪盗】陣営である奈切《なきり》がそれを知っているはずもないが、とにもかくにも彼女は負けを認めたように小さく肩を竦《すく》めてみせた。それとほぼ同時、二時間の制限時間が終了してけたたましいアラームが辺り一帯に鳴り響く。最終得点《スコア》【419点】――既定のラインを600点近く下回っているため、《ポム並べ》の勝者は【探偵】陣営だ。

……そんな現実を受け止めるように。

《灼熱《しゃくねつ》の猛獣》は、わざとらしく「チッ……」と舌打ちしつつ両手を持ち上げる。

「今回はあんたの勝ちだって認めてやるよ、学園島《アカデミー》最強。……他でもねぇこのアタシを倒したんだ、中途半端なところで負けやがったら来世までぶちのめしにいくからな」

「どんな遺言だよ、おい……まあ、そんな機会は一生来ないと思うけど」

「けっ、相変わらずビッグマウスだなあんたは。あーあー、さっさと失《う》せろクソ野郎」

忌々《いまいま》しげに捨て台詞《ぜりふ》を口にしながらふいっと俺に背を向ける奈切と、その隣で悔しそうに涙を堪《こら》えたまま何も言えなくなっている夢野《ゆめの》。

そんな二人をじっと見つめてから——俺は、静かにその場を立ち去った。

【《ポム並べ》——終了。勝者：〝探偵〟陣営】
【〝怪盗〟陣営：ペナルティとして参加者全員が〝逮捕〟】
【〝探偵〟陣営：報酬として《略奪品》防衛／累計逮捕人数が十六名増加】

＃＃

《ポム並べ》とその前後の顛末《てんまつ》は、期末総力戦《パラドックス》全体の勢力図に大きな影響を与えた。

夢野美咲《みさき》、竜胆戒《りんどうかい》、そして奈切来火《らいか》……主要メンバーである三人を立て続けに失ったことで、元より少数精鋭である天音坂《あまねざか》学園は《決闘《ゲーム》》の続行が困難なほど戦力低迷《トーンダウン》。同時に俺たち英明《えいめい》学園が【探偵】陣営へと寝返ったため、泉小夜の操る《背水の陣《ハイスイノジン》》を咎《とが》められるだけの戦力が【怪盗】側になくなってしまった。

これを皮切りに一方的な〝ネズミ狩り〟がスタート。

《ポム並べ》が開催されたのは金曜日の午後だが、それでも週を跨《また》ぐ前に【怪盗】陣営を壊滅させるべく各学区が本腰を入れて動いたことで、残っていた【怪盗】側のプレイヤーもあっという間に逮捕されていった。最後の【怪盗】が捕まったのは二月四日、土曜日の昼下がり。引導を渡したのは唯一の〝名探偵《ランク9》〟である彩園寺更紗《さいおんじさらさ》だったらしい。

故に、結果としてはこうだ。

【期末総力戦《パラドックス》――第一局面《フェイズワン》終了】

【〝怪盗〟側プレイヤー全逮捕：陣営敗北条件達成】

【脱落学区：彗星《すいせい》／猫尾《ねこお》／音羽《おとわ》／神楽月《かぐらづき》／近江《おうみ》／弥生《やよい》／聖城《せいじょう》／叢雲《むらくも》／常夜《とこよ》／双鍵《そうけん》／天音坂《あまねざか》】

――……そして。

俺は今、学園島《アカデミー》零番区の中心部に存在するとある建物の一室で、各学区から選出されている学区代表プレイヤーたちと直接顔を合わせていた。

期末総力戦《パラドックス》の実施中にも関わらず俺たちが一堂に会しているのは、他でもない――【探偵】と【怪盗】の二陣営に分かれて鎬《しのぎ》を削り合う期末総力戦には、週の半ばでいずれかの陣営が〝敗北条件〟を満たした際、生き残った学区の代表者が集まって臨時の陣営選択会議を行うというルールがあるからだ。第二局面《フェイズツー》への移行処理。今日は土曜日なので何をせずとももうすぐ週替わりなのだが、とはいえルールはルールである。榎本《えのもと》からバトンを譲り受けた俺は、やや面倒に思いながらもこうして零番区まで遠征してきていた。

ちなみに、長机を囲んでいるのは大体こんな感じの面々だ。

【一番区雛園《ひなぞの》学園代表——５ツ星《瑠璃色乙女》穂刈果歩《ほかりかほ》】
【三番区桜花《おうか》学園代表——６ツ星《女帝》彩園寺更紗】
【五番区導宝《どうほう》学園代表——６ツ星《俊足の貴公子》遊馬虎太郎《あすまこたろう》】
【七番区森羅《しんら》高等学校／《アルビオン》代表——６ツ星・越智春虎《おちはるとら》】
【十四番区聖ロザリア女学院代表——６ツ星《凪《なぎ》の蒼炎《そうえん》》皆実雫《みなみしずく》】
【十五番区茨《いばら》学園代表——６ツ星《茨のゾンビ》結川奏《ゆいかわかなで》】
【十六番区栗花落《つゆり》女子学園代表——６ツ星《鬼神の巫女《みこ》》枢木千梨《くるるぎせんり》】
【二十番区阿澄之台《あずみのだい》学園代表——５ツ星《鋼鉄》野々原仁《ののはらじん》】

（こっっっっっっっっっっっっっわぁ……）

首脳会談よろしくドンッと居並ぶ高ランカーたちに内心で思いっきり気後れしつつ、それでも俺はこの場の主役だと言わんばかりの態度で堂々と彼らを睥睨《へいげい》する。

「ん……」

どこからともなく〝見られている〟ような感覚があるのは、何も気のせいというわけじゃないだろう。姫路《ひめじ》によれば、一週目から四週目までの間で陣営選択会議に出席する学区代表が交代した例は一度もなかったらしい。直前で【怪盗】陣営が崩壊した件に関わっていることも踏まえれば、ここで英明《おれたち》に注目が集まらない方が不思議な話だ。

そんなことを考えながら、俺は改めて会議に参加している面々をぐるりと見渡す。

学区代表の高ランカーということもあり、ざっと半数以上は見知った顔だ。栗花落《つゆり》女子の枢木《くるるぎ》は俺の登場にピクリと眉を動かし、茨《いばら》学園の結川《ゆいかわ》は何やら物言いたげにふわっと前髪を払っている。聖ロザリアの皆実《みなみ》がじっと下を向いたまま動かないのは、無視とかそういう話ではなく多分寝ているのだろう。微《かす》かな吐息が漏れ聞こえてきている。

「…………」

そして、ただでさえ強敵揃《ぞろ》いな彼らの中でも一際強烈な存在感を放つプレイヤーが二人ほどいる。まず一人は、三番区桜花《おうか》学園の彩園寺更紗だ。深々と椅子に座って腕を組んでいる彼女は、俺がこの部屋に入ってきた瞬間もほんの一瞬だけ紅玉《ルビー》の瞳をこちらへ向けただけだった。それもそのはず、俺と彼女の〝共犯関係〟は何があっても明かせない。

──そして、もう一人は。

「やあ、どうも。……久し振りだね、緋呂斗《ひろと》」

俺が密《ひそ》かに視線を向けようとした刹那、そいつは先手を打つような形で俺に声を掛けてきた。吸い込まれるような黒い髪。冷静ながら確かな信念を秘めた瞳。七番区森羅《しんら》高等学校の代表者にして《アルビオン》リーダー──越智春虎、その人である。

「遅かったね？　期末総力戦《パラドックス》のエントリーに間に合わないんじゃないかと思った」

「……自滅を期待してたなら悪かったな。残念ながらそこまで落ちぶれちゃいねえよ」

「いやいや、期待なんかしてないって。もしかして、僕の〝予言〟を忘れたの？　緋呂斗はこの大規模《決闘》――期末総力戦において僕らの前に膝を突くんだよ。そういうシナリオなんだから、勝手にいなくなってもらったら困る。キャスティングは重要なんだ」

「そうかよ。そりゃまた随分と勝手なシナリオライター様だな」

冗談交じりに煽《あお》ってくる越智《おち》に対し、こちらもなるべく皮肉っぽい口調で返す。

と――その辺りで、定刻を示すチャイムが室内に大きく響き渡った。

陣営選択会議ではここから最大三十分間の話し合い、もとい探り合いを行い、それを通して自学区が所属する陣営を決定する。英明《えいめい》学園は既に権利を失っているが、例の【スパイ】コマンドを使用できるのもこのタイミングだ。陣営の選択は手元の端末で行い、全ての参加者がそれを確定させた段階で〝開示〟のフェイズへ移行するらしい。

「「「…………」」」

まずはお互いの出方を窺《うかが》うように、多くの学区代表者が無言で視線を巡らせる。……まあ、それはそうだろう。旧【怪盗】陣営の壊滅に伴って十一の学区が脱落し、期末総力戦《パラドックス》が第二局面《フェイズツー》へと移行する重要なタイミングだ。慎重になるのが当然と言える。

そんな空気を真っ先にぶち壊したのは……他でもない、森羅高等学校の越智春虎《はるとら》だった。

「――《シナリオライター》起動」

(ッ……い、いきなりかよ、こいつ!?)

会議室に集っている全プレイヤーの視線を強引に集めつつ、自身の背後に《シナリオライター》の効果画面を展開する越智《おち》。澄ました表情を浮かべた彼があくまで興味なさげに視線を向けたのは、俺——ではなく、外縁連合の長である枢木千梨《くるるぎせんり》だ。

「む……？　私に何か用か、貴様？」

それに気付いた枢木は、警戒した素振りを見せながらも静かに顔を持ち上げる。

「そうでなければ不躾《ぶしつけ》な視線を向けないでもらいたいものだが……」

「へえ？　何か用、って……意外と惚《とぼ》けるのが上手《うま》いんだね、千梨さん」

警戒心に満ちた枢木の眼光は恐ろしいほどに鋭いが、それでも越智は余裕の態度を崩さない。右手で軽く頬杖《ほおづえ》を突きつつ、どこか見下したような視線と共に続ける。

「これまでの展開を忘れたわけじゃないんでしょ？　天音坂《あまねざか》は、英明《えいめい》学園という裏切り者を排除できなかったために半数以上の学区を巻き込んで脱落した……月曜日に僕が話したシナリオの通りだよ。せっかく最高の未来を掴《つか》むチャンスをあげたのに、ね」

「……何がシナリオだ。あんなものは単なる〝人質〟だろう？　《灼熱《しやくねつ》の猛獣》——奈切《なきり》殿の望む未来を勝手に賭けて、厄介な縛りを押し付けただけだ」

「まあそうだね。だけど、自分が望む最高の結果が手に入るんだから多少のハードルくらいあって然《しか》るべきじゃない？　少なくとも、僕はそう思うけど」

「自分自身が願ったことならどんな苦労も厭《いと》わないが、誰とも知らない他人に願われるのは大きなお世話だ。これほど簡単なことも分からないのか、貴様？」

「え？　うーん……そうだなぁ」

底冷えするような視線を向けられてなお飄々《ひょうひょう》とした態度で首を振る越智。彼はほんの一瞬ちらりと俺を見遣《みや》ってから、先ほどまでと全く変わらない冷めた口調で続ける。

「――分かった上でやってるに決まってるじゃないか、そんなこと」

「っ……!?」

「僕は僕が勝つために《決闘《ゲーム》》をプレイしているんだよ。他人が勝つことなんか本気で願うはずがない――だからこれは、未来という名の〝人質〟であり〝足枷《あしかせ》〟だ。そう自覚して僕は《シナリオライター》を使ってる」

「貴様は……悪魔か」

「鬼神にそんなことを言われるなんて光栄かもしれないな。……ねえ、千梨さん」

改めて言うよ、と越智。

「〝予言〟しよう――君たち外縁連合は、僕ら森羅高等学校の協力者として充分な働きさえしてくれれば、少なくとも第三局面までは生き残ることができる。逆に言うと、その道を辿《たど》らない限り来週か再来週にはあっさり敗退しちゃうだろうね」

「っ……そんな妄言を、信じろと？」

「嫌だな、僕の言葉だけじゃ信じてもらえないだろうからこうしてアビリティの画面を見せてるんじゃないか。繰り返すようだけど、天音坂は僕のシナリオに乗り損ねたせいで生き残ることができなかったんだ。君たちはどうするの、って話でしょ？」

人の心の隙間に入り込むような口調でそんなことを言いながら、越智《おち》は自身の端末に指先を触れさせて何やら操作をし始めた。すると次の瞬間、対面の枢木《くるるぎ》がピクリと小さく肩を跳ねさせ、苦虫を噛《か》み潰したような表情で胸ポケットから端末を取り出す。

その様子を見て越智は淡々と言葉を継いだ。

「たった今、君の端末に所属すべき陣営を送っておいた。僕のシナリオに乗るつもりがあるなら迷わずそれを選んでくれればいい。外縁連合のみんなで、ね」

「ふん……それは、脅しか？」

「まさか、別に従ってくれなくてもいいよ。僕が提示してるのはあくまで一つの選択肢に過ぎないからね。もちろん《シナリオライター》の性能は見てもらった通りだけど」

「…………」

実質的な〝脅し〟を受けた枢木は、しばらく瞑想《めいそう》するように両目を閉じていた。そうして彼女は、やがて静かに瞼《まぶた》を開けると真《ま》っ直《す》ぐな視線を俺へと向ける。何かを告げようとしているようにも見える悲しげな目。懺悔《ざんげ》と覚悟が混然一体となった複雑な表情。

「……私も、まだまだ精進が足りないな」

（え……？）

「雫《しずく》、それから茨《いばら》の。二人の端末にも越智殿の指示を転送した。良ければ乗ってもらいたい。私たち外縁連合はこれより一時的に——七番区森羅高等学校の軍門に下る」

「ッ……！」

——会議室全体に凛《りん》と響き渡るような〝服従〟の宣言。

おそらくそれは、彼女なりにリスクとリターンを真剣に吟味し、様々な可能性を考慮した上で出した結論なのだろう。表情からは不服そうな色がありありと見て取れるが、とはいえ期末総力戦《パラドックス》において〝勝ち馬に乗る〟という判断はむしろ正常だ。越智の持つ《シナリオライター》の凶悪さも加味すれば反抗する理由が欠片《かけら》もない。

「ふっ……ま、まあ、そこまで頼まれたら仕方ないね。僕くらいになると越智くんの《シナリオライター》にも本当は対抗できるんだけど、今回は引いてあげるとしよう」

「……別に、何でもいい……強いのが、正義」

結川《ゆいかわ》と皆実《みなみ》の両名も、ひとまずは枢木の判断を尊重する方針のようだ。

（っ……天音坂《あまねざか》も、茨も、栗花落《つゆり》も、聖ロザリアも……みんな〝未来〟を人質にされて越智の駒にされちまった。どこまで凶悪なんだよ《シナリオライター》……!!）

　心の中で悲鳴交じりの声を上げながらぎゅっと拳を握る俺。

　森羅《しんら》による外縁連合の接収——この行動は想像以上にとんでもない。何しろ期末総力戦《パラドックス》は既に第二局面《フェイズツー》。過半数の学区が脱落しており、残るはたったの九学区しかないんだ。森羅と外縁連合が組めば簡単に〝最大勢力〟を構築することができてしまう。

「………」

故にこそ、途端に誰も言葉を発さなくなった。森羅《しんら》の傘下に入っていない残りの学区が考えるべきは、彼らが【探偵】と【怪盗】のどちらを選ぶのか……その一点だけに集約される。協調やら裏切りなんて些末《さまつ》なことは吟味する必要すらなくなったわけだ。

(で……英明《おれたち》がどっちを選ぶかって言ったら、まあ微妙なところではあるんだよな)

各学区代表たちの表情をさりげなく盗み見つつ、俺はそっと右手を口元へ遣《や》る。

まず、この中でほぼ確実に動向が読めるのは彩園寺更紗《さいおんじさらさ》だ。桜花《おうか》は期末総力戦《パラドックス》が始まってから全ての陣営選択会議で【探偵】を選び続ける〝常時探偵作戦〟の体現者であり、全体的に高い探偵ランクを誇るため今さら【怪盗】側に転身するメリットがない。

ここで森羅と外縁連合がどちらに属するのか、二つのパターンで想定してみよう。

一つは【探偵】陣営を選ぶ場合。要は〝桜花に被《かぶ》せる〟パターンだ。数の優位を取るなら間違いなくこちらだが、越智《おち》の目的や行動原理を踏まえるに、彼は7ツ星である俺と同じくらいに彩園寺家の影の守護者こと泉《いずみ》姉妹を敵視しているはずだ。安易に桜花と共同戦線を張るとは思えないし、多数派を取り過ぎてしまうのも旨味《うまみ》がない。

そして、もう一つが【怪盗】陣営を選ぶ場合。桜花と対立する前提ならこちらだが、森羅も栗花落《つゆり》も聖ロザリアも四週目は【探偵】選択……天音坂《あまねざか》並みに怪盗ランクが育っているプレイヤーはそうそういないだろう。戦力的にはやや不安が残る。

これらの状況を総合的に捉えた場合、俺たちは一体どちらの陣営を選ぶべきか。

（いや……違うな）

――その辺りで、俺は小さく首を横に振ってごちゃごちゃとした思考を断ち切った。

越智の動きなんか関係ない。英明《えいめい》学園が所属するべきは、どう考えても【怪盗】陣営一択だ。もし【怪盗】が多数派になってくれれば現在の主目的である〝仲間の救出〟を効率的に行えるし、逆に【怪盗】が少数派になる場合は英明以外の学区が二つか三つになっている可能性が高い。そこまで偏ってしまえば、期末総力戦《パラドックス》のルール的にはむしろ有利。一点突破で【探偵】陣営の敗北条件を満たしやすい状況が整うことになる。

「ん……」

自分の中でそう結論付けて静かに陣営の選択を終える俺。

そして、それから数分後――会議室の中に再びチャイムの音が鳴り響いた。まだ三十分は経《た》っていないはずだから、おそらく全ての学区が陣営選択を済ませたということなのだろう。次の瞬間、俺たちの頭上に今週の所属陣営を示すポップなロゴが現れる。

【〝探偵〟陣営選択学区――雛園《ひなぞの》／桜花／導宝《どうほう》／森羅／聖ロザリア／茨《いばら》／栗花落】

【〝怪盗〟陣営選択学区――英明／阿澄之台《あずみのだい》】

（……少数派、か）

各学区の選択を確認しながら、俺は内心で小さく息を吐いた。思った以上に偏ってしまったが……まあ、先ほど復習《おさらい》した通りだ。立ち回り次第ではこれでも有利に戦える。

そんなことを考えながら、俺が席を立とうとした——瞬間、だった。

「——ねえ。ちょっといいかな、君たち？」

澄み渡るように静謐《せいひつ》で透明な声。

それを発したのは、他でもない越智春虎《おちはるとら》だった。彼は既に腰を浮かせていた俺にどこか挑発的な視線を投げ掛けると、そのまま素っ気ない態度で言葉を継ぐ。

「今回は期末総力戦《パラドックス》が始まって以来初となる緊急陣営選択会議。もう土曜日の午後だから、この区分けが有効なのはたった数時間だけなんだけど……ここで一つ公開しておきたい情報があるんだ。実は、僕たち森羅は【スパイ】を使った」

「——……は？」

越智の意味不明な宣言に対し、真っ先に疑問の声を上げたのは枢木《くるるぎ》だ。テーブルに両手を突きながら立ち上がった彼女は、困惑の表情と共にポニーテールを揺らす。

「【スパイ】だと……？　私たち外縁連合を【探偵】陣営に集めておいて、わざわざ少数派である【怪盗】側に寝返るというのか？　全く意味が分からない。それに貴様の言う通り、今回の陣営選択はたった数時間しか効力を持たない……何故《なぜ》、今なんだ？」

「まあそうだね、君の意見には何の異論もないよ。……ただ」

穏やかな表情のまま微《かす》かに口元を緩めてみせる越智。

「【スパイ】を使ったのは僕たちだけど、寝返るのは森羅じゃないんだ」

「む……どういう意味だ、それは。いちいち含んだ言い方をしないと喋《しゃべ》れないのか？」

「ごめんごめん、なるべく気を付けるよ。ええと……君たちも知ってるよね？　森羅《しんら》高等学校には霧谷凍夜《きりがやとうや》ってプレイヤーが在籍してる。僕の幼馴染《おさななじ》みで、一番の信頼を置いてる6ツ星ランカーだ。特に、緋呂斗《ひろと》とは切っても切れない関係なんじゃないかな」

「……どうだろうな、いつも向こうから突っ掛かってくるだけだけど」

　小さく肩を竦《すく》めながら、肯定とも否定ともつかない答えを口にする。

　霧谷凍夜というのは、七番区森羅高等学校に所属する6ツ星の色付き星《ダブルカラー》所持者だ。俺とはそれこそ五月期交流戦《アストラル》の頃からの付き合いであり、事あるごとに面倒な勝負を吹っ掛けられている。個人的には〝異常に厄介な強敵〟という印象だ。

「あいつがどうかしたのか？」

「うん。凍夜は色付き星《ユニークスター》を二つ持ってるんだけど、そのうちの一つが〝黒の星〟――付随する限定アビリティは〝改造〟だ。《決闘《ゲーム》》内のシステムやデータを改変して、より強力なモノに仕立て上げる能力を持ってる。……僕たちは、これを【スパイ】コマンドそのものに適用したんだ。効果の対象に取れる範囲を他学区にまで拡張した」

「他学区に……【スパイ】の効果を？」

　越智が何を言っているのか咄嗟《とっさ》には理解できず、眉を顰《ひそ》めて問い返す俺。

けれど、一瞬遅れてぞっとする——まさか、そういうことか？　週の途中で陣営を切り替える裏切りの効果を、強制的に任意の学区に適用する？

「……へぇ？　もう気付いたんだ。さすがは当代の7ツ星ってところだね」

俺がその思考に至ったのを察したのだろう、越智《おち》は微《かす》かに口元を歪《ゆが》めて言葉を継ぐ。

「そうだよ——僕たちの【スパイ】コマンドは、凍夜《とうや》の色付き星《ユニークスター》による改造を受けて〝特定の学区を強制的に陣営変更させる〟効果に進化してる。だから言ったでしょ？　【スパイ】を使ったのは僕たちだけど、寝返るのは森羅じゃない。陣営を変えるのは……」

そうして越智が視線を向けたのは——他の誰でもない、彩園寺更紗だ。

「……桜花《おうか》学園。君たちには、緋呂斗《ひろと》と一緒に堕《お》ちてもらうよ」

「————！」

思わず息を呑《の》みながら、俺は桜花の学区代表を務める《女帝》へと視線を移す。

一気に注目の的となった彩園寺《さいおんじ》はと言えば、しばらく胸元で腕を組んだまま静かに口を噤《つぐ》んでいた。そうしてたっぷりの間を開けてから、紅玉《ルビー》の瞳を越智へと向ける。

「そこの馬鹿と一緒にされるなんて確かに屈辱だけれど……一つ質問していいかしら？」

「もちろん、いくらでも訊《き》いてくれていいよ」

「それじゃあお言葉に甘えて。越智春虎《はるとら》——貴方《あなた》が私たちを【怪盗】陣営へ追いやりたかった理由は分かるわ。初週から一貫して【探偵】を選び続けていた桜花だもの、脱落させたいなら無理にでも【怪盗】を選ばせればいい。けれど、さっき枢木《くるるぎ》さんも言っていた通り……今週はあと数時間しか残っていないじゃない。月曜になったらまた陣営選択会議が行われるのだから、桜花は適当に逃げ隠れするだけで済む。……それでいいの？」

「あんまり良くないね。だから――実は、こんなものも用意してる」

……瞬間。

端末に指を触れさせた越智がとあるアビリティを使用した。同時に投影展開されたメッセージによれば、そのアビリティの名は《陣営固定》――内容は単純明快だ。以降、いずれかの陣営が敗北条件を満たすまで、あらゆる手段による陣営の変更を禁止する。

「――ね？」

不敵な表情を浮かべて静かに小首を傾《かし》げてみせる越智春虎。

「来週の陣営選択会議なんて、そんなものはないよ。英明《えいめい》と桜花と阿澄之台《あずみのだい》が【怪盗】陣営で、その他の全学区が【探偵】陣営。どちらかの陣営が敗北条件を満たすまで……どちらかの陣営が力尽きて全滅するまで、期末総力戦《パラドックス》はこの布陣で続行する。要は退路を断ったデスゲームみたいなものだよ。何せ、この第二局面で敗退した学区のプレイヤーは軒並み星を一つ失うことになるんだから」

「っ……そういうこと。いつの間にか、随分と恨みを買ってたみたいね？」

「君に、ってわけじゃないんだけどね」

揶揄《やゆ》するような彩園寺《さいおんじ》の返答に対し、越智《おち》は再び含みを持たせた言葉を突き付ける。彼の瞳が捉えているのは彩園寺でも彩園寺家でもなく、それを守護する泉《いずみ》姉妹——もとい冥星そのものだ。でなければ、阿久津雅《あくつみやび》を地下牢獄《ろうごく》なんかに送り込むはずがない。

……だから彼は、未来を人質にすることで外縁連合を引き込んで。

【スパイ】と《陣営固定》を駆使し、英明と桜花をどちらも【怪盗】側に押し込んだ。

（そうか……そういうことか）

そこまで思考を巡らせた辺りで、俺はようやく越智の狙いに思い至った。彼は彼で、どちらの陣営に所属するのが有利だとか何だとか、そんなことは欠片も考えちゃいない。彼ら《アルビオン》が、七番区森羅《しんら》高等学校が狙っている展開はたった一つ。

（今この場で、この布陣で、篠原緋呂斗《7ツ星》と泉姉妹《冥星》をどっちも排除すること……！）

——おそらくは、そういうことになるのだろう。

各学区の思惑が複雑に交錯する陣営選択会議。そこに新たな波乱を持ち込んだ《アルビオン》のリーダーは、静かに席を立ってからぐるりとテーブルを見渡して。

「じゃあ——そろそろ〝本番〟といこうか、緋呂斗《ひろと》？」

最後に漆黒の瞳で俺の顔を覗《のぞ》き込むと、どこまでも淡々とした声音でそう言った。

LNN -Librarian Net News-

《期末総力戦（パラドックス）》
中間速報

お待たせしました！《ライブラ》の風見鈴蘭にゃ！

期末総力戦の概況はisland tubeでも放映してるけど、今回は超特報をお伝えするにゃ！

第1局面《フェイズワン》終了！

1月の頭からここまで全20学区が生存状態のまま続いてきた今回の期末総力戦《パラドックス》だけど、ついに初の“陣営敗北”が発生したにゃ！　脱落した学区は彗星、猫尾、音羽、神楽月、近江、弥生、聖城、叢雲、常夜、双鍵、天音坂の11学区……！　過半数の学区が一気に舞台を降りる大波乱となったのにゃ！

決め手は英明学園の“裏切り”か？それとも…？

旧【怪盗】陣営の敗北条件が満たされることになった直接的な要因は、天音坂学園の主力メンバー・奈切来火さんや夢野美咲ちゃんの“逮捕”……そして、それを為したのは滑り込みで期末総力戦にエントリーした英明学園の7ツ星・篠原緋呂斗くんにゃ!!

ただし、その背景には森羅高等学校の越智春虎くんや桜花学園の泉小夜ちゃんが使用しているアビリティも大きく関わっているにゃ……！　ワックワクの大混戦にゃ!!

森羅高等学校の大攻勢

そしてそして、当の越智春虎くんは第2局面（フェイズツー）が始まって各学区の所属陣営が決まるなり、異色の方法で桜花学園と英明学園を〝少数派〟の【怪盗】陣営に追いやっているにゃ。優勝候補でもある2学区をまとめて葬る一手……！　これに各学区がどんな対応を取るのか、ますます目が離せない《決闘》展開にゃ!!

第四章　未来への分水嶺

＃

——嵐のような陣営選択会議が終了した後。

各学区の代表者たちが一通り部屋を去ってからも、俺は無言で上質な椅子に背中を預けていた。会議の様子は《ライブラ》の公式チャンネルで全島放映されていたようだが、その収録も既に終わっている。念のため姫路《ひめじ》に回線は妨害してもらっているし、室内の防音性能はバッチリだ。憂鬱な表情を浮かべていても誰かに見られるようなことはない。

例外は、同じく居残っているもう一人——彩園寺更紗くらいのものだ。

「……大変なことになっちまったな、彩園寺《さいおんじ》」

「ん……そうね。ホントに嫌になっちゃうわ、もう……」

7ツ星とお嬢様の仮面をお互いに脱ぎ去って、同時に溜《た》め息《いき》を吐《つ》く俺と彩園寺。

期末総力戦《パラドックス》四週目の終盤——旧【怪盗】陣営の崩壊により発生した臨時の陣営選択会議において、英明《えいめい》と桜花《おうか》（とついでに阿澄之台《あずみのだい》）は少数派である【怪盗】陣営に追いやられた。逆に【探偵】側は森羅《しんら》に栗花落《つゆり》、茨《いばら》に聖ロザリアと強学区が目白押しだ。

もちろん英明と桜花だって優勝候補ではあるが、特に桜花は〝常時探偵作戦〟を採用していた学区。彩園寺自身も含め、怪盗ランクの方は全員が等級依存の初期値である。

それでも、充分な時間さえあれば巻き返しは図れるのかもしれないが。

「……残念ながら、さっそく仕掛けられちゃったものね」

豪奢《ごうしゃ》な赤の長髪を力なく左右に揺らしながら、対面の彩園寺はテーブルの上に置いていた端末の画面に憂鬱そうな視線を落とす。そこに表示されているのは簡素なシステムメッセージ——【枢木千梨《くるるぎせんり》が《一射一殺《ワンショットキル》》アビリティを使用しました】なる文面《モノ》だ。

これは、先ほどの会議が終わるなり枢木が突き付けてきたアビリティだった。《鬼神の巫女《みこ》》の代名詞。《アストラル》の際は一撃でプレイヤーを葬り去る効果だったが、アビリティの出力は《決闘《ゲーム》》の内容に応じて自動で調整される……そして、期末総力戦《パラドックス》における《一射一殺《ワンショットキル》》の対象範囲は学区全体だそうだ。代表者数名による《大捕物《レイド》》を行い、そこで【探偵】側が勝利すれば直ちに桜花のプレイヤー全員が逮捕される仕様らしい。

そんなとんでもない文面《テキスト》を読み返しながら、俺は嘆息交じりに首を振った。

「ま、当たり前っちゃ当たり前なんだけどな……今の桜花が弱いのは【怪盗】側に移ったばっかりだからだ。放っておいたらどうせ手強《てごわ》くなるんだから、叩《たた》くなら今しかない」

「そうね。要は天音坂《あまねざか》の奈切《なきり》さんが使ってた《臨時解放戦線》の【探偵】版、みたいなことでしょ？　ゲリラ戦の規模はあれよりずっと大きいけれど……どっちにしても、ものすごく凶悪な性能だわ。この《大捕物《レイド》》に負けたら第二局面《フェイズツー》は終わったも同然ね」

「ああ。しかもこれ、状況的には【怪盗】が勝った場合の報酬が〝桜花《おうか》のプレイヤー全員の逮捕取りやめ〟になるわけだから、当然激レア報酬扱いだ。適当な《略奪品》が懸かった《大捕物《レイド》》なんかとは比べ物にならないくらい〝探偵有利〟なルールになっちまう」

「そうでしょうね。……全くもう、本当に想定外すぎて焦《あせ》っちゃうわ」

両手の指を絡ませてうーんと伸びをしながら嘆息を零《こぼ》す彩園寺《さいおんじ》。

致命的な一手を打たれている割にその姿はさほど憔悴《しょうすい》しているようにも見えず、疑問に思った俺は素直に首を傾《かし》げて尋ねてみることにする。

「……？　想定外にしてはやけに余裕そうだな、彩園寺。何か秘策でも隠してるのか？」

「んー、そうね。別に、秘策ってほど洒落《しゃれ》たものじゃないけれど……」

軽い口調で言いながら、当の彩園寺は白い指先で端末の画面を操作し始める。

直後、テーブルの上に投影展開されたのは枢木《くるるぎ》が提示してきた《大捕物《レイド》》のルール文章《テキスト》だ。来週の月曜開始、とのことでまだ少し猶予はあるのだが、ともかくその冒頭には〝桜花学園所属のプレイヤーのみ参加《エントリー》できる〟旨が堂々と記載されている。

そんな諸々《もろもろ》を紅玉《ルビー》の瞳で眺めながら、彩園寺は軽く頬杖《ほおづえ》を突いて口を開いた。

「陣営選択会議の直後に突き付けられた《一射一殺《ワンショットキル》》アビリティ……学区全員の逮捕か生存を賭けた世紀の《大捕物《レイド》》。ちょっとやそっとの工夫で勝てるなんて思ってないわ」

「？　まあ、そりゃそうだよな」

「加えて、あたしたち桜花はずっと【探偵】選択だったから怪盗ランクは初期値だし、ろくな《略奪品》だって持ってない。……だけどそれでも、あたしは学区代表だもの。桜花学園が強いことはちゃんと知ってるわ。誰を選出するか迷っちゃうくらいには、ね」

「ああ、さすがは強学区ってところだな。層が厚くて何よりだ」

やや大人びた口調でそんなことを言う彩園寺に対し、俺は素直に相槌《あいづち》を打つ。藤代慶也《ふじしろけいや》に坂巻夕聖《さかまきゆうせい》、清水綾乃《しみずあやの》に飛鳥萌々《あすかもも》――桜花と言えば、昨年度の学校ランキング一位に君臨していた学区だ。だからこそ、枢木は一切の猶予を与えたくなかったのだろう。

「でも、きっとそれだけじゃ足りない。というか……」

と――そこで、彩園寺の声色がほんの少しだけ変わったような気がした。紅玉《ルビー》の瞳を真《ま》っ直《す》ぐ俺に向けた彼女は、唇を尖《とが》らせながら微《かす》かに照れたような声音で続ける。

「ねえ篠原《しのはら》。……あんたが参加しないっていうのは、ちょっとズルいんじゃないかしら」

「え？　いや、でも――」

「あたしとあんたは唯一無二の共犯者、なんでしょ？　あたしが――桜花が負けたらあんただって大変なことになるんだから、助けてくれたっていいはずだわ」

そんなことを言いながら、彩園寺は手元の端末でとあるアビリティを使用した。その名も《公開招集》――特定の《大捕物》に追加の参加枠を生み出す補助アビリティだ。多くて数人程度ではあるが、あらゆる縛りを無視して〝援軍〟を呼びつけることができる。

「……あたし、こういう〝緊急事態〟にはちゃんと備えておくタイプなのよね」

「あ……」

「期末総力戦《パラドックス》は協調と裏切りの《決闘《ゲーム》》、だもの。今の桜花には篠原緋呂斗っていう学園島最強が――真偽はともかく天下の7ツ星様がついてるんだから、負ける道理がないってものじゃない？」

頬杖《ほおづえ》を突いていた右手で軽く髪を弄《いじ》るようにしながらそんな言葉を口にして、俺の反応を見るためか紅玉《ルビー》の瞳でちらりと上目遣いを向けてくる彩園寺《さいおんじ》。彼女にしては珍しくストレートに可愛《かわい》らしいその表情に、思わず息を呑《の》むほどドキドキさせられてしまう。

「…………」

「あ、ああ――」

狭い会議室の中に、何とも言えないむず痒《がゆ》い空気が流れて。

互いに相手の目を見つめたまま十数秒が経過して。

さすがにそろそろ何か言わなければと俺が無理やり口を開いた、瞬間だった。

「くくっ……あーっはっはっはっは！　待たせたな篠原《しのはら》、そして麗しき我が女神!!」

「!?　!?」

ガチャッ、と勢いよく扉を押し開けて室内に漂っていた妙に甘ったるい空気を打ち払ってみせたのは、襟付きの黒マントを纏《まと》った一人の男だった。病的なまでに痩《や》せ細《ほそ》った体躯《たいく》にギラリと光る銀縁眼鏡《めがね》。やけに仰々しい口調と気障《きざ》ったらしい立ち振る舞いは見ようによってはスタイリッシュだが、どちらかと言えば〝中二病〟という印象が強い。

……学園島《アカデミー》八番区・音羽《おとわ》学園代表。

《我流聖騎士団》リーダーにして〝不死鳥〟の二つ名を持つ6ツ星――久我崎晴嵐。

「くくっ……」

突然の闖入者《ちんにゅうしゃ》に驚いて絶句するしかない俺と彩園寺を置き去りに、カツカツと気取った足音を立てながら窓の近くまで歩み寄った久我崎《くがさき》はわざとらしく喉を鳴らす。

そうして彼は、逆光の窓際でバサリと黒マントを翻《ひるがえ》しながら一言。

「先ほど実行された《公開招集》……しかと受け取ったぞ、我が女神。まだ参加枠は空いているのだろう？　音羽学園を代表して、この僕が馳《は》せ参《さん》じよう！」

「え……待って、じゃあ《公開招集》のアビリティが実行されたのを見てここまで来たってこと？　まだ一分くらいしか経《た》っていないような気がするのだけれど……」

「いやはや、そう侮ってくれるな女神よ。栗花落《つゆり》の巫女《みこ》が桜花《おうか》に《一射一殺《ワンショットキル》》を仕掛けたのはもう三十分以上も昔の話だぞ？　故に僕は、こんなこともあろうかと建物の近くで待機していたんだ。くくっ、どうやら僕の読みは正しかったらしい！」

「……出待ちのストーカーかよ、おい」

「崇高な信者だ、馬鹿者」

どこか薄気味の悪さを感じさせる久我崎《くがさき》の行動にジト目で突っ込みを入れる俺だが、彼は一ミリも堪《こた》えた様子を見せずにふふんと鼻を鳴らしている。この反応を見る限り、俺と彩園寺《さいおんじ》の会話を外から盗み聞きしていたというわけではなさそうだ。

だからまあ、それはいいのだが。

「――そもそも、よ」

俺の対面に座る彩園寺が豪奢《ごうしゃ》な赤の長髪をさらりと揺らしつつ首を傾《かし》げる。

「私の記憶が確かなら、第四週目の音羽は【怪盗】陣営……さっきの陣営選択会議にもいなかったじゃない。貴方《あなた》たち、もう脱落しているんじゃないの？」

そう――八番区音羽《おとわ》学園と言えば、つい数時間前の英明《えいめい》や天音坂《あまねざか》と同じく【怪盗】陣営に所属していた学区だ。彼らが【スパイ】を使用して【探偵】側に寝返った、なんて話は聞いていないし、何なら久我崎晴嵐《せいらん》は泉小夜《いずみさよ》の《背水の陣《ハイスイノジン》》に足を引っ張られてとっくに逮捕されていたはず。彼が生き残っている道理はどこにもない。

けれど当の久我崎は、彩園寺の問いを受けて「いや……」と静かに首を横に振る。

「確かに音羽を含む【怪盗】陣営は朽ち果てた。7ツ星の奇策を受けてボロボロに、な」

「……苦情なら後にしてくれよ。大体、期末総力戦《パラドックス》はそういう《決闘《ゲーム》》だろうが」

「くくっ、勘違いするな最強。貴様に文句などはない。むしろ、僕の女神を下した実力が衰えていないようで安堵《あんど》した——が、しかし重要なことを忘れているようだな」

「重要なこと……？」

「簡単な話だ、不死鳥は死なない」

言いながら胸ポケットをまさぐり、気取った仕草で端末を取り出す久我崎。

そうして提示された画面には——《聖炎》なるアビリティの実行履歴《ログ》が刻まれている。

「これは僕が期末総力戦《パラドックス》にて採用しているアビリティだ。音羽が陣営敗北条件を満たした際、所属プレイヤーを久我崎晴嵐ただ一人として一度だけ《決闘》に復帰させる……一旦は脱落処理が入るため先ほどの会議には参加できなかったがな。ともかく、音羽学園はまだ死んでいない。否《いな》、一度死んだ後に蘇《よみがえ》ったのが今の音羽だ」

「……へえ？　そりゃ何ていうか、お前らしいな久我崎」

不死鳥の二つ名を体現するかのようなアビリティの効果を知り、苦笑交じりの答えを返すしかない俺。なるほど、音羽が敗退していたというのは勘違いではないらしい。彼らは確かに敗北して、そして見事に生き返った。まさしく〝不死鳥《フェニックス》〟そのものだ。

「くくっ……」

とにもかくにも一通りの説明を終えた久我崎晴嵐は、襟付きの黒マントを靡《なび》かせながら改めて俺と彩園寺に身体《からだ》を向けた。……奇《く》しくも、俺が学園島《アカデミー》に転校してきたばかりの夕イミングで〝強敵〟として対峙《たいじ》していた面々だ。そんな三人が今は同じ【怪盗】陣営として手を組むという事実に、どこか不思議な感慨を抱いてしまう。

そんな俺の内心を知ってか知らずか、久我崎《くがさき》はいかにも仰々しい口調で切り出した。

「まずは、認めよう——七番区森羅《しんら》高等学校代表、越智春虎《おちはるとら》。知っての通り、奴《やつ》は凄《すさ》まじい強敵だ。そう易々《やすやす》と乗り越えられるような相手ではない……《シナリオライター》の副作用《ペナルティ》にしても、暴力的なまでの凶悪さだと言っていい。だが！」

強い語気と共にタンッ、と勢いよく片手をテーブルに叩《たた》き付ける久我崎。

「『天音坂《あまねざか》学園は半数以上の学区を巻き込んで無様に敗退することになる』……これは第四週の陣営選択会議において奴が告げた〝予言〟とやらだ。実際、天音坂は裏切り者を排除できずに崩壊した。……が、半数以上の学区を巻き込むというのは本当か？　僕ら音羽《おとわ》学園が蘇《よみがえ》った以上、期末総力戦の生存学区は十学区だ。奴の予言は外れている」

「——……、確かに」

「だろう？　くくっ……未来視だか《シナリオライター》だか知らないが、この僕の復活すら読めないというなら恐るるに足りん。そのような〝予言〟は紛《まが》い物《もの》だ」

すっと右手で顔を覆いながら、久我崎はカチャリと眼鏡《めがね》を押し上げてみせる。

まあ……彼の言い分が妥当なのかどうかは微妙なところだ。音羽が復活したのは一度脱落した後なのだから、予言は正しかったと考える方が自然ではあるだろう。というか、そんな言葉遊びをしたところで越智の〝シナリオ〟が攻略できるわけじゃない。

けれど、それでも。

「さあ、時は満ちた——人質にされた未来を取り戻すぞ、篠原《しのはら》」

「ああ。……分かってるじゃねえか、久我崎」

ニィッと露骨に口角を上げる久我崎に対し、俺も不敵な笑みを浮かべつつそう言って。

「全く……二人だけで盛り上がらないでよ、もう」

そんな俺たちのやり取りを、彩園寺《さいおんじ》が呆《あき》れたような表情で見つめていた。

♯

翌日、二月五日の日曜日。

学園島《アカデミー》三番区桜花《おうか》学園の会議室には、俺を含む数名のプレイヤーが集結していた。

広い部屋の中で何となく互いに出方を窺《うかが》っているのは、誰も彼もが彩園寺更紗《さらさ》によって選抜された面々……つまり、現在の【怪盗】陣営を背負って立つ高ランカーばかりだ。普段なら敵対しているような相手も少なくないが、期末総力戦《パラドックス》のテーマはそもそも協調と裏切り。ここは他学区のメンバーともしっかり足並みを揃《そろ》えるべき場面だろう。

——と、そう思ってはいるのだが。

「あはっ☆　せっかくお別れしたのにまた会っちゃったっすね、先輩？」

「えと、えっと、その……ご、ごめんなさいぃ……」

「…………」

突如として横合いから投げ掛けられた二つの声に、俺は平静を保ったまま振り返る。

そこにいたのは、他でもない泉姉妹だった。スミレのような薄紫のツインテールに相変わらずの萌《も》え袖セーターであざとく手を振っている小生意気な妹・泉小夜《いずみさよ》と、その隣で透き通るような紫紺の長髪を揺らしつつ申し訳なさそうにしゅんと項垂《うなだ》れている（フリをして実は罵声を浴びせられる機会を耽々《たんたん》と窺《うかが》っている）ドMの姉・泉夜空《よぞら》。

容姿だけで言えばどちらも見惚《みと》れてしまうくらいの可愛《かわい》さを誇る姉妹だが、見た目に騙《だま》されてはいけない。この二人こそが俺を地下牢獄《ろうごく》に閉じ込めていた張本人であり、彩園寺《さいおんじ》家の〝影の守護者〟として今なお俺の勝利を妨害しようとしている曲者《くせもの》なのだ。

「ん……」

ちなみに——《背水の陣《ハイスイノジン》》なる弱体化《デバフ》アビリティで期末総力戦《パラドックス》の最前線に躍り出ている泉小夜はともかく、ここに夜空がいるのは一見意外なようにも思える。プレイヤーデータを見る限り、彼女の等級は泉小夜と同様に４ツ星。怪盗ランクも当然４になるわけで、それなら他に優先すべきプレイヤーがいるような気がしてしまう。

ただ彩園寺によれば、これは夜空本人からの打診らしい。

何でも『お願いだから自分をメンバーに入れてくれ』『そうすれば【怪盗】が負けるこ

と、だ、け、は絶対に、な、い、』と……それくらいのニュアンスでせがまれたのだとか。

「──あはっ」

俺がそんなことを思い出していると、泉小夜がわざとらしい笑みと共に口を開いた。

「何すか何すか、そんなにじっと見つめられたら泉照れちゃうんすけど。もしかしてあれっすか？　ストックホルム症候群的な……誘拐の被害者が犯人のこと好きになっちゃうみたいなやつっすか？　だとしたら返事は『ごめんなさい』っす☆」

「勝手に話を進めてんじゃねえよ。大体、お前を好きになる要素がどこにあったんだ」

「え、じゃあもしかして夜空姉っすか⁉　うわぁ……見るからに押しに弱そうな巨乳の子ならいける、とか、よわよわ先輩マジで鬼畜っす。社会のゴミっす」

「言いたい放題だな、おい……」

「ご、ごごごごめんなさいごめんなさい！　小夜ちゃんがひどいこと言ってごめんなさいっ！　わたしが代わりに謝るので、どうか雑巾みたいに罵倒してください‼」

隣の姉を庇《かば》うような形でひしっと抱き着きながら俺の方には蔑むようなジト目を向けてくる泉小夜と、それとは対照的に薄っすら頬《ほお》を上気させながら──照れや羞恥ではなくおそらく興奮の類《たぐい》だろうが──丁寧に頭を下げてくるドM、もとい夜空。

「……ねえ進司《しんじ》、シノってば大丈夫かな？　なんか、また見知らぬ女の子に性癖歪《ゆが》められてるっぽいけど……うーん、ゆきりんに報告しといた方が良かったりする？」

「ふむ……どうだろうな。好みは人それぞれだろう、としか僕には言えないが」

（め、めんどくさい誤解されてる……!?）

後ろで交わされている榎本《えのもと》と浅宮《あさみや》の会話に内心で頭を抱えるが、ともかく。

はっきり言って、俺とこの姉妹——特に泉小夜《いずみさよ》との相性は最悪だ。同じ【怪盗】陣営とはいえ、とても仲間とは言い難《がた》い。何しろつい数日前まで誘拐犯とその被害者の関係だったくらいだ。彼女だけは陣営の勝利を度外視して俺を潰しにくる可能性すらある。

「……なあ泉」

そんなことを考えながら、俺は一つの〝疑問〟を彼女にぶつけてみることにした。

「《背水の陣《ハイスイノジン》》ってのは、本当に色付き星の特殊アビリティなのか？　少なくとも、俺は聞いたことすらなかったんだけどな」

「あは、何言ってるんすかよわよわ先輩。色付き星《ユニークスター》でもなきゃあんなこと出来るわけないじゃないっすか。まさか冥星を自由自在に操れるわけでもあるまいし☆」

「っ……」

周りに人がいるため表現としては真逆だが、しかし明らかに〝肯定〟してみせる泉小夜。

「……そうか、そこまでするんだな」

「当たり前じゃないっすか。泉、この《決闘《ゲーム》》にだけは絶対勝たなきゃいけないんで」

いつもよりほんの少しだけ低い声音でそう言って、彼女は小さく笑ってみせた——。

「えっと……それじゃ、まずはルールの再確認でもしておきましょうか」

――十分後。

思い思いの再会やら挨拶を済ませた俺たちは、適当な間隔を空けつつ席に着いていた。

ここで、彩園寺《さいおんじ》が招集した【怪盗】陣営の選抜メンバーは以下の通りである。

【桜花《おうか》学園――彩園寺更紗《さらさ》／藤代慶也《ふじしろけいや》／泉夜空《よぞら》／泉小夜】

【英明《えいめい》学園――榎本進司《しんじ》／浅宮七瀬《ななせ》／篠原緋呂斗《しのはらひろと》】

【音羽《おとわ》学園――久我崎晴嵐《くがさきせいらん》】

……桜花から四名、英明から三名、音羽から一名で計八名。

エントリー締め切りが今日の夜、とのことで【探偵】側の参加者はまだ判明していないが、何にしたって最適解の一つではあるだろう。戦力的な意味での不安は全くない。

ちなみに、ここにいない英明や桜花のプレイヤー――水上《みなかみ》や飛鳥《あすか》といった面々は、俺たちが《一射一殺《ワンショットキル》》による《大捕物《レイド》》に挑んでいる間の〝専守防衛〟を担当する予定だ。越智《おち》のことだから、今回の《大捕物》を贅沢《ぜいたく》すぎる〝囮《おとり》〟に使って全く別の作戦を遂行してくる可能性だって充分にある。故に、こちらも非常に重要な役割だった。

「ん……」

《一射一殺《ワンショットキル》》を突き付けられた張本人ということもあり、この場を仕切っているのは彩園寺だ。彼女は意思の強い紅玉《ルビー》の瞳でぐるりと俺たちを見渡してから言葉を継ぐ。

「明日《あした》の朝から始まる長丁場の《大捕物《レイド》》――私たち【怪盗】が負けたらその瞬間に第二《ツー》局面《フェイズ》が終わる大事な一戦。報酬が高いせいで最初はかなり〝探偵有利〟なルールが設定されていたのだけど、その辺りは小夜のおかげでどうにか緩和されたわね」

「任せてくださいっす、更紗《さらさ》さん。泉《いずみ》、尊敬してる人には協力を惜しまないんで☆」

何故《なぜ》かちらりと俺を見てから得意げにそんな返答を口にする泉小夜《さよ》。

相変わらずトゲを感じる態度だが……まあ、彼女がそれだけ重要な戦果を挙げていることは間違いなかった。当初提示されていた《大捕物《レイド》》のルールは俺たち【怪盗】陣営にとって到底受け入れられないほどに偏ったものだったのだが、泉が《背水の陣《ハイスイノジン》》を使用したことで少なくとも〝戦いが成立するレベル〟には着地してくれている。

「心から感謝しておくわ。というわけで……確定した《大捕物《レイド》》ルールが、これね」

端末を掲げながらそんなことを言う彩園寺《さいおんじ》。すると同時、会議室の壁をスクリーン代わりにして、明日から行われる《大捕物《レイド》》のルール文章《テキスト》が大きく映し出された。

【《Fake Mystery & Survival》――略称《FM&S》ルール一覧】

【《FM&S》は〝探偵〟陣営と〝怪盗〟陣営に分かれて行うサバイバル×推理ゲームで

ある。このうち〝怪盗〟陣営にはたった一人《真の怪盗》が存在し、そのプレイヤーだけが《大捕物《レイド》》の舞台となる館から《宝》を盗み出す権限を持っている。

期間内に合計五つの《宝》を全て盗み出すことができれば〝怪盗〟陣営の勝利。

期間終了時点で《宝》が一つでも残っているか、あるいは期間内に《真の怪盗》が誰なのかを特定することができれば〝探偵〟陣営の勝利となる】

【〝探偵〟陣営の参加人数上限は四名、〝怪盗〟陣営の参加人数上限は八名。いずれも持ち込めるアビリティ（あるいは《略奪品》や《調査道具》）は陣営全体で五つとする】

【《FM&S》は、仮想現実《VR》空間上の広大な館をその舞台とする《大捕物《レイド》》である。三時間の〝昼フェイズ〟と一時間の〝夜フェイズ〟で構成される計四時間の括《くく》りを1ターンとし、これを最大10ターン実施する（現実世界の一日あたり2ターンずつ進行）】

【昼フェイズに行うのは〝サバイバルゲーム〟である。

《FM&S》の舞台となる館の中には《コアエンジン》と呼ばれる柱状の機械が複数設置されており、これらは〝探偵〟陣営の《大捕物《レイド》》攻略を補助するものである（後述）。ただし〝怪盗〟陣営のプレイヤーが《コアエンジン》に触れている間〝秒数カウント〟が進行し、これが累計三十秒に達することで該当の《コアエンジン》は破壊される。

〝探偵〟陣営のプレイヤーたちは、通常《コアエンジン》を視認することができない。ただし〝怪盗〟が触れている状態の《コアエンジン》は〝探偵〟側も認識可能であり、以降そのターン中は誰もが感知できる状態となる。そして〝探偵〟が《コアエンジン》に触れた場合、破壊のための秒数カウントは完全にリセットされる。

　また〝探偵〟が〝怪盗〟に触れた場合、該当の〝怪盗〟は十分間の行動不能状態となる】

【ここで、各《コアエンジン》は〝探偵〟側に支給される武器に対応しており、全ての武器は〝怪盗〟側が持つ技能に対応している】


【《FM&S》において、全ての〝怪盗〟は三種類の技能を有している（内訳はエントリー時に抽選）。いかなるアビリティや《略奪品》を用いてもこの数を増減させることは不可とする。そして、所持技能が全て同一となる〝怪盗〟は存在しない。

　これらの技能はいずれも館内での行動を補助するための〝特殊能力〟である】

【逆に〝探偵〟陣営のプレイヤーには、昼フェイズで使用できる武器が与えられる。

　これらの武器は〝怪盗〟の行動を阻害するための〝攻撃手段〟である。ただし、対応する技能を持つ〝怪盗〟には一切の効果を発揮しない。また、支給されるのは直前の昼フェイズで破壊されなかった《コアエンジン》に対応する武器のみとする】

【次いで、夜フェイズは〝盗み〟のフェイズである。

館には毎日一つだけ《宝》が設置され、これを合計五つ盗み出すのが〝怪盗〟陣営の主な目的である。ここで、夜フェイズに行動できるのは〝怪盗〟のみ。〝探偵〟陣営のプレイヤーは、夜フェイズへ移行する前に《宝》を守るための〝防衛機構《システム》〟を設定する】

【夜フェイズにおける《宝》の防衛について。

前述の通り、夜フェイズの館には一つだけ《宝》が設置されている。〝探偵〟はこれを守るために、あるいは《真の怪盗》を絞り込むために、使用可能な武器を（つまり《コアエンジン》が生きている武器を）該当の《宝》に設定することができる】

【武器の設定方法は大きく分けて二つあり、

①〝看破《シングル》〟機構――《A》のように一種類の武器だけを設定するシステム。

このシステムは《宝》の盗難を妨害する機能を一切持たないが、仮に《宝》が盗み出された場合、真犯人が《A》の対応技能を持っているか否《いな》か判定することができる。

②〝防御《ダブル》〟機構――《B／C》のように二種類の武器を設定するシステム。
このシステムが設置されている場合、《B》または《C》いずれかの対応技能を持っているプレイヤーでなければ該当の《宝》を盗み出すことができない。

これらの防衛機構《システム》は、使用可能な武器が残っている限り複数設定も可能とする】

【〝探偵〟陣営は、《大捕物《レイド》》全体を通じて一度だけ〝宣告〟を行うことができる。宣告の際は《真の怪盗》であると思われるプレイヤーを一人指名し、それが的中していれば〝探偵〟側の勝利でゲーム終了。宣告が失敗した場合はそのまま《FM&S》を続行する（以降は〝怪盗〟が五つの《宝》を盗み切れるか否《いな》かだけが争点となる）】


「ん……」

真っ白な壁に投影されたルール文章《テキスト》を眺めつつ、俺はそっと右手を口元へ遣《や》る。

《Fake Mystery & Survival》――略称《FM&S》。

この《大捕物《レイド》》は、サバイバルゲームを思わせる〝狩り／隠密《おんみつ》行動〟の要素と、人狼《じんろう》ゲームに代表される〝推理／正体隠匿〟のシステムが大胆に融合《ブレンド》された代物《しろもの》だ。

まずサバイバルゲームの部分に関して言えば、いわゆる洋ゲー……デッ○バイデイライトのような〝狩る側が異常に強い非対称鬼ごっこ〟の類《たぐい》だろう。追っ手となる【探偵】陣営のプレイヤーは【怪盗】側の俺たちをタッチすることで、あるいは〝武器〟を使って攻撃することでその行動を阻害することができるらしい。

　ここで、昼フェイズにおける俺たち【怪盗】の〝行動〟というのは、端的に言えば破壊工作のことだ。館の中に設置されている《コアエンジン》なる動力源《ユニット》。これに触れて機能を停止させることで【探偵】側に提供される武器の排出を止めることができる。

「…………」

　それだけなら単なるアクションゲームなのだが、この《FM&S》はそうじゃない。【怪盗】陣営だけが行動できる〝夜フェイズ〟──そこでは【怪盗】たちの中に一人だけ存在する《真の怪盗》が、館の中に設置された宝を盗むことができる。ただし宝には武器を用いた〝防衛機構〟が設定されており、これは【怪盗】の盗みを完全に遮断するか、あるいは《真の怪盗》を特定するための情報を【探偵】側に与える役割を持つ。

　そして、ここで活用されるのが〝技能〟なる要素だ。

　全ての【怪盗】が三種類ずつ所持しているという〝技能〟。これらは館内の探索を補助する特殊能力であると同時に【探偵】陣営の持つ各種の〝武器〟と対応しており、該当武器の効果を無力化する性能を持っている。たとえば【猛毒薬】という名の武器。これは一定条件でプレイヤーを脱落させる強力無比な効果を持っているが、対応する【毒耐性】の技能を持つプレイヤーには一切の効果を及ぼさない。

そのため【怪盗】からすれば技能は非常に頼れる存在、なのだが……この《大捕物《レイド》》には〝技能の組み合わせが同じ【怪盗】は存在しない〟という超重要な仕様《ルール》がある。そしてこの設定は、主に【探偵】側の〝推理〟に使われるものだ。

（10ターンの間に五つの宝を盗まなきゃいけないんだから、俺たちもそれなりの頻度で攻めなきゃいけない……だけど、宝を盗むってのは要するに情報を落とすってことだ。この宝を盗めたんだから《真の怪盗》はあの技能を持ってるに違いない、ってな）

頭の中で静かに思考を整理する。

……そう。要するに《FM&S》は、俺たち【怪盗】陣営全員が〝容疑者〟となる推理ゲームなんだ。だからこそ真犯人の情報はなるべく隠さなきゃいけないし、俺たち自身の情報——つまりは所持技能だって伏せておかなきゃいけないのだろう。

ちなみに、参加人数上限の部分は彩園寺《さいおんじ》の《公開招集》と泉小夜《いずみさよ》の《背水の陣《ハイスイノジン》》によって改竄《かいざん》されている。元々は【探偵】十人と【怪盗】四人だったらしいが、この内容で〝狩る側〟の方が多いなんて、そんなのは意味が分からない。

現状の【探偵】四人対【怪盗】八人でもちょっと怪しいくらいだが……。

「くくっ……甘い、砂糖菓子のように甘いな我が女神」

と、そこで声を上げたのは〝不死鳥〟もとい久我崎晴嵐《くがさきせいらん》だった。気取った仕草でカチャリと銀縁眼鏡《めがね》を押し上げた彼は、いかにも芝居がかった口調で続ける。

「ルールの確認など一切不要だ。既に僕らの脳内には《FM&S》の全てがインプットされている――僕ら【怪盗】陣営の最終目的は、この中に一人だけいる《真の怪盗》が誰なのかを特定させないまま五つの宝すべてを盗み切ること。それを阻害するのが【探偵】側の〝武器〟であり宝の〝防衛機構〟だが、これらは館内の《コアエンジン》を破壊することで封じられる。故に、まずはいかにして《コアエンジン》を壊せるかだな」

「ん、心配なかったみたいね。そこまで理解してくれているなら充分だわ」

久我崎の発言に同調し、微《かす》かに口元を緩めながらこくりと頷《うなず》く彩園寺。

「じゃあ、さっそく攻略の話に移りたいのだけど……その前に。今回は三学区の合同作戦になるから、途中で意見が割れることもあると思うのよ。そんな時の最終ジャッジ役として、昼フェイズは彩園寺更紗《わたし》――夜フェイズの方は篠原緋呂斗《この男》を〝司令塔〟に据えようと思っているのだけれど、何か異論がある人はいるかしら？」

「くくっ、参加学区の比率を考えれば妥当な判断だろう。僕はそれで構わない」

「異議なしっす～。よわよわ先輩が夜フェイズの司令塔《リーダー》、ってところが泉的にはちょっと納得いってないっすけど、まあ重要なのは〝昼〟なんで☆」

「わ、わたしも異論はありません……その、ごめんなさい……」

「いーんじゃない？　シノと更紗《さらさ》ちゃんが司令塔ならウチらも安心して暴れられるし」

「同意だが、あまり羽目を外し過ぎるなよ七瀬《ななせ》？　フォローするにも限度がある」

「………構わねェ、それが最善だ」

彩園寺《さいおんじ》の提案を受け、口々に賛同の声を上げる【怪盗】陣営の面々。

《FM&S》のルールを考えれば、昼フェイズの司令塔というのはサバイバルゲームを総合的に管理する立場——そして、夜フェイズの司令塔は《真の怪盗》が宝を盗むべきか判断して実行の指示を出す役目だ。いずれも勝敗に直結する立ち位置だと言っていい。

(不安がないわけじゃないけど……)

『大丈夫ですよ、ご主人様。もちろん、わたしもついていますので』

……右耳のイヤホンから聞こえる専属メイドの囁《ささや》き声に、そっと気合いを入れ直す俺。

そんな俺にちらりと視線を向けてから、彩園寺は小さな頷《うなず》きと共に言葉を継いだ。

「ん。それじゃ、今回の司令塔は私と篠原《しのはら》で務めるわ。可能な限りバックアップするから遠慮なく頼ること。《陣営固定》の効果を考えれば今ここに裏切り者なんかいるはずがないんだもの。この《大捕物《レイド》》の間だけは本物の仲間だと思って接してくれればいいわ」

「もっちろん！　あ、じゃあ更紗《さらさ》ちゃんのこと〝サラたん〟って呼んでもいい？」

「たん………ま、まあ、別に止めはしないけれど」

満更でもなさそうな表情で頷いて、誤魔化《ごまか》すように「こほんっ」と咳払《せきばら》いする彩園寺。

「とにかく、ここからが本格的な作戦会議になるわ。細かいところは後々詰めていくとして、最初に決めておきたいのは大まかな方向性ね。どんな方針《プラン》で勝つかが決まっていないと何を考えればいいかよく分からないもの。叩《たた》き台としていくつかの作戦は用意してきたけれど……とりあえず、問題なく採用していいと思っているのはペア戦略かしら」

「ペア戦略？　それって……えっと、どゆコト？」

「ん。たとえば【高速移動】とか【鍵開け】みたいな〝相手側の武器に依存しない能動的な技能〟を主軸《ベース》に、一緒に行動する二人組のチームをいくつか作るのよ。私は全体指示役として、遊撃部隊がもう一人……だから、三ペア作れれば充分ね」

「ふむ……順当な方策だろうな。おそらく、昼フェイズは技能を活《い》かして館内の探索を進めることになる。同じ技能を持つ【怪盗】同士であれば連携も取りやすいだろう」

「ええ。でも、これはあくまでも細かい方針。勝つための戦略は別に考えないと……」

　言いながら彩園寺が提示したのは《FM&S》に存在する武器および技能の一覧と、それから既にランダムで割り振りが済んでいる各【怪盗】の所持技能だ。もちろん俺たちからは全て見えているわけだが、これを【探偵】視点に直してみると――

【篠原緋呂斗《ひろと》：■■／■■／■■】【榎本進司《えのもとしんじ》：■■／■■／■■】
【浅宮七瀬《あさみやななせ》：■■／■■／■■】【彩園寺更紗：■■／■■／■■】
【藤代慶也《ふじしろけいや》：■■／■■／■■】【泉夜空《いずみよぞら》：■■／■■／■■】
【泉小夜《さよ》：■■／■■／■■】【久我崎晴嵐《くがさきせいらん》：■■／■■／■■】
【〝真の怪盗〟：■■／■■／■■／■■】

――とまあ、こういうことになるわけだ。
■■の部分には【毒耐性】やら【高速移動】といった〝技能〟が入ることになり、所持技能が《真の怪盗》と完全一致した【怪盗】は真犯人だとバレてしまう。だからこそ俺たち【怪盗】は、技能を暴かれないよう《コアエンジン》を壊しまくる必要がある。
（で……彩園寺《さいおんじ》の《公開招集》と泉《いずみ》の《背水の陣《ハイスイノジン》》で大分マシになったとはいえ、未《いま》だにこの《大捕物《レイド》》はかなり〝探偵有利〟な仕様だ。これだけ高ランカーが揃《そろ》ってても普通にやってたらあっさり負ける。……ただ、この前の《ポム並べ》と違って〝情報〟って意味じゃ【探偵】よりも【怪盗】の方が有利なんだよな。俺たちは武器も技能も全部知ってるけど、【探偵】側は部分的にしか知らない。そこに付け入る隙がある……）

「――……って、どうしたのよ篠原《しのはら》？　何か言いたげな表情《かお》じゃない」

と、そこで彩園寺が豪奢《ごうしゃ》な赤の長髪を揺らしながら紅玉《ルビー》の瞳を向けてきた。

ふと気が付いた、とでも言いたげな台詞《せりふ》と仕草だが、実際のところは打ち合わせ通りの展開だ――そう。俺と彩園寺は、昨日の時点で既に簡単な作戦会議を済ませている。《FM&S》に勝つための方策をきっちりと練り込んでいる。

（正直、作戦の難易度としてはめちゃくちゃ高い……【探偵】側の強さを見越して無難な策は切り捨ててるから、失敗するリスクだって跳ね上がってる。けど……）

そこまで思考を巡らせた辺りで俺はぐるりと周囲を見渡してみる。……今さら確認なんかするまでもなく、彩園寺が集めた選抜メンバーはこれまで俺が出会ってきた中でも飛び抜けて上位の精鋭たちだ。その実力は充分すぎるほど信用に足ると言っていい。

だからこそ。

平静を保つべく小さく息を吐き出してから、俺は静かにこんな言葉を切り出した。

「……一つ、お前らに提案したい〝策〟がある――」

＃

――それから数時間後。

俺は、桜花《おうか》学園まで迎えに来てくれた姫路《ひめじ》と共に三番区の路地を歩いていた。

作戦会議は既に終わっているが、脳内を占領しているのは当然《ＦＭ＆Ｓ》に関することだ。敗北した瞬間に桜花のプレイヤー全員が逮捕される《大捕物《レイド》》……そうなれば【怪盗】陣営の戦力が激減するため、事実上の〝陣営敗北〟と言って差し支えない。

それを回避するための戦略を散々話し合ってきたわけだが、

（結局は、向こうの出方次第ってところも大きいんだよな……）

……思わず溜《た》め息《いき》が零《こぼ》れてしまう。

作戦会議を通じて《ＦＭ＆Ｓ》への理解はかなり深まっているが、まだ開示されていない情報があるとすれば、それは【探偵】陣営のメンバーだった。参加人数上限は四名。数としては【怪盗】の方が多いものの、この手のゲームで1：2の比率というのはまだ〝狩る側〟が有利すぎる。どんな人狼《じんろう》だってもう少し穏やかな人数設定でやるだろう。

そんなことを考えながら曲がり角に差し掛かった……瞬間、だった。

「——やあ、緋呂斗《ひろと》。こんなところで会うなんて偶然だね？」

「！」

狭い路地の真ん中で俺を待ち構えるように立っていた男。

それは、つい一日前の陣営選択会議において複数のアビリティを実行し、期末総力戦《パラドックス》を荒らしに荒らしている張本人だった。七番区森羅《しんら》高等学校代表にして《アルビオン》リーダー・越智春虎《おちはるとら》。この《決闘《ゲーム》》において支配的な立ち位置《ポジション》にいるプレイヤーだ。

傍《かたわ》らには「あぁ……？」と面倒そうな表情の《絶対君主》こと霧谷凍夜《きりがやとうや》も控えている。

「ひゃはっ……んだよ、こんな時までデートかてめー。舐《な》めプかましてやがんな」

「……お言葉ですが、霧谷様。わたしはご主人様の専属メイドであり、今のところ恋人ではありません。そのため〝デート〟という認識は不適切かと。今のところ」

「あーあーそうかよ悪かったな。……んで」

両手を頭の後ろに回しながら適当な謝罪を口にして、ゆっくりと俺に向き直る霧谷。彼は微《かす》かに口角を持ち上げると、獰猛《どうもう》かつ愉《たの》しげな声音で尋ねてくる。

「《FM&S》の作戦会議ってとこか？　どうにか延命する算段はついたのかよ」

「ま、それなりにな。お前らこそ、負けた時の言い訳くらい準備しといたらどうだ？」

「ひゃはっ、煽《あお》るねぇ最強。オレ様としちゃそろそろてめーとヤりてぇところだが……ただ、残念ながら決戦の時は今じゃねー。オレ様は《FM&S》にゃ参加しねーよ。なんてってこいつは〝総力戦〟だ、やるべきことなんざいくらでもある」

「……そうなのか？　じゃあ……」

「ううん、僕でもない。《FM&S》で【探偵】側の指揮を執るのは——雅だよ」

そこで口を挟んできたのは越智春虎だ。俺の視線が霧谷から彼自身へ向け直されたのを見て取ってから、彼は特に気取るでもなく淡々と言葉を継ぐ。

「阿久津雅《あくつみやび》。前回の《習熟戦》では助《すけ》っ人《と》扱いだったけど、期末総力戦《パラドックス》を攻略するにあたって正式に森羅へ移籍してもらった。……それと、もう隠す意味もないから教えてあげるよ。《FM&S》における【探偵】側のプレイヤーは阿久津雅、枢木千梨《くるるぎせんり》、皆実雫《みなみしずく》、結川奏《ゆいかわかなで》……四人目は迷ったけど、まあ充分じゃないかな。全員が探偵ランク8だし、それに緋呂斗はまだ雅の色付き星を知らないでしょ？　色も、名前も、効果もね」

「——……それは、確かに」

阿久津雅が色付き星《シングルカラー》所持者だ、という話は聞いたことがあるが、知識としてはそれくらいだ。何しろ彼女は、今まで一度も色付き星のアビリティを使っていない。彗星《すいせい》学園に在籍していた頃——《ヘキサグラム》で暗躍していた当時もその実力を隠していた。

そんな〝奥の手〟を解放しようとしている辺りからも、越智《おち》の本気度合いが窺《うかが》えるが。

「ちなみに、だけど……」

真《ま》っ直《す》ぐに俺を見つめながら、当の越智は飄々《ひょうひょう》とした声音で続ける。

「《FM&S》っていう《大捕物《レイド》》は、いわゆる分岐点になってるんだよね。今後を占う分水嶺みたいなものだ。そして、今のところ僕に見えている〝シナリオ〟では緋呂斗が勝つことになってる……でもね、別に僕としては雅《みやび》が勝ったって一向に構わないんだよ。その場合、来週か再来週にでも期末総力戦《パラドックス》は終わって、僕たち《アルビオン》が七つ目の色《ユニ》付き星《ークスター》を手に入れるだけ。要はシナリオが短くなるんだ、そっちの方が楽でいい」

そこまで言って一旦言葉を止める越智。

彼は微《かす》かな興味を表情に含ませながら、決まり切った事実を告げるように言い放つ。

「つまりはこういうことだよ——緋呂斗が期末総力戦に勝ちたいなら、8ツ星の未来を掴みたいなら《FM&S》には勝つしかない。たったそれだけで僕のシナリオが崩せるわけじゃないけど、それでもこれは最終決戦の序章なんだ。こんな《大捕物《レイド》》にも勝てないようなら、雅のことすら打ち負かせないなら……君は、僕の敵にも値しない」

淡々としているようでいて、その根底には強烈な感情が込められた啖呵《たんか》。

そんなものを突き付けてきた越智春虎《はるとら》と真っ向から視線をぶつけ合って、俺は——

「ハッ……上等だ。せいぜい楽しみに待ってろよ、神様気取りの《シナリオライター》」

——微かに口角を釣り上げながら、全力で挑発を返すことにした。

【《FM&S》参加メンバー確定】
【怪盗陣営：彩園寺《さいおんじ》更紗《さらさ》／藤代《ふじしろ》慶也《けいや》／泉《いずみ》夜空《よぞら》／泉小夜《さよ》／榎本《えのもと》進司《しんじ》／浅宮《あさみや》七瀬《ななせ》／篠原《しのはら》緋呂斗《ひろと》／久我崎《くがさき》晴嵐《せいらん》（計八名）】
【探偵陣営：阿久津《あくつ》雅／枢木《くるるぎ》千梨《せんり》／皆実《みなみ》雫《しずく》／結川《ゆいかわ》奏《かなで》（計四名）】
【特殊条件：怪盗側が敗北した場合、桜花《おうか》学園のプレイヤーは全員〝逮捕〟される】

＃

《Fake Mystery & Survival》——略称《FM&S》。

枢木千梨が《一射一殺《ワンショットキル》》を介して桜花学園に突き付けたその《大捕物《レイド》》は、現実世界のどこかではなく仮想現実《VR》空間内で行われる代物《しろもの》だ。大仰なログイン装置（俺たちは桜花のそれを借りている）に乗り込んでフルダイブした先。そこには、ファンタジーというよりミステリーにでも登場しそうな、適度に古びた一軒の洋館がドンっと鎮座していた。

「雰囲気あるな、おい……」

『確かにそうですね。何というか、猟奇的な殺人事件の一つや二つ起こっていないと辻褄《つじつま》が合わないくらいの貫禄《かんろく》を感じます』

「どんな貫禄《かんろく》だよ。……いやまあ、ちょっと分かるけど」

イヤホン越しに冗談めかして囁《ささや》いてくる姫路《ひめじ》に小声で同意を返しつつ、それまで腰を屈《かが》めていた俺はほんの少しだけ顔を持ち上げてぐるりと辺りを見渡してみる。

館——まあ、館だ。仮想現実《VR》の中だからこそ限りなく豪華に作られた西洋風の館。建物としては三階建てで、エントランスを起点にほぼ左右対称。中央には最上階まで続く吹き抜けと螺旋《らせん》階段が位置しており、そこから各階にアクセスできるようだ。また、建物全体が緩やかな円弧を描くように湾曲している。同じ階にいるからといって一瞥《いちべつ》では発見されない代わり、不意の遭遇も起こり得る……という極めて意図的な仕様だろう。

「ん……」

加えて、やはり注目すべきは規格外の広さだ。廊下も部屋も階段もとにかく広い。人の住む館というよりは〝そういう体《てい》のアトラクション〟といった感じの様相だった。

イヤホンの向こうでは、姫路が『む……』と微《かす》かに嫉妬したような声を零《こぼ》している。

『ご主人様のお家も相当に広いのですが……さすがに、ここまでの規模ではありませんね』

「まあ、そりゃそうだ。こんなに広かったら掃除してるだけで日が暮れちまう」

『確かに。そうなると、加賀谷《かがや》さんにもメイド服を着てもらわないといけなくなります』

『ええっ!? む、無理だよぉ、おねーさんってばパソコンしか触れないんだから!』

『じゃあわたし！　お姉ちゃん、わたしもメイドさんやりたいやりたい！』

『やたっ、救世主！　ぁ……でも、ツムツムのメイド服はちょい犯罪っぽいかも？』

『……メイドを何だと思っているのですか、加賀谷さん？』

呆《あき》れた口調でそう言って、小さく溜《た》め息《いき》を吐《つ》く姫路。

そうして彼女は、気を取り直したように《大捕物《レイド》》へと話を戻した。

『お待たせしました、ご主人様。この《FM&S》において、わたしたち《カンパニー》は共通回線に割り込む形で情報の提供をさせていただきます。《FM&S》はいわゆるサバイバルゲームと違って【探偵】側に捕まっても〝即死〟とはならない仕様ですが、それでも状況によっては〝致命的〟なロスになりかねません。詰みの回避は重要でしょう』

涼しげな声でそんなことを言ってくる姫路に「……助かる」と感謝を捧《ささ》げながら、俺は頭の中で《FM&S》のルールをおさらいしてみることにする。

この《大捕物《レイド》》において、俺たち【怪盗】陣営は《真の怪盗》を隠匿しつつ五つの宝を盗み切ることを目的とした勢力だ。逆に【探偵】側はそれを阻止するか、あるいは《真の怪盗》を特定することを勝利条件に持つ陣営。故に姫路の言う通り、サバイバルゲームとは言っても〝捕まったら即アウト〟のような形式は採用されていない。

「【怪盗】が【探偵】にタッチされると十分間の〝行動不能〟……昼フェイズは三時間だから、まあまあ長い硬直だよな。しかも、向こうには色んな〝武器〟まである」

『ですね。ただ【探偵】陣営の武器は２ターン目からの導入となりますので、この１ターン目は【怪盗】側にとって非常に有利な戦場です。次以降のターンに繋《つな》ぐためにも、なるべく多くの《コアエンジン》を破壊しておきましょう』

姫路《ひめじ》の言葉に小さく頷《うなず》きを返しながら、俺は手元の端末に視線を落とすことにした。

そこに映し出されているのは簡易的な館内図《マップ》だ。既に踏破した場所しかまともに表示されないらしく全体に靄《もや》が掛かっているが、ともかく館内のあちこちに白く光っている点があるのが見て取れる。一階から三階までランダムに散らばった輝く目印。

――《コアエンジン》。

通常は【怪盗】側のプレイヤーにしか感知できないこの装置は、俺たち【怪盗】にとっては〝破壊〟すべき対象《モノ》であり、逆に【探偵】にとっては〝守護〟すべき存在だ。何故《なぜ》なら《コアエンジン》とは【探偵】側の武器を排出する根源のようなものだから。各《コアエンジン》が一つの武器に対応しており、破壊することで――もちろん永遠にではなく直近のフェイズだけだが――該当の武器を完全に封じることができる。

そして《コアエンジン》は、【怪盗】が累計三十秒間触れることで〝破壊〟される。

……この条件がどれだけ難しいのかは、やってみなければ分からないというのが正直なところだ。ただ、少なくとも【探偵】連中が館の中を歩き回っている状態で同じ場所に留《とど》まり続けるというのは相当にリスクのある行為だろう。しかも【怪盗】が触っている瞬間を見られると【探偵】たちにも該当の《コアエンジン》が視認できるようになり、途中で触られてしまえば秒数カウントもたちまちゼロに戻ってしまう。

「ん……」

そこで俺たち【怪盗】が採用しているのが〝ペア戦略〟だ。所持している技能を元に攻略の班を分ける作戦。技能というのは【怪盗】陣営のプレイヤーが持つ〝特殊能力〟の総称であり、夜フェイズでは《真の怪盗》が宝を盗むためのモノ……そして昼フェイズにおいては全【怪盗】が効率的に《コアエンジン》を壊すためのモノである。

中でも汎用的かつ強力に思えるのが、

【飛行：窓の外または吹き抜けを伝って上下階へ移動できる。対応武器：重力網】
【高速移動：しばらくの間、通常の倍速で行動することができる。対応武器：鈍足弾】
【鍵開け：鍵のかかった扉を一瞬で解錠できる。対応武器：南京錠】

……この三つ。

これらは明確に〝攻略向き〟な技能だ。階段を使わずに上下階へ移動できる【飛行】は通常では有り得ない探索ルートを可能にするし、倍速で動けるようになる【高速移動】は逃走向きなだけでなく《コアエンジン》の処理も爆速にしてくれる。そして最後の【鍵開け】についてだが、この館内のあらゆる扉はターン開始時にランダムで解錠、または施錠される仕様らしい。施錠されている扉は当然通れないが、もしも【鍵開け】技能を持っていれば難なく通過することができる。つまりは移動範囲が広がるわけだ。

『何というか……やはりさすがの〝リーダー〟ですね、リナは』

イヤホンの向こうの姫路《ひめじ》が感心と尊敬交じりの声音でポツリと告げる。

『【怪盗】の持つ技能は確かに強力ですが、使っているところを見られると〝その技能を持っていること〟が【探偵】側に知られてしまいます。単独行動《ソロ》でそれを隠しながら《コアエンジン》を壊すのは効率が悪い……であれば、いくつかの技能を〝バレる前提〟で行動の軸に据えてしまい、最初からフル活用した方が遥《はる》かに有意義ですので』

「まあな。昼フェイズの司令塔としては文句なしの采配ってやつだ」

相槌《あいづち》と共に一つ頷《うなず》く俺。現在の【怪盗】陣営は【高速移動】を軸にしたチームA、【飛行】を軸にしたチームB、そして【鍵開け】を軸にしたチームCの三手に分かれてそれぞれ館内を探索している。司令塔《リーダー》である彩園寺更紗《さいおんじさらさ》と、もう一人——遊撃部隊の久我崎晴嵐《くがさきせいらん》はそれらのペアには加わらず、独自の役割を果たすという編成だ。

(っていっても……まあ、ペア戦略よりもう一つの作戦の方がよっぽど重要度も難易度も高いんだけどな。アレさえきっちり遂行できれば、きっと——……ッ!?)

と——その時、俺は背後からぞくっとくるような気配を感じて直ちに思考を止めた。全身の肌が泡立つような恐ろしい感覚。後頭部に拳銃を押し当てられているような、もしくは首筋にナイフでも突き付けられているかのような、そんな恐ろしい殺気。

「ふむ……久し振りだな、少年」

……果たして、そこにいたのは。

木刀を腰から吊《つ》るしたポニーテールの少女——《鬼神の巫女》枢木千梨その人だった。

＃

距離にして約二十メートル——。

彼女の身体能力であれば一瞬で詰められる間隔を維持したまま、枢木《くるるぎ》が静かに口を開く。

「再び出会えて光栄だ。少年と公式戦で対峙《たいじ》するのは《修学旅行戦《フォルティッシモ》》以来……あの時は見事に負かされた。そろそろ雪辱を晴らさなくては、栗花落《つゆり》の皆に示しがつかない」

「——そうか？」

（び、ビビったぁ……！　忍者の末裔《まつえい》か何かかよ、こいつ！）

背後から声を掛けられたことで内心では相当に動揺しつつも、俺はそんな気配を一切見せることなく振り返り、余裕たっぷりの声音と態度でこんな返事を口にする。

「示しがつかない、ってことはないだろ。こっちは学園島《アカデミー》最強の7ツ星だぞ？　相手取るだけでも敢闘賞くらいはもらえるから、今回はその辺で満足しといてくれよ。俺たち【怪盗】陣営は七基もある《コアエンジン》を壊して回るので忙しいんだ」

「いいや？　残念ながら、私が欲しいのは勝利という輝かしい結果だけだ。慰めなど腹の足しにもならない。……その点、少年と《女帝》が同じ陣営に所属してくれているのは私にとっても好都合だな。打ち負かした際の評判が鰻登《うなぎのぼ》りになる」

「へえ？　悪いけど、皮算用ってのは負けフラグだって相場が決まってるんだよな」

「単なる皮算用ならそうかもしれないが、どうやらこれは〝予言《シナリオ》〟らしい」

ふっと口元を緩めて自嘲交じりに告げる枢木《くるるぎ》。……シナリオ。そうだ、今の枢木千梨《せんり》は森羅《しんら》高等学校の越智春虎《おちはるとら》と——つまりは《アルビオン》と手を組んでいる。

腰の木刀につっと指先を触れさせながら、彼女は静かに切れ長の目を持ち上げた。

「それと……珍しく失言だな、７ツ星？　《コアエンジン》が七基というのは初耳だ。所持技能の総数からその程度だろうとは踏んでいたが、確証を得られたのはありがたい」

「…………」

「ただ、正直なところ私自身は推理や考察といった頭脳労働が不得手でな。その辺りの役割は、基本的にチームメイトへ譲ってしまおうと考えている」

「へえ。……じゃあ、お前はどんな役割になるんだ？」

「無論、そんなものは決まっている——」

言って。

ヒュンッ、と、枢木は目にも留まらぬ速さで腰に差していた木刀を引き抜いた。空気を切り裂く音が二十メートル離れた俺にも聞こえるくらい渾身《こんしん》の力を込めた抜刀。当然ながら刀身がここまで届くなんてことはないのだが、それでも反射的に身を屈《かが》めてしまう。そんな俺の頭上を、目に見えない風圧が高速で駆け抜けていく。

「……ほう」

直後、木刀を振り抜いた体勢で静止していた枢木は、ポツリとそんな声を零《こぼ》しながら当の刀を再び腰へ戻してみせた。そうして満足そうに頷《うなず》きながら一言、

「見事だ、少年。今の剣圧──もとい風圧をその身に受けていれば、少年は直ちに〝行動不能〟状態へ陥っていた。なかなかの判断力と反射神経だな」

「は？　……どういうことだよ。【探偵】が【怪盗】を捕まえる方法は〝接触〟だろ」

「ああそうだ。が、私は《剣身一体》なるアビリティを用いて、この木刀およびそこから発せられる風圧を〝身体の一部〟と設定している。射程距離は約三十メートルだ」

「っ……冗談にしちゃ出来が悪いな。どんな性能のアビリティだよ、そいつは」

「少年が驚くのも無理はない。何しろ今の私は、少しばかり〝強化〟されているからな」

「強化……？」

そこで枢木が発した言葉に引っ掛かりを覚え、密《ひそ》かに眉を顰《ひそ》める俺。……どういう意味だ、それは？　【探偵】側の誰かが支援系《バフ》のアビリティでも採用しているのか？

（けど、皆実《みなみ》も結川《ゆいかわ》も自分から後方支援に回るような性格《タイプ》じゃない……ってなると、まさ

か阿久津《あくつ》の仕業か？　あいつの色付き星ってのが、もしかして——）

「——ふむ。《大捕物《レイド》》中に考え事とは随分と余裕だな、少年？」

「っ……」

「その余裕を今に後悔へと塗り替えてやろう——はぁッ!!」

呼吸一閃《いっせん》、大きく足を踏み込みながら木刀を居合抜きする枢木《くるるぎ》。物凄《ものすさ》まじい勢いで地を這《は》う風圧をどうにかジャンプで躱《かわ》してから、俺は身体《からだ》を翻《ひるがえ》して廊下を駆け抜けるや、最も手近な部屋の扉を開けることにした。室内に飛び込むとやたら煌《きら》びやかな調度品や白いレースのカーテンがはためく窓、さらには隣の部屋へ繋《つな》がる扉なんかも目に入る。

「……ふぅ……」

ここで俺が取れる行動は二択、いや三択だ。

一つは枢木が追い縋《おいすが》ってくる前にクローゼットの中にでも隠れてしまう作戦。上手《うま》くいけば最も手軽にやり過ごせるが、そうでなければ袋のネズミになりかねない。

次に、隣の部屋へと逃れる作戦。枢木の視界から完全に消えることになるため、追走を諦めさせられる可能性がある——が、もしあの扉が〝施錠〟されているならお終《しま》いだ。俺は【鍵開け】の技能を持っていないため、扉の前で悲しみに暮れる羽目になる。

と、いうわけで——結局は、三つ目の選択肢を採るしかないのだろう。

「チッ……！」

俺は無我夢中で窓へ駆け寄ると、やたら大きなそいつを外に向かって思いきり開け放つことにした。何を隠そう、俺は【怪盗】陣営のチームB……つまりは【飛行】技能を軸とするチームの一員だ。ここから窓伝いに下の階へと逃げてしまえば、枢木の追跡は確実に躱すことができる。もちろん俺が【飛行】を持っていることは高確率でバレてしまうだろうが、ペア戦略の軸となる三種類の技能についてはそもそも隠し通す想定じゃない。

そんなことを思い返しながら俺が【飛行】を使おうとした、瞬間だった。

『——ちょぉっと待ったっす、先輩!!』

「っ!?」

右耳のイヤホンから姫路《ひめじ》でも椎名《しいな》でも加賀谷《かがや》さんでもない少女の声が聞こえて——まあそもそもこの《大捕物《レイド》》における《カンパニー》との通信は全て不正《イカサマ》なのだが——、俺は思わず全身の動きを止めた。あざとくて小生意気で煽《あお》るような声音。地下牢獄《ろうごく》でも散々聞かされたその声は、紛《まぎ》れもなく泉小夜のものだ。

『先輩、今中央右の部屋っすよね？　三階の……もしそうなら、そこから下に飛ぶのは絶対にやめてほしいっす、泉《いずみ》、そこに隠れてるんで！　早い者勝ちっす！』

「——……はぁ!?」

死刑宣告にも等しい泉の要求に小さく目を見開く俺。

「何でだよ。お前、一階の《コアエンジン》を潰しに行くって言ってなかったか？」

『そうっすけど、途中で別の《コアエンジン》が見つかったんでそっちを先に対処してたっす。ほら、やっぱり泉《いずみ》ってば偉いんで！　で……そしたら聖ロザリアの皆実《みなみ》先輩に見つかっちゃって、だから仕方なく隠れてるんすよ。よわよわ先輩が来たら二人とも居場所がバレて捕まっちゃうっす。泉のためなら死んでくれるっすよね、先輩？』

「お前のためって──」

『えぇ～。だって泉たち、仲良しペアじゃないっすかぁ☆』

ニマニマとした笑みが見えるような声音で煽《あお》ってくる泉小夜《さよ》。

ペア──そう、ペアだ。俺と同じく【飛行】の技能を持っていて、そのため俺と行動を共にすることになったチームBの片割れは他でもない彼女だった。作戦会議の際も散々文句を言っていたが、この様子を見るにまだ納得がいっていないらしい。

『あはっ……泉、よわよわ先輩に期待なんかしてないんで。先輩が捕まって泉が助かるなら超お得な買い物じゃないっすか？　せいぜい上等な〝囮《おとり》〟になってくださいっす』

『……何ですか、このメスガキ？　今すぐ処しましょうか、ご主人様』

（いや、わざわざ喧嘩《けんか》は売らなくていいから……）

普段よりも平坦《へいたん》な声音で恐ろしいことを言う姫路《ひめじ》に首を振って応える俺。

何というか……まあ、初めから分かっていたことではあった。今回の《大捕物《レイド》》を攻略するにあたって、最も大きな障壁の一つは泉小夜との関係だ。桜花《おうか》学園の命運が懸かっているため露骨に足を引っ張るようなことはしてこないだろうが、少なくとも俺に協力してくれるような気配は微塵《みじん》もない。チームBはそもそも成立していないない。

そこまで思考を巡らせた、刹那。

「ッ――!?」

「…………ふむ」

背後から微《かす》かな風切り音が聞こえた、と思った瞬間には目の前に〝行動不能〟の文字が浮かび上がっていて、俺は咄嗟《とっさ》に息を吸い込むことしかできなかった。耳朶《じだ》を打ったのは少し誇らしげな吐息。次いで、木刀を鞘《さや》に納めるカチャッ……という音が室内に響く。

「やはり、単純なアクションでは私の方に分がありそうだ。今後も、我々【探偵】の目が黒いうちは好きに行動させるつもりなどない――覚悟しておくといい、少年」

そんな言葉で締《し》め括《くく》り、コツコツと上機嫌な足音を奏でながら去っていく枢木《くるるぎ》。

微かな残響に意識を囚《とら》われつつ、初の〝行動不能〟に陥った俺は深々と息を吐き出した。

♯

「さて……と」

――シン、と静まり返った夜の館。

俺たち【怪盗】陣営の参加メンバーは、一階のエントランスホールに集合していた。

今回の《大捕物《レイド》》――《FM&S》は二段階のラウンド制だ。三時間の昼フェイズと一時間の夜フェイズをまとめて一つのターンとし、これを最大十回実施する。

ここで夜は【怪盗】だけが行動できる特殊なフェイズだ。館の中に設置された宝を盗むか、あるいは情報隠匿のためにスルーする。アビリティや《略奪品》の類《たぐい》は一切使用できないため、致命的な情報が漏れないよう細心の注意を払い続けなければならない。

そんな仕様《ルール》を脳内再生しながら、俺は改めて話を切り出すことにした。

「まずは確認だ。俺たち【怪盗】は――というかこの中にいる《真の怪盗》は、夜フェイズで館の中に設置された宝を盗みに入る。絶対に盗まなきゃいけないってわけじゃないけど、何せ10ターンで五つだからな。そう悠長にしてもいられない」

「ええ、そうね」

俺の言葉に端的な同意を返してくれたのは彩園寺更紗《さいおんじさらさ》だ。いつも通り胸元で緩やかに腕を組んだ彼女は、意思の強い紅玉《ルビー》の瞳をこちらへ向けつつ更なる言葉を紡ぐ。

「そして、夜フェイズに行動できない【探偵】側が持つ対抗手段はただ一つ……〝防衛機構〟として宝に武器を設定すること。ただし、ここで使える武器っていうのは直前の昼フェイズで壊されなかった《コアエンジン》に対応するものだけよ。つまり今回なら【猛毒薬】と【妨害電波】……対応技能はそれぞれ【毒耐性】と【感度良好】ね」

ちら、と横目で昼フェイズの戦果を確認しながらそんなことを言う彩園寺。

そう――結局、1ターン目の昼フェイズは〝残り二つ〟というところまで館内の《コアエンジン》を破壊することができた。これだけ聞くと悪くない数字にも思えるが、まあ守りの緩い1ターン目ならこれくらいの戦果は当然なのかもしれない。……ちなみに【毒耐性】と【感度良好】というのはいずれも〝耐性〟系の技能だ。【探偵】側に武器が出回る2ターン目以降はこれらの技能も大活躍することになるのだろう。

俺がそんなことを考えていると、彩園寺が「全く……」と呆《あき》れたジト目を向けてきた。

「篠原《しのはら》が機能してくれていれば、もう少しマシな結果だったと思うのだけれど？」

「……悪かったよ」

当然の指摘に小さく肩を竦《すく》めてみせる俺。

それもそのはず、俺と泉小夜《いずみさよ》によるチームBが1ターン目の間に破壊した《コアエンジン》は驚異の0基だ。彼女との連携に関してはどうにかして手を打つ必要がある。が――まあそれは2ターン目以降の課題にするとして、だ。

「とにかく、俺たちが盗もうとしてる宝には【探偵】側が設定した〝防衛機構《システム》〟が仕掛けられてる。パターンは大きく分けて〝看破《シングル》〟と〝防御《ダブル》〟の二種類だ」

端末の投影画面を提示しながら簡潔にルールを整理する。

そう、一口に〝防衛機構〟と言ってもその方向性《パターン》は二種類ある。一つは《A》のように武器を一つだけ設定することで〝真犯人がAの対応技能を持っているかどうか〟の判定のみを行う看破《シングル》システム、もう一つは《B／C》のように武器を二つ設定することで〝いずれかの対応技能を持っていなければ突破できない〟壁を設ける防御《ダブル》システムだ。

「で……今回の設定は【毒耐性／感度良好】の〝防御《ダブル》〟みたいだな」

「そうね。《真の怪盗》の所持技能を考えれば、この宝は普通に盗めるわ。だけどその場合、真犯人が【毒耐性】か【感度良好】を持っていることが【探偵】にバレるわけね」

「あァ。……だが、ここで動かねェって手は正直ねェぞ？」

そこで口を開いたのは桜花《おうか》の最終兵器こと藤代慶也《ふじしろけいや》だ。螺旋《らせん》階段の最下段に腰掛けて静かに目を瞑《つぶ》っていた彼は、よく通る低い声音で主張を続ける。

「1ターン目は【探偵】側に武器が支給されてねぇボーナスステージ……次からは《コアエンジン》を壊すのがもっと難しくなって、必然的に宝の防衛機構《システム》も強化される。多少の情報をくれてやってでも今回は盗んでおくべきだろォが」

「はいはーい、泉《いずみ》もそう思うっす～。でもアレっすね、よわよわ先輩は根がチキンっすから、ここで『あえて動かない』みたいなこと言い出すかもしれないっすよ？」

「……あァ？　ンな雑魚《ざこ》メンタルだったか、テメェ？」

「誰がチキンで雑魚メンタルだよ。こんなの迷う意味すらない——情報が漏れようが何だろうが、ここは〝盗みに入る〟一択だ。何せそういう作戦だし、な」

嘆息と共に肩を竦《すく》めてそんな言葉を口にする俺。

こちらが宝を盗めば盗むほど【探偵】たちに《真の怪盗》の情報が漏れる——まあ、そこまでは仕方ない。そういう仕様だからこそ、重要なのは情報の出し方だ。最後の最後まで犯人候補を一人に絞らせないように、向こうの推理を躱《かわ》せるように振る舞い続ける必要がある。それを踏まえれば、今回は間違いなく動くべきだろう。

……と、いうわけで。

「それじゃあ、[redacted]——一つ目の宝を盗《と》ってきてくれ」

俺は、微《かす》かに口角を持ち上げつつ《真の怪盗》に窃盗指示《ゴーサイン》を出したのだった。

【《FM&S》1ターン目夜フェイズ：システム履歴《ログ》】
【防衛機構：防御《ダブル》システム——《毒耐性or感度良好》／盗難成功】
【宝：残り四つ】

#

（くそっ……！）

——《FM&S》2ターン目、昼。

1ターン目と同様の布陣、すなわちペア戦略をもって《コアエンジン》の攻略に挑んだ俺たち【怪盗】陣営は、先ほどとは比較にならない大苦戦を強いられていた。

その要因は、当然ながら【探偵】たちに支給される武器の存在だ。

《FM&S》を〝狩る側優位〟のサバイバルゲームたらしめている強力な武器。排出されるのは直前の昼フェイズで破壊されなかった《コアエンジン》に対応するモノだけ、という縛り《ルール》があるため、たとえば今回ならこんな具合のラインナップだ。

【妨害電波：一定時間、相手の端末使用を禁止する。対応技能：感度良好】
【猛毒薬：相手にダメージカウンター（DC）を一つ与える。対応技能：毒耐性】
※DC《カウンター》は各ターンの終了時に消滅する。
※DC《カウンター》が十個溜《た》まると、そのプレイヤーは即座に〝逮捕〟される。

「……っ……」

序盤から相当に凶悪な〝武器〟ばかりで頭が痛くなってくる。

これらはあくまで一例だが、【探偵】側の武器というのはざっくり〝行動に何らかの制限を与える〟系と〝ダメージ《D》カウンター《C》を与える〟系に分類されるらしい。もちろん対応する技能を持っている場合は無効化することができるのだが、それはそれで所持技能の情報が流出することになる。そしてDC《カウンター》に関してはこの《FM&S》に存在する唯一無二の〝即脱落〟条件だ。タッチによる行動不能とは訳が違う。

「ふ——ッ！」

この〝武器〟と《鬼神の巫女《みこ》》こと枢木千梨《くるるぎせんり》の相性は抜群という外なかった。

ただでさえ《剣身一体》アビリティに加えて何らかの強化《バフ》を受けている彼女は、部屋の端から端まで〝当たり判定のある剣閃《けんせん》〟を飛ばすことができるんだ。先ほどまでは風圧《それ》を食らってもせいぜい〝行動不能〟になるだけだったが、今や彼女が木刀を振るう度に【猛毒薬】やら【妨害電波】の効果が吹き荒れるようになってしまった。

……そして、厄介なのは《鬼神の巫女》だけじゃない。

彼女に比べれば目立たないが——否《いな》、目立たないからこそ凶悪な〝狩人〟がいる。

「ストーカーさん、発見……あっという間に、即逮捕。余罪も、ばっちり……」

（！　こいつ、いつの間に……!?）

じわ、と滲《にじ》み出るような形で影の中から現れた水色の髪の少女——《凪《なぎ》の蒼炎《そうえん》》こと皆《みな》実雫《みしずく》にちょこんと背中を触られて、俺は途端に〝行動不能〟状態へと陥った。対する彼女の方はと言えば、とことこと小動物めいた足取りで前方へ回り込んでくると、青のショートヘアをさらりと揺らしながらわずかに得意げな様子で口を開く。

「ストーカーさんを捕まえたのは、これで二回目……つまりわたしは、ストーカーさん探しのプロ。免許、皆伝……えらい？」

「……そりゃ【探偵】側からしたら英雄だろうな。気配なさすぎなんだって、お前」

「それが、わたしの特技……空気に、溶け込む」

こくりと頷《うなず》いて再び消える——比喩ではなく本当に視認できなくなる——皆実《みなみ》。

彼女が採用しているのは一般的な《隠密《おんみつ》》アビリティだ。けれど、おそらく枢木《くるるぎ》と同様の〝強化《バフ》〟を受けているのだろう。単に意識から逃れやすくなるというだけでなく、じっと目を凝らし続けていない限り見つけられないレベルの潜伏効果を獲得している。

これが枢木千梨《せんり》の〝範囲殲滅《せんめつ》〟と異様に相性が良かった。だって枢木は、ただ廊下を歩いて適当に木刀を振るっていればいいだけだ。どうにかしてそこから逃れた連中も〝隠密《サイレン》探偵《トキラー》〟である皆実雫《みなみしずく》によっていつの間にかしれっと行動不能にされてしまう。

「……ふ」

そんな風に俺が記憶を辿《たど》っていると、潜伏を解いた皆実が再び俺の前に姿を現した。それもかなりの至近距離だ。眠たげな青の瞳がじっと間近で俺を見る。

「そんなに見つめられたら、照れる……いくらストーカーさんでも、悪い気はしない」

「……まだいたのか」

「ん。ストーカーさんのことだから、ズルいことして逃げないか見張った方がいい……かもしれない。でも、ストーカーさんはとってもえっち……だから、ずっと二人っきりだとわたしの貞操が大ピンチ。それは、ちょっと困る……」

「そんなことするわけないだろ」

『……ご主人様？』

「や、だからそんなことするわけないっての」

「？　何で、二回……？　ストーカーさんは、不思議っ子……謎が、深まる」

淡々とした口調でそんなことを言いながらしばし首を傾《かし》げていた皆実だったが、やがて俺の願いが通じてくれたのか、あるいは単に飽きたのか、ふいっと視線を切るとそのままどこかへ去っていった。……まあ何というか、今回の【探偵】陣営はこれだけ手強《てごわ》い。

もちろん、俺たち【怪盗】だってタダでやられているわけじゃないが――

『もぉ～、何やってるんすかぁ先輩。また捕まるとか、ホントによわよわ過ぎっすよ？』

「……そういうお前はどこにいるんだよ、泉《いずみ》。俺のカバーに入る約束だっただろ？」

『そうっすけど、やっぱり先輩より泉がメインアタッカーやった方が五千倍強いと思うんで、予定変更して別の《コアエンジン》探してたっす☆　あ、そういえばさっき夜空《よぞら》姉たちと合流して一つ壊してきたっすよ！　泉、普通に偉くないっすか？』

はしゃぐように尋ねてくる泉小夜《さよ》に対し「っ……」と右手を額へ押し当てる俺。

やはり、ここに来て俺と泉小夜との相性の悪さが露骨に出てしまっていた。この《大捕物《レイド》》が始まって以来、俺たちチームBが壊した《コアエンジン》は未だに0基だ。俺が行動不能に陥っていることを考えれば、2ターン目もこの辺りで手打ちだろう。

（多分、今回は五基だか六基だかの《コアエンジン》が生き残っちまう……看破《シングル》と防御《ダブル》の防衛機構《システム》をどっちも二重で仕掛けられるわけだから、このターンに宝を盗むのは絶対に無理だ。それだけならまだしも、3ターン目の昼フェイズは【探偵】陣営の武器が激増することになる……本気でヤバいな、これ。どんどん深みに嵌《は》まってく……！）

——そんな俺の内心を嘲笑《あざわら》うかのように。

昼フェイズの終了を示すチャイムの音が館の中に鳴り響いた。

♯

結局、2ターン目の夜フェイズは宝を盗むこともなくあっさりと終了した。

《FM&S》は1ターンが合計四時間に及ぶかなりの長期戦だ。そのため偶数ターンの夜フェイズ終了時点で一旦解散となり、次の日に奇数ターンの昼フェイズから《大捕物《レイド》》を再開する形式が採用されている。故に俺たちは、数時間前に仮想現実《VR》世界へのログインを行ったのと同じ場所——三番区桜花《おうか》学園のサーバールームへと戻ってきていた。

「うひゃー、めっちゃ疲れた……でもでも、やっぱ明日《あした》に向けて作戦練っとかないとだよね。最後の方とかかなり押されちゃってたし、ウチ」

「……いいや？　七瀬《ななせ》の動きは悪くなかった。僕がもう少し解析能力を上げる」

「へ？　なになに、進司《しんじ》？　もしかして、やっとウチの凄《すご》さに気付いちゃったカンジ？」

「調子に乗るな」

鮮やかな金糸を揺らしながらうーんと大きく伸びをしている浅宮《あさみや》と、相変わらずの仏頂面《ぶっちょうづら》でそっと溜《た》め息《いき》を吐《つ》く榎本《えのもと》。彼らは【怪盗】陣営の中でも【高速移動】の技能を軸とするチームAの面々だ。反省点は色々とあるようだが、これまでの戦績やら何やらを踏まえても、最も安心感と安定感のある二人組《ペア》は彼らだと断言できる。

「うぅ、あのあの、ごめんなさい……その、足を引っ張ってしまって」

「……何の話だ？　オレはテメェに足を引っ張られたとは思ってねェ、勝手に謝ンな」

「ひうっ!?　ご、ごごごごめんなさいっ！　怒らせてしまってごめんなさい！　土下座くらいならいくらでもするので、もっと思いっきり詰《なじ》ってください……!!」

「………………何だコイツ」

一見した限りではどう考えても〝不良といじめられっ子〟のコンビだが、その実アグレッシブなドMとそれに困惑する良いヤツの二人で構成されたチームC、すなわち藤代慶也《ふじしろけいや》と泉夜空《いずみよぞら》の【鍵開け】主体ペア。性格は完全にちぐはぐだが、とはいえどちらも他人を気遣える人格者だ。阿吽《あうん》の呼吸とまではいかなくとも充分な連携は取れるだろう。

（だから……やっぱり、どうしたって問題は俺のところなんだよな）

はぁ、と溜め息を零《こぼ》しながら静かに身体《からだ》を横へ向ける。

そこで視界に入ったのは、当然ながら俺の〝相棒〟である泉小夜《さよ》だ。短いスカートの裾から大胆に太ももを露出させつつ軽やかな所作でログイン装置から降りてきた彼女は、薄紫のツインテールを揺らしながら「ふわわ～」とあざとく欠伸《あくび》をしている。

「一日中頑張ったから泉《いずみ》もう眠くなっちゃったっす。……って、何すか先輩？　泉のことそんなにじっと見つめて、まさかエロいことでも考えてるんすか？」

「んなわけないだろ……作戦だよ、明日《あした》の。俺たちが稼げなきゃずっと同じ展開になる」

「だーかーらー、何度も言ってるじゃないっすかぁ。先輩はよわよわなんすから、泉を引き立てるためだけに動いてくれればいいっす。目立とうとしないでくださいっす！」

「お前を引き立てるために、ね。別にいいけど、それでお前がいつになったら引き立ってくれるんだ？　《コアエンジン》を一つも壊せてないから問題なんだろうが」

「うっ……そ、それは先輩の囮《おとり》が使えないからじゃないっすか！」

ほとんど額を突き合わせるくらいの至近距離で文句を言い合う俺と泉小夜《さよ》。

……まあ、お互いとっくに分かっている。これは戦略の問題なんかじゃなく、俺と泉だから起こっていることだ。そもそも相手が気に食わないから、協力したくないから、どんなに綿密な作戦を練ろうが機能しない。学園島《アカデミー》を揺るがす嘘《うそ》つきである俺と彩園寺《さいおんじ》家の影の守護者である彼女との関係というのは、やはりどうしても絶望的で——

「——……、ったくもう」

と……そんな俺と泉小夜の言い合いに対し、大儀そうに溜《た》め息《いき》を吐《つ》いたのは他でもない彩園寺更紗《さらさ》だった。彼女は豪奢《ごうしゃ》な赤の長髪をなびかせながら俺たちの前に歩み寄ると、右手をそっと腰へ遣《や》り、紅玉《ルビー》のジト目で交互に俺と泉を見つめて告げる。

「小夜、それに篠原《しのはら》。貴方《あなた》たち、今から仲良く桜花の食堂にでも行ってきてくれる？　この時間なら誰もいないはずだから気を遣うことはないわ。そこで期末総力戦《パラドックス》とも《FM&S》とも関係ない話を……そうね、ざっと二時間以上してくること。特に小夜、ズルして途中で帰ってきたら今日は家に入れてあげないから」

「ちょっ!?　ど、どういうことっすか更紗《さらさ》さん！　そんなパパ活みたいなこと……いくらよわよわ先輩がお金持ってそうだからって、泉にも選ぶ権利ってものがあるっすよ！」

「どんな否定の仕方だよ。……あー、彩園寺。それは命令か？」

「ええそうよ、司令塔《リーダー》命令。二人っきりが厳しいなら夜空《よぞら》も連れていくといいわ」

有無を言わさぬ表情でこくりと頷《うなず》いてみせる彩園寺。……まあ、その意図するところは明白だ。現状の【怪盗】陣営で最も大きな欠陥となっているのは俺と泉小夜のチームワーク。明日までに改善してこないと許さない、という《女帝》からのお達しである。

そんなわけで――、

「え？　……え、あの、わたしも行くんですか!?」

俺と泉小夜、それからついでに泉夜空の三人は、揃《そろ》って桜花《おうか》の食堂へと移動した。

「「…………」」

「あ、えと、その、あの、ええと、わわ……」

――一時間後。

俺たち以外に人っ子一人いない閑散とした食堂の片隅では、何も言葉を交わさない俺と泉《いずみ》小夜《さよ》を見て夜空《よぞら》が取りなすような声を上げかけるもまるで実らずに終わる……といった無為なやり取りが、既に十回以上は繰り返されていた。

『にゃはは、地獄みたいな空気だねヒロきゅん……人数揃《そろ》わなかった合コンじゃん』

(茶化《ちゃか》さないでくださいよ、加賀谷《かがや》さん……)

イヤホンからの控えめな笑い声に文句を言いたくなるが、実態としては否定できない。

「ふぁ……」

俺の対面で退屈そうにしている泉小夜は、少し前からもはや開き直って自身の端末に視線を落としている。おそらく島内SNS《STOC》でも眺めて時間を潰すつもりなんだろう。

「し、篠原《しのはら》さん……助けてくださいよぉ……うぅ」

その隣でおろおろとしていた夜空がついに瞳を潤ませながら縋《すが》るようにこちらへ身を乗り出してきたこともあり、俺は「はぁ……」と嘆息交じりに首を振ることにした。どうやらここは、俺の方から切り出さない限り何も進まない局面のようだ。

「……ったく。ちょっといいか、泉？」

「あんまり良くないっす。泉、今忙しいんで」

端末を弄《いじ》りながら一瞬だけちらりと視線を持ち上げて、またすぐに下を向いてしまう泉小夜。その所作からは明確な拒絶が感じられる……が、俺にも立場というモノがある。

「だったら何でここにいるんだよ。返事もしてくれないんじゃ話ができないだろ」

「別に、泉はよわよわ先輩とどうにかなりたいなんて思ってないっすから。泉はただ、更《さら》紗《さ》さんに言われたから仕方なくここに座ってるだけっす。要はただの時間潰しっすよ。あは、もしかして先輩、意外と脈アリとか思ってたんすか？　ウケるっす」

「……そうじゃねえよ」

開いた右手を口元に当ててニマニマと煽《あお》ってくる泉小夜に対し、俺は呆《あき》れたように否定の言葉を返しておく。そして、同時に少しだけ眉を顰《ひそ》めた。彩園寺《さいおんじ》に言われたから――泉からすれば確かにそれだけの理由なのだろうが、だとしても気になることはある。

「牢獄《ろうごく》の時から訊《き》きたかったんだけど……お前らは、何でそこまで彩園寺《あいつ》に従順なんだ？」

「……どういう意味っすか、それ？　泉たちは彩園寺家の影の守護者っすよ。つまり更紗さんは〝守護する対象〟っす。慕うのは当然だと思うっすけど？」

「いや、まあそれはそうかもしれないけど……何ていうか、かなり極端だろ」

買ってきたコーヒーで軽く唇を湿らせながら、俺は――泉小夜と仲良くなるためというより純粋な疑問を持って――そんなことを尋ねてみる。何しろ、例の《E×E×E《クロス・イー》》だって結局は彼女たちが彩園寺家を守るために強行した《決闘》だったわけだ。守護者という言葉の重みは分からないが、単なるビジネスライクな関係だとはさすがに思えない。

「……うっさいっす。そんなの、よわよわ先輩には何も関係ないじゃないっすか」

けれど対面の泉小夜《いずみさよ》は、片手で頬杖《ほおづえ》を突きながらふいっと視線を彼方《かなた》へ逸《そ》らしてしまった。その唇は珍しく尖《とが》っていて、どこか突き放すようなオーラを纏《まと》っている。

「何で無関係の先輩にそんなことまで話さなきゃいけないんすか？　泉のプライベートを探ろうとしてるなら心の底からお断りなんすけど」

「無関係って……俺、お前らに一ヶ月《いっかげつ》以上監禁されてたんだけど」

「あーあー聞こえないっす聞こえないっす」

俺の正当な訴えに対しても不機嫌そうな表情でツインテールをふりふり揺らすだけの泉小夜。……思った以上に強硬な態度だ。この方法じゃダメか、と俺が微《かす》かな嘆息と共に代替案を練り始めた——ちょうど、その時だった。

「…………贖罪、なんです」

「ちょ、夜空《よぞら》姉!?」

隣でしゅんとしていた姉、もとい泉夜空が不意に零《こぼ》したその言葉に、妹である小夜は驚いたように腰を浮かせた。その拍子にテーブルの上へと投げ出された端末の画面には、他でもない《FM&S》のルール文章《テキスト》やら館内図《マップ》、さらには【怪盗】技能の判明状況や《コアエンジン》の攻略履歴《ログ》といった情報がこれでもかとばかりに表示されている。

（……何だ、サボってたわけじゃなかったのか）

「急に何言ってるんすか！　こんなよわよわな先輩、絶対に信用しちゃダメっすよ⁉」

俺が泉小夜の内心評価をほんの一ミリだけ上方修正している最中、当の彼女は隣の姉に向き直りながら両手を腰に当ててぷくっと頬《ほお》を膨らませている。

そんな抗議を受けた泉夜空はと言えば、けれど静かに紫紺の長髪を揺らしてみせた。

「えっとね……わたしも凄《すご》く迷ったんだけど、やっぱりこれは話さなきゃダメだよ小夜ちゃん。だって、そうしないと小夜ちゃんがどんどん悪い子だと思われちゃうもん」

「べ、別にそんなの……よわよわ先輩にどう思われようが、泉は何も気にしないっす」

「ご、ごめん……でも、小夜ちゃんが嫌われるのはわたしが嫌だから。……ダメかな？」

「っ………夜空姉がそこまで言うなら、いいっすけど」

姉の真《ま》っ直《す》ぐな懇願に根負けし、すとんとソファに腰を下ろす泉小夜。

そんな妹を見てにこっと控えめな笑みを浮かべた夜空は、おどおどとした態度のまま改めて俺に向き直ると、素直な心情を吐露するようにゆっくりと言葉を紡ぎ始めた。

「えと、その……篠原《しのはら》さんの疑問にお答えします。わたしと小夜ちゃんがこれだけ彩園寺《さいおんじ》家を守ることに執着している理由……それは、やっぱり〝贖罪《しょくざい》〟のためです」

「贖罪《しょくざい》、ってのは……もしかして」

「はい。……もちろん、冥星のことです」

微《かす》かに俯《うつむ》いた体勢で声を潜めながら告げる夜空《よぞら》。長い前髪がさらりと揺れる。

「地下牢獄《ろうごく》でもお話しした通り、冥星を作ったのはわたしたち泉《いずみ》家です。もちろん、当初の目的は彩園寺《さいおんじ》家を守ること……ですが、結果としては大失敗。泉家の狙いとは全く違う方向へ進化を遂げた冥星は、彩園寺家を窮地に追い込む爆弾になってしまいました」

「…………」

「だから、もう……もうこれ以上の失敗は許されないって。絶対に、絶対に彩園寺家を守り通さなきゃいけないって……わたしも小夜《さよ》ちゃんも、心からそう思ってて」

「……そういうことっす。だから、泉たちからしたら先輩が邪魔なんすよ。8ツ星になれば全部解決するとか、適当なこと言って夢を見せないでほしいっす。よわよわ先輩なんかどうせ8ツ星昇格戦で無様に負けて、最悪の結末《ラスト》を迎えるだけなんすから」

「うぅ、また小夜ちゃんが怒らせる……あ、あのあの、篠原《しのはら》さん、イラっとしたら思いっきり怒鳴ってくださいね？　小夜ちゃんじゃなくて、主にわたしに……えへへへへ」

「いや、別に怒鳴らないけど……」

表情を恍惚《こうこつ》でふにゃっと緩ませる泉夜空に対し、俺は呆《あき》れ顔で首を横に振る。

まあ、彼女たちの言い分は理解できなくもない——冥星の発生というのは、要するに事故みたいなものなんだ。学園島《アカデミー》の支配者を交代させる権限を持つ8ツ星という下剋上《げこくじょう》システムと、それに対する強大なハードルとして設計された冥星。けれどそれは製作者の意図しないレベルにまで発展し、成長し、やがてもし明るみに出てしまえば彩園寺家に致命的な損害を与えるような〝学園島《アカデミー》の暗部〟となるに至った。

だからこそ、泉姉妹は絶対に〝8ツ星昇格戦〟を発生させないように立ち回っている。六色持ち《シックスカラー》の7ツ星である俺が期末総力戦《パラドックス》に勝つ未来を全力で阻もうとしている。

「でも……だったらおかしいだろ。今の【探偵】陣営には七番区森羅《しんら》高等学校――《アルビオン》の連中がいる。あいつらが勝てば越智《おち》のもとに色付き星《ユニークスター》が七つ集まることになるんだぞ？　俺のことが嫌いでも何でも、ここは勝たなきゃいけない場面だろうが」

「……分かってるっすよ、それくらい」

むっとしたような表情で同意の言葉を口にする泉小夜。彼女はテーブルに置いていた端末をひらひらと掲げながら、鬱陶しそうに頬杖《ほおづえ》を突いて続ける。

「だからこうして明日《あした》の作戦を練ってたんじゃないっすか。《FM&S》には勝ちたいっすよ？　ついでに期末総力戦《パラドックス》にも。……でも、よわよわ先輩に協力するのは嫌っす」

「奇遇だな、俺も普通に嫌だ」

微かに頬を緩めながらもはっきりと告げる。そうして直後、余計に不機嫌そうになる泉小夜の顔を真正面から覗《のぞ》き込んで、俺は静かに言葉を継ぐことにした。

「ただ――力を〝貸す〟のは嫌だけど、お前から力を〝借りる〟のはもっと嫌だな」

「……あは、何すかそれ。まあでも、言いたいことは何となく分かるっす。よわよわ先輩に手伝ってもらうとか、それ自体が微妙にムカつくっていうか……癪《しゃく》なんで」

「だろ？　だから俺は、明日の《FM&S》で真っ先にお前に力を貸そうと思う」

「…………はぁ？」

何を言っているんだこいつは、とでも言いたげに薄紫のツインテールを揺らす泉小夜《いずみさよ》。

そんな彼女を不敵な表情で見つめつつ、俺は更なる〝挑発〟を重ねていく。

「立派な作戦とやらがあるんだろ？　だったら俺は、何の文句も言わずにそいつを手伝ってやるよ。唯一無二の7ツ星が、学園島《アカデミー》最強がお前の〝駒〟になってやる」

「え、何すかそのボーナスステージ！　最高に気持ち良さそう――っすけど、終わった後で先輩にめちゃくちゃドヤ顔されるって考えたら結構ウザいっすね。ウザいどころか願い下げっす。何なら利子付きで返済したいくらいっす」

「ああ。だから返せよ、って言ってんだ」

アイスコーヒーを一口飲んでから続ける。

「多分、俺たちが心の底から協力するのは不可能だ――何せ、目指してる結末《ゴール》が完全に真逆の位置にあるんだからな。俺とお前は〝敵〟だから、どうやったって相容《あいい》れない」

「……ま、そうっすね。そこは、泉もそう思うっす」

「でも、よく考えてみろよ泉。今回の【探偵】陣営は阿久津雅《あくつみやび》に枢木千梨《くるるぎせんり》、皆実雫《みなみしずく》に結川奏《ゆいかわかなで》……こんなの、どう考えても片手間で勝てるような相手じゃない。万全の状態で挑んでも勝敗が見えないレベルの強敵なんだから、仲間割れなんて弱点を抱えたまま突っ込んだら負けるに決まってる。だから、勝つためにあえて〝縛り〟を用意した」

そこまで言ったところで、俺は端末を取り出すと一つの《略奪品》を提示した。司令塔である彩園寺《さいおんじ》から託された消費型アビリティ。大して珍しいわけでもない代物《しろもの》だが、こいつの──《悪人なりの金勘定《バッドアカウント》》の効果は端的に言えば〝契約〟だ。プレイヤー間で任意の取り決めを交わし、それが達成されなければ〝逮捕〟される……というような。

「──いいか？」

そうして俺は、対面に座る泉小夜の顔を真っ直《ま す》ぐに見つめて切り出した。

「明日の《FM&S》で、俺は無理やりお前に力を貸す──《コアエンジン》を一つ潰すまでいくらでも扱《こ》き使《つか》われてやる。だけど、それが達成されたら今度はお前が必死で借りを返す番だ。じゃなきゃずっと俺に引け目を感じて、そのままついでに捕まるぞ」

「……何すか、それ。初めて聞いた脅し文句っすね」

「効かないか？」

「いいえ。正味、それをやられたら《略奪品》の効果なんかなくたって秒で突き返したいっす。力を貸さざるを得ないっす。あは……意外と頭いいんすね、先輩☆　泉の中での好感度がマイナス29まで跳ね上がったんで、無邪気に喜んでくれていいっすよ？」

微《かす》かに口元を緩ませながら挑むような視線を向けてくる泉《いずみ》。……どうやら、交渉成立と思っていいようだ。俺と彼女は間違っても協力体制なんか作れない――だからこそ恩を押し売りする。この一歩を踏み出すだけでいいんだ。だって、俺と泉小夜《さよ》が互いに敵愾心《てきがいしん》のような感情を抱いている限り、押し付け合いの連鎖《ループ》が途絶えることは決してない。

仲間とは程遠い概念だが――これなら、確かに共同戦線が成立する。

「す、すごいです、篠原《しのはら》さん……！　まさか、小夜ちゃんまで籠絡しちゃうなんて！」

「……いや、あの。別に籠絡されてはないっすよ、夜空《よぞら》姉？」

泉夜空がキラキラとした尊敬の眼差《まなざ》しで見つめてくるのを感じながら。

俺と泉小夜の〝チームB〟は、初めてまともな作戦会議を始めることにしたのだった。

♭

翌日。《FM&S》3ターン目、昼フェイズ終了間際。

（……何だか、今日はやけに順調ね）

【怪盗】陣営の昼フェイズ司令塔を務める桜花《おうか》の《女帝》――彩園寺更紗《さいおんじさらさ》は、館の二階右端にある小部屋に潜んで攻略状況を確認しつつ、内心でそんな感想を零《こぼ》していた。

この《大捕物《レイド》》では館内にある《コアエンジン》を破壊することで【探偵】側の武器を

封じることができる。ただしそれは〝直近フェイズの結果〟が参照されるため、少なくともこのターン中は【怪盗】陣営にとって不利な状況が続いてしまうと思っていた。

けれど、蓋を開けてみれば3ターン目は順調そのもの。

残り十五分を切った段階で稼働中の《コアエンジン》は三つだけであり、武器が出回っていなかった1ターン目とほぼ同じラインまで戦況を押し返すことができている。

（これなら3ターン目の夜フェイズは遠慮なく宝を盗める……それに、武器をほとんど潰せてるんだもの。次の昼フェイズだってかなり戦いやすくなるわ）

赤の長髪をさらりと揺らしながら上機嫌に頷《うなず》く更紗。

彼女の視線の先には【怪盗】全体の行動履歴《ログ》を示す画面が投影されている——それによれば、この3ターン目で最も多くの《コアエンジン》を無力化しているのはなんとチームB、篠原緋呂斗《ひろと》と泉小夜によるペアだ。道なき道を切り開く【飛行】の技能を活用し、ようやく本来の実力を発揮してくれているらしい。

もちろん二人が【飛行】技能を持っていることはとっくにバレているだろうが、それくらいは払ってもいい対価《コスト》だ。チームB以外では、唯一単独で動いている〝不死鳥〟こと久我崎晴嵐《がさきせいらん》がやけに被弾している——つまりは所持技能の情報が暴かれているようだが、これも含めて織り込み済み。ほぼ予定通りの進行だと言っていい。

よって、3ターン目は【怪盗】側の優勢。誰に訊《き》いてもきっとそう答えることだろう。

けれど——それでも、更紗《さらさ》だけは微《かす》かな疑念を抱いていた。

(守り方が、変わった……？)

……そう。

彼ら【探偵】陣営はこれまで、防衛のほとんどを枢木千梨《くるるぎせんり》と皆実雫《みなみしずく》の強力タッグに委ねていた。ほとんどというか、まあ全てだ。《FM&S》の【探偵】サイドには四人のプレイヤーが名を連ねているにも関わらず、残りの二人は姿を見せていなかった。

けれど、3ターン目から明確に動きが変わった。

『……ゆら……』

三階廊下の真ん中あたり。傍目《はため》には中途半端で何の変哲もないその場所に、一人の男が立っている。虚《うつ》ろな表情とやや猫背になった姿勢……普段はニヒルかつ爽やか（どちらも自称だ）な笑みを湛《たた》えている上級生だが、今はそんな様子など全くもって窺《うかが》えない。

——十五番区茨《いばら》学園代表・結川奏《ゆいかわかなで》。

「………」

おそらく、何かしらのアビリティか《調査道具》によって行動を〝支配〟されているのだろう。この仮想現実空間《VR》にいる彼は結川奏であって結川奏ではない。昨日の報告で『枢木千梨と皆実雫は何らかの強化《バフ》を受けているようだ』というものがあったが、彼に関してはほとんど乗っ取りの域だ。かなり厄介なアビリティだと言っていい。

　無論、ただ立っているだけなら無視すればいいのだが……彼のいる〝中途半端で何の変哲もない〟その場所は、更紗たち【怪盗】にとって重要な地点《ポイント》の一つである。

　というのも、

（……《コアエンジン》の目の前、なのよね）

　館内図《マップ》上の光点を指先でなぞりながら、更紗はそっと下唇を噛《か》み締《し》める。

【怪盗】陣営にとっての破壊対象である《コアエンジン》は通常【探偵】たちには感知できない仕様だが、さすがにこれは偶然なんかじゃないだろう。意識を乗っ取られた結川奏は、明らかにあの《コアエンジン》を守るために配置されている。

　ただ、その手のキャンプ——特定の場所での待ち伏せ行為——は、少なくともこの《大《レ》捕物《イド》》ではあまり効率がいいとは思えない。ルール改訂前ならともかく、現状の《ＦＭ＆Ｓ》は【探偵】四人に対して【怪盗】八人という人数設定だ。貴重な戦力を一つの《コアエンジン》に割き続けるなんて、守り方としてはやや贅沢《ぜいたく》に過ぎるだろう。

（どうせ何か狙いがあるんでしょうけど……ま、関係ないわ。いちいち警戒して攻め手を緩めてたら【怪盗】側の勝ち筋がどんどん薄くなっちゃうもの）

　自らへ言い聞かせるような形で結論を付けつつ静かに首を横に振る更紗。

　そして——3ターン目の昼フェイズが終わる直前、そういえば結川奏が守っていた《コアエンジン》はどの武器に対応するものだったのだろうと気になった彼女は、全軍の行動

を指揮する司令塔《リーダー》として念のため詳細を調べておくことにする……と、

……覗《のぞ》き込んだ端末の画面には、そんな単語が表示されていた。

【〝コアエンジン〟――対応技能：戦闘適性／対応武器：防衛獣】

《FM&S》3ターン目夜フェイズ：システム履歴《ログ》

【防衛機構：看破《シングル》システム――《戦闘適性》／盗難成功／判定：未所持】

【宝：残り三つ】

＃

『――先輩先輩、ねえ先輩？　ほらほら、泉《いずみ》にお礼言わなくていいんすか？　さっきのはかなりのファインプレーだったと思うんすけど～？』

「……はいはい。役に立ってくれてありがとな、囮役《おとり》」

『うざ！　そこはもっと素直に褒めて欲しかったっす。ぶーぶー』

文句を言いつつも上機嫌な泉小夜《さよ》が、そんな擬音を最後にピッと通信をオフにする。

《FM&S》4ターン目、昼フェイズ――昨日結んだ契約によってどうにか協力できる体制を整えた俺と彼女は、引き続き順調に《コアエンジン》の攻略を進めていた。

そもそも、泉小夜の分析力や観察力には目を瞠《みは》るものがある。例の食堂でも熱心にマップを眺めていたが、あれは初日の探索で発見した抜け道やら隠れ場所といった情報を整理していたようだ。これを全員に共有することで、俺たち【怪盗】陣営は昨日と比べて遥《はる》かに効率よくヒットアンドアウェイを繰り返すことができていた。

『……随分と仲良くなったようですね、ご主人様？』

「今ので仲良く見えるなら、これまでがちょっと険悪すぎただけだけどな……」

泉小夜と入れ替わりで聞こえてきた姫路《ひめじ》の声に苦笑いでそんな言葉を返す俺。現在は4ターン目が始まっておよそ三十分が経過したところだ。破壊された《コアエンジン》は全体で二つ。【探偵】側の武器が少ないこともあり、攻略のペースはそう悪くない。

けれど、イヤホンの向こうの姫路は『ただ……』と微《かす》かに怪訝《けげん》な声を零《こぼ》している。

『先ほどリナの言っていた〝方針変更〟の件が少し気になりますね。今まで枢木《くるるぎ》様と皆実《みなみ》様に防衛を任せていた【探偵】陣営が、ここに来て守り方を変えている……という』

「ん……まあ、な」

隠れ場所を求めて手近な部屋に入りつつ端的な同意を口にする。

【探偵】陣営の方針変更――それは、3ターン目の夜フェイズに彩園寺《さいおんじ》が共有してくれた異変のことだ。三人目の【探偵】である結川奏《ゆいかわかなで》の投入。表情が虚《うつ》ろでほとんど自我すらないように見える彼が、とある《コアエンジン》の前に張り付いていたらしい。

「でも、何ていうか……満を持して〝三人目〟が出てきた割にはインパクトが薄いような気もするんだよな。結川《ゆいかわ》が守ってた《コアエンジン》は確かに壊せなかったけど、まあそれだけって言えばそれだけだ。普通に動き回られた方がよっぽどキツい」

『ですね……一つの《コアエンジン》を守ることで大きな利益でもあるのでしょうか?』

「大きな利益、ね……」

姫路《ひめじ》の言葉を復唱しながらそっと右手を口元へ遣《や》る俺。

【探偵】側が特定の《コアエンジン》を守るメリット、と言われて真っ先に思い浮かぶのは、やはり《真の怪盗》の割り出しだ。既に真犯人がある程度絞り込めているなら、特定の武器を〝看破《シングル》〟に乗せるだけで《FM&S》を終わらせられる可能性がある。

ただ、俺たちが盗んだ宝はまだ二つだけ。さすがに二択や三択というレベルじゃない。

「だとしたら……まあ、そうだな。その《コアエンジン》に対応する武器を、昼フェイズでめちゃくちゃ使い倒そうとしてるとしか――」

……と。

俺がそこまで思考を巡らせた、瞬間だった。

『――っ、ご主人様!』

《ギャォオオオオオオウッ!!!!》

痛切な姫路の呼び掛けと、バケモノの叫び声と、扉が木《こ》っ端微塵《ぱみじん》に弾《はじ》け飛《と》ぶ音。

「――――」

そんなものに襲われてなお俺が平静を保てていたのは、おそらくそれらが発生するよりほんの一瞬だけ早くその可能性に気付けていたからだろう。先のターンで茨《いばら》学園の結川奏《かなで》を投入し、とある《コアエンジン》だけを徹底的に守っていた【探偵】陣営。彩園寺《さいおんじ》の報告によれば、彼が守っていたのは【防衛獣】なる武器に対応する《コアエンジン》だったそうだ。そして《真の怪盗》特定のためでないのだとしたら、彼ら【探偵】がピンポイントで《コアエンジン》を守る理由なんて武器獲得のためでしかない。

そのために結川を〝操れる〟ほどのプレイヤーがいるのだとすれば――

「あら……避《よ》けられてるとは思わなかったわ。意外としぶといのね、愚鈍？」

……細胞の全てが一息で凍り付くほど怜悧《れいり》な声音。

そんな第一声と共に砕け散った扉の奥から姿を現したのは、見慣れた一人のプレイヤーだった。すらりとした体躯《たいく》に銀灰色の長髪。ナチュラルにこちらを見下してくるような冷たい視線。それは、つい数日前まで俺と同じ地下牢獄《ろうごく》に閉じ込められていて、いつの間にか脱獄を成功させていた少女だ。《SFIA》でも《習熟戦《リフレイン》》でも俺の前に立ちはだかった大きな壁だ。かつては《ヘキサグラム》の参謀として佐伯薫《さえきかおる》を操り、現在は《アルビオン》の中核を為《な》す、あまりにも厄介な6ツ星の色付き星所持者《シングルカラー》だ。

どうやらこの状況を招いたらしい〝強敵〟を前に、俺は微《かす》かに頬《ほお》を歪《ゆが》ませた――。

「阿久津《あくつ》……雅《みやび》」

＃

『――【怪盗】陣営の全プレイヤーに共有するわ』

『もう巻き込まれている人も多いと思うけれど、さっきから館の中に大量の【防衛獣】が投入されてる。自立型の武器で、数はざっと三十体……ってところかしら』

『こいつらはランダムに徘徊《はいかい》するだけじゃなくて、ちゃんと【怪盗】を捕捉して追い掛けてくるわ。触られたら【猛毒薬】と同種のダメージ《D》カウンター《C》が乗るから気を付けて』

『とりあえず、現時点での【防衛獣】配置はみんなの端末にも転送しておくわね』

『脱落者が出ないことを祈って――……いいえ、信じてるから』

……阿久津雅の登場とほぼ同時にイヤホンから流れ込んできた彩園寺《さいおんじ》の指令。

それで大まかな状況を把握してから、俺は改めて対面の彼女に向き直ることにした。

「よう、阿久津。久し振り……ってほどでもないか。こんな場所《トコ》で会うなんて奇遇だな」

「そうかしら？　地下の牢獄《ろうごく》で鉢合わせするより奇遇な出来事なんて今後一生ないはずだけど……というか、何度もあるならそれは貴方《あなた》が厄病神なだけだと思うけど」

「あんなレア体験を基準にされたら大抵のことが日常茶飯事になるっての。……で」

そこで一旦言葉を止めると、俺は静かに視線を右へとスライドさせた。彼女の隣に控えているのは、この《大捕物《レイド》》に登場する武器の一種――【防衛獣】。自立型であり、見た目としては〝全体的にのっぺりとしたゲル状の人型生命体〟といったところか。

「そいつらはお前の差し金か、阿久津？　【防衛獣】ってのは普通ランダムに徘徊するだけの〝武器〟……【探偵】側の手駒《ペット》になる、なんて仕様は聞いてないんだけどな」

「貴方が聞いているかどうか、なんていう情報には一バイトの価値もないでしょ。そんなどうでもいいことしか言えないなら黙っていてくれる？　不愉快だから」

「泉《いずみ》のやつとは全く別の角度から刺してくるんだよな、お前は……」

身近にいる二大毒舌少女の片割れにジト目を返しつつ、俺は小さく溜《た》め息《いき》を吐《つ》いて。

「別に不平不満を漏らしたいわけじゃねえよ。どっちかっていうと、確認だ――枢木《くるるぎ》と皆《みな》実《み》にとんでもない〝強化〟を施したアビリティ。単純な《数値管理》系にしては強すぎると思ってたけど、行動を完全に乗っ取られた結川《ゆいかわ》とやけに従順な【防衛獣】《こいつら》を見てやっと確信した。こんなことができるのは色付き星の特殊アビリティしかない……で、だとしたら背後《バック》でそれを操ってるのはお前だ、阿久津」

「……ふうん？　能無しの三下《さんした》にしては及第点の推理ね」

銀灰色の長髪をさらりと揺らしながら突き放すような口調で告げる阿久津雅。彼女は胸元でそっと腕を組むと、氷点下の視線をこちらへ向けて淡々と続ける。

「その通りよ。この《FM&S》において【探偵】陣営の防御の要となっているのは、私の持つ〝宵〟の色付き星《ユニークスター》——付随する特殊アビリティは《支援／傀儡《かいらい》》。私が認めた一握りのプレイヤーには極上の〝支援〟を与え、そうでない相手は私の〝傀儡〟として意のままに操ることができるという変則的な補助効果ね。特に〝傀儡〟の方は使用条件が厳しいから、この手の仮想現実空間《VR》でもない限りなかなか使い道がないのだけど」

「ッ……何だよ、それ。随分と自己中心的なアビリティだな」

「だから何？　学園島《アカデミー》のプレイヤーなんて一人残らずそうでしょう」

　白い指先で耳周りの髪を掻《か》き上げた阿久津《あくつ》は俺の文句をたった一言で切り捨てる。

　——それにしても、

（強力な〝支援〟と洗脳じみた〝傀儡〟を両立させるアビリティか。なるほど、阿久津にはぴったりの効果だな……基本的には超有能な裏方として立ち回って、見切りをつけた相手は徹底的に切り捨てて手駒にする。つまり、枢木《くるるぎ》と皆実《みなみ》は合格ってわけだ。あいつらの能力を認めてるから最初は後方支援《バックアップ》に徹してた。で……）

　そう考えれば例の〝方針転換〟にも納得がいく。おそらく彼女は、もはや枢木と皆実だけでは戦線を維持できないと判断したのだろう。故に〝傀儡〟にするべき手駒が大量に必要だった——【防衛獣】に対応する《コアエンジン》を守っていたのはそのためだ。

「……ちなみに、例の《コアエンジン》はどうやって見つけたんだ？　七分の一の運に頼ったってわけでもないだろうし、そもそも【探偵《おまえら》】には感知できない仕様だろ」

「ええ、そうね。だから彼──結川奏《ゆいかわかなで》を〝傀儡〟にしたんじゃない。支援をするほどのプレイヤーでは絶対にないけれど、便利な探索系の《調査道具》を温存していたから」

「…………」

同じ探偵ランク8なのに枢木や皆実とはえらい違いだな、とは言わないでおく。

「まあ、ともかく──」

会話を切り上げるように首を振りつつ室内へ踏み入ってくる阿久津雅《みやび》と【防衛獣《バケモノ》】。

「3ターン目を捨てた甲斐《かい》もあって、ようやく【探偵】側の防御体制は整ったと言っていいでしょう。愚鈍は愚鈍なりに己の無力を噛《か》み締《し》めるといいわ」

「……、チッ！」

静かに近付いてくる二人、もとい一人と一匹に背を向けて、俺は窓際へ駆け寄ることにした。縋《すが》るのはもちろん【飛行】の技能だ。序盤から使い倒しているこの能力はとっくに所持がバレているため、阿久津の前であっても遠慮なく使用できる。

『──ガイドを開始します、ご主人様』

三階への転移に成功した直後、イヤホンから流れ込んできたのは姫路《ひめじ》の声だ。

『まず、部屋を出て左方向には二体の【防衛獣】が控えているため、リスクなく通過できるのは右手側のみです。そのまま三つ隣の部屋に駆け込み、もう一度【飛行】の技能を使って二階に戻れば安全に――、っ！』

「……どうした、姫路《ひめじ》？」

『ダメですね……ようやく理解できました。阿久津《あくつ》様が放った【防衛獣】は約三十体。これだけで館中を制圧することは不可能ですが、彼らの存在により【怪盗】陣営の行動可能範囲が極端に狭められています。そして、行き着く先に待ち構えているのは枢木《くるるぎ》様と皆実《みなみ》様……要するに、この【防衛獣】たちの役目は〝制圧〟ではなく〝誘導〟です』

「……!?」

『実際、既にチームC――藤代《ふじしろ》様と泉夜空《いずみよぞら》様のペアは枢木様と接敵してしまっているようです。……今は、大人しく隠れている方が賢明なのかもしれません』

冷静な中にほんの少しだけ悔しげな雰囲気を纏《まと》わせながらポツリと零《こぼ》す姫路。

まあ、おそらくは彼女の意見が正しいのだろう――《FM&S》では【猛毒薬】や【防衛獣】からDC《カウンター》を十個もらわない限り〝即脱落〟することはないが、各種技能に対応する武器を撃ち込まれるだけでも充分以上に痛手である。何故《なぜ》なら所持技能がバレて《真の怪盗》候補が絞られれば絞られるほど、俺たち【怪盗】は宝を盗み出すのが難しくなるからだ。そうなれば、待っているのは緩やかな敗北でしかない。

「……ん……」

そこまで考えた辺りで、俺はポケットから端末を取り出してみることにした。
次いで展開したのは〝【探偵】陣営の想定推理状況〟なるテキストファイルだ。これは昼フェイズの司令塔《リーダー》を務める彩園寺《さいおんじ》が更新してくれている代物《しろもの》で、攻略履歴《ログ》を見る限りこの技能の所持はバレているだろう、というような……いわゆる逆推理の一覧である。

【篠原緋呂斗《しのはらひろと》：飛行／感度良好／■■（毒耐性／鍵開け×）】
【榎本進司《えのもとしんじ》：毒耐性／■■／■■（感度良好×）】
【浅宮七瀬《あさみやななせ》：高速移動／罠《わな》解除／■■（毒耐性／感度良好×）】
【彩園寺更紗《さらさ》：■■／■■／■■】
【藤代慶也《けいや》：鍵開け／戦闘適性／■■（飛行／高速移動×）】
【泉小夜《さよ》：飛行／感度良好／■■（戦闘適性×）】
【泉夜空：鍵開け／毒耐性／感度良好】
【久我崎晴嵐《くがさきせいらん》：罠解除／毒耐性／■■（飛行／戦闘適性／感度良好／鍵開け×）】
【〝真の怪盗〟：毒耐性or感度良好／■■／■■（戦闘適性×）】

——【探偵】側からすれば〝まずまず〟といった判明状況だろうか。
プレイヤーによってバレている技能の数にかなりの差があるのは、単純に【探偵】の前に身を晒《さら》す役割なのかどうかという問題だ。たとえば藤代と組んで常に最前線を攻めている泉夜空なんかは既に全ての技能が割れているし、遊撃部隊である久我崎も消去法で残りの、技、能、を、一、つ、に、確、定、で、き、る、く、ら、い、に、は〝未所持〟の情報が溜《た》まっている。少なくとも【探偵】側の視点では、久我崎《くがさき》の第三技能は【高速移動】で確定だ。

（今はまだ《真の怪盗》の所持技能がほとんどバレてないから、真犯人候補から外せるのは数人だけ……でも、これだけ全員の技能が割れてると宝を盗むのも一苦労だな）

防御側である【探偵】陣営の思考をトレースしつつ、小さく下唇を噛《か》む俺。……《FM&S》は、いわゆる〝人狼《じんろう》〟系の正体隠匿ゲームが下敷《ベース》きになっている。故にこちらの所持技能がバレていない間はある程度好き勝手に攻められるのだが、もしそこが全て看破されてしまったら推理なんて造作もないんだ。《大捕物《レイド》》終了は時間の問題になる。

俺たち【怪盗】陣営にとっては非常に苦しい状況。

打開するためにはやはり《コアエンジン》を潰さなければならないが、下手に飛び出すと自立型武器である【防衛獣】の群れに取り囲まれ、致命的な情報を奪われてしまいかねない。故にひたすら隠れてやり過ごさなければならない〝耐え〟の時間。

そんなものが十数分と続いて、陣営全体が完全に攻めあぐねたまま4ターン目の昼フェイズが終了してしまう――寸、前、だった。

『ふむ。……待たせたな篠原《しのはら》、もとい【怪盗】陣営全軍』

「！」

それは、唐突に右耳のイヤホンから流れ込んできた声だった。あまり感情の起伏を感じさせない淡々とした響きだが、それでも確かに人を鼓舞する力を持つ声音。学園島《アカデミー》四番区英明《えいめい》学園生徒会長——榎本進司《えのもとしんじ》は、いつも通りの口調でこう告げる。

『解析完了だ。次のターンより、僕たち【怪盗】陣営は【防衛獣】への反撃を開始する』

b

——《FM&S》5ターン目、昼フェイズ。

昨日の午後に行われた4ターン目は終始【探偵】側のペースだった。破壊できた《コアエンジン》はたったの二つ、当然ながら宝など盗めていない。そして、阿久津雅《あくつみやび》の色付《ユニーク》き星《スター》《支援／傀儡《かいらい》》を介した攻勢は、何も先ほどのターンに限った話ではない。

……ここで。

そもそもの話として、通常の【防衛獣】は館の中をランダムに徘徊《はいかい》するだけの障害物に近い武器だ。【怪盗】技能の一つである【戦闘適性】があればもちろん撃破できるし、そうでなくとも〝接触〟さえ避ければ追い縋《おいすが》ってくるようなことはない。

けれど阿久津の【防衛獣】が厄介なのは容赦なく追撃をしてくる点、そして決まって何かしらの武器を追加で持たされている点だろう。彼らは【猛毒薬】やら【鈍足弾】やらで武装しているため、こちらが【戦闘適性】を持っているだけでは迂闊《うかつ》に近付くことができない。安全に無力化するには――少なくとも二つ以上の――技能が要る。

というのが〝通例〟だ。

『――屈《かが》め七瀬《ななせ》、そのまま二秒後に右サイドへ跳ねろ』

『え、わ、ちょっ……も、もう！　まーた無茶《むちゃ》なことさせるじゃんバカ進司《しんじ》！』

『出来ているのだから無茶ということはないだろう。跳ねなければ【妨害電波】の流れ弾が七瀬の頭に直撃していた。……まあ、危うくなったら再使用時間《クールタイム》に注意しつつ【高速移動】を使うといい。七瀬がその技能を持っていることなどとっくの昔にバレている』

『あーね、そりゃこんだけ前線にいたらバレるよね。ってか……これさ、全員直接殴んないと倒せないのかな？　ウチも武器とか使いたいんですけど』

『七瀬に武器など使いこなせるはずがないだろう。というより……』

端末の画面上で一気に消えていく青色の光点――つい一瞬前まで【防衛獣】たちの生存を示していたはずのそれらを見て、榎本《えのもと》進司はふぅと静かに息を吐き出す。

『……武器まで使い始めたら、いよいよ動物保護団体か何かに訴えられるぞ？』

『ええっ!?　な、何でウチが訴えられなきゃいけないワケ!?』

端末の向こうで『ぶーぶー！』と抗議じみた声を上げる浅宮《あさみや》。

だが、まあ――もしもこの《大捕物《レイド》》がisland tube《アイ・チューブ》か何かで生配信されていたとしたら、視聴者の多くが榎本と似たような感想を抱いたことだろう。今はまだ5ターン目が始まってから十五分かそこら。たったそれだけの時間で、チームAの切り込み隊長である浅宮七瀬は館の中にいる【防衛獣】を半数以下にまで減らしてしまった。

まさしく偉業だ。何なら神業ですらある。

『んー、それにしても……』

榎本が無言で思考を巡らせていると、不意にそんな呟《つぶや》きが耳朶《じだ》を打った。

『相変わらず、なんだけどさ。進司ってば、何で【防衛獣《あいつら》】の動きがそんな当たり前みたいに読めるワケ？　普通に意味わかんないんだけど』

『ああ……本来の〝ランダムな挙動〟であれば読めなかったが、今の連中は阿久津雅《あくつみやび》の傀儡《かいらい》になっているからな。全体的に統率の取れた、意思の感じられる動きだ』

『ふぅん……？　ってコトは進司、雅ちゃんより頭いいんだ？　ちょっと意外かも』

『そう短絡的な話ではないが……』

否定のつもりで首を振る。プレイヤーとしての能力値を考えた場合、榎本進司が阿久津雅に勝っているかと問われれば基本的には否《いな》だろう。記憶力が物を言う《決闘《ゲーム》》なら圧倒できるかもしれないが、総合力は彼女の方が上だと認識している。けれどそれでも、彼女の〝傀儡《ペット》〟に後れを取るほど耄碌《もうろく》した覚えはない……というだけの話だ。

――それに、もう一つ理由があるとすれば。

『期末総力戦《パラドックス》は僕たちにとって最後の大規模《決闘《ゲーム》》だ。生徒会長として……もとい先輩として、最後くらいは英明の救世主に花を持たせてやらなければならないからな」

『なるほど。……進司《しんじ》、やっぱスーパーツンデレじゃん？』

『…………、右』

『わ、ちょっ!? い、今わざと指示遅らせたでしょ!? 進司!? おーい!!』

#

「……本当に、ムカつく」

5ターン目昼フェイズ、中盤。

俺は、再び【探偵】陣営の《凪《なぎ》の蒼炎《そうえん》》――聖ロザリアの皆実《みなみ》雫《しずく》と対峙《たいじ》していた。

「いやいや……〝ムカつく〟はこっちの台詞《せりふ》だっての」

《コアエンジン》の探索中に枢木《くるるぎ》と鉢合わせし、手近な部屋に飛び込んだところを【防衛獣】に奇襲され、無理やり【飛行】で下の階に逃げたにも関わらず二つ先の部屋で皆実に待ち構えられていた……という散々な経緯を思い返しつつ、俺は目の前の少女に溜《た》め息《いき》交じりの返答を告げる。聖ロザリアの清楚《せいそ》な制服。眠たげな青の瞳。何だかんだでこの手の大規模《決闘《ゲーム》》ではいつも彼女が俺の前に立ち塞がっているような気がする。

前髪の隙間からじっとこちらを見つめつつ、対面の皆実は「む……」と言葉を紡ぐ。

「そんなことは、ない……ムカつくのは、こっち。だって、ストーカーさんなのに逃げてばっかり……名前に、偽りあり。これじゃ、わたしがストーカーさん……」

「《FM&S》がそういうルールの《大捕物《レイド》》なんだから仕方ないだろ？　俺達は〝逃げる側〟でお前らは〝追う側〟なんだ。そっちがストーカーさんで合ってるよ」

「？　じゃあ、ストーカーさんはこっちに来るべき。逃げちゃ、ダメ……」

「……残念ながら、そういうわけにもいかないんだよな」

ルール無用の勧誘に小さく肩を竦《すく》めて返す俺。

相変わらず無気力で気怠《けだる》げな彼女だが……実を言えば、現状はかなり詰んでいる。というのも、廊下へ続く扉には他でもない皆実雫が張っていて、両サイドにある隣の部屋へ抜けるための扉にはいずれも【大罠《わな》】が仕掛けられたうえに【防衛獣】まで控えているからだ。全体履歴《ログ》から施錠はされていないことが分かっているが、それでも【戦闘適性】技能と【罠解除】技能を同時に持つ【怪盗】でなければ突破できないことになる。

故に、脱出するなら正面——すなわち、皆実の脇をすり抜けるしかないのだが。

「？　ストーカーさんが、じっと見てくる……もしかして、告白？　今、ここで……？」

「どう考えても違うだろうが。……お前が持ってる〝銃〟を見てたんだよ」

微《かす》かに頬《ほお》を引《ひ》き攣《つ》らせながらそんな言葉を口にする。

【探偵】たちの攻撃を可視化するための凶器——枢木の得物がいつもの木刀なら、皆実のそれは銃だった。しかも全長が彼女の背丈くらいはあるような……誤解を恐れずに言うなら、格ゲーなんかで可愛《かわい》い女の子キャラが担いでいる大砲みたいなアレだ。

「とんでもなくゴツいの持ってるじゃねえか」

「ん。見た目は、趣味……これが、一番かっこいい。それに、中身も本物……今は【猛毒薬】の弾が入ってる。一撃……じゃないけど、十撃で必殺」

皆実《みなみ》が発したその言葉に、俺は「っ……」と密《ひそ》かに下唇を噛《か》み締《し》める。

既に何度かお目に掛かっている通り、この《大捕物《レイド》》における【猛毒薬】は命中した相手にダメージカウンター《DC》を乗せる武器だ。DC《カウンター》は十個溜《た》まるとその瞬間に〝逮捕〟扱いとなり、当然ながら《FM&S》からも追放される。ターン終了時点でリセットされるため通常はそこまで脅威というわけじゃないが、しかしDC《カウンター》を与える効果を持つ武器は【猛毒薬】と【大罠《わな》】と【防衛獣】の三種類。遭遇する機会はそれなりにある。

そして俺は――篠原緋呂斗は【毒耐性】の技能を持っていない。

凶悪な弾が込められた大型銃を担ぎつつ、皆実雫《しずく》はさらりと青の髪を揺らす。

「途中参加のストーカーさんにこれを撃つのは、あまりに酷……でも、ここは戦場。お情けは、厳禁……違う？」

「違わない。……だけど」

皆実の問いに同意しつつ、俺は左右に視線を遣《や》った。【大罠】と【防衛獣】の二重防御が施された両サイドの扉。そこを抜けられれば、ひとまずこの窮地は脱出できる。

　だから俺は、ニヤリと口角を持ち上げながら返す刀で一言。

「そんなものを食らってやる義理なんか俺には一ミリもない——違うか？」

「……本気で、言ってる？　そんなの、有り得ない……」

　微《かす》かに目を細めて淡々と否定の言葉を口にする皆実。

「ストーカーさんは、さっき【飛行】を使ったばっかりだから……窓からは、逃げられない。それに、あと二枠のうち一つは【感度良好】……最後の一つが何だとしても、ストーカーさんが【大罠】と【防衛獣】を両方潰すのは無理。万が一抜けられても、隣の部屋には外から鍵が掛かってる……準備、万端。袋のネズミ……」

「って……施錠確認までしてやがるのかよ。そいつは随分と抜け目がないな、皆実」

「逃げ場をなくす、大作戦。ストーカーさんのストーカーさんとは、わたしのこと……」

　こくこくと頷《うなず》く皆実。この場を切り抜けたいなら口調こそ冗談めかしているが、彼女の性格と実力からして嘘《うそ》ではないだろう。この場を切り抜けたいなら【戦闘適性】と【罠解除】と【鍵開け】の技能が全て揃《そろ》っていなければならないと、皆実雫はそう言っている。

「……ま、最後の一つは【飛行】でも代用できるんだけどな」

「？　何か、言った……？」

「ん？　ああ、言ったな——そろそろ逃亡準備が整った、って」

　瞬間、ニヤリと口角を持ち上げて。

「っ……！」

トンッ、とイヤホンを叩《たた》いた直後、俺は身体《からだ》を翻《ひるがえ》して右方向へ駆け出していた。後ろの皆実《みなみ》が大砲のような銃を構え直している隙に、隣の部屋へ繋《つな》がる扉の前まで辿《たど》り着く。

《ギャォオオオウッ！》

「うるせえよ」

そうして右手を一閃《いっせん》――正面から襲い掛かってきた【防衛獣】を、三つ目の所持技能である【戦闘適性】によって青い粒子へと変換する。……そう。阿久津《あくつ》との遭遇時は技能隠匿のため伏せていたが、俺の技能は【飛行】と【感度良好】と【戦闘適性】の三つだ。つまり【防衛獣】には対処できても残る【大罠《わな》】はどうしようもない。

「残念、無念……ストーカーさんは、えっちな罠の餌食。凄惨な、有り様……」

「どうかな――！」

けれど。

「……、え？」

【防衛獣】の消滅に際する青色の粒子がキラキラと舞い散る中で、その隣に仕掛けられていた【大罠】が問答無用で分解される――皆実が珍しく驚いたような声を零《こぼ》しているのが聞こえるが、何も不正《ズル》を行ったというわけじゃない。むしろ王道と言える戦法だ。

「っと……助けに来てあげたっすよ、先輩？　押し売りされた〝恩〟を返しに来たっす☆」

――泉小夜《いずみさよ》。

そう。開かれた扉の向こうで端末を片手に小悪魔めいた笑みを浮かべていたのは、彩園寺《さいおんじ》家の影の守護者であり《FM&S》における俺の〝相棒《ペア》〟でもある少女だった。薄紫のツインテールにあざとい萌《も》え袖。スカートの裾からは眩《まばゆ》い太ももが覗《のぞ》いている。

「……何見てるんすか、エロ先輩。それ以上はお金取るっすよ？」

「…………」

こうやって不意打ちでからかってくるので依然として苦手ではあるが。

それでも、泉小夜が【怪盗】側プレイヤーとして頼りになるのは確かだった。彼女は少し前から隣の部屋に潜んで俺を助けるタイミングを――否《いな》、俺に〝借り〟を押し付け返す機会を今か今かと窺《うかが》っていたんだ。そうして俺の合図に応じて扉の向こうから【大罠】を潰してみせた。方法は単純だ、何しろ彼女は【罠解除】の技能を持っている。

「でも、無駄……」

と――その時、背後から囁《ささや》くような声が耳朶《じだ》を打った。青の髪を微《かす》かに揺らす《凪《なぎ》の蒼《そう》炎《えん》》が、たった今俺が抜けてきた扉の奥から巨大な銃でこちらへ狙いを定めている。

「その部屋は、行き止まり……【鍵開け】の技能がないと、出られない。ストーカーさんとツインテちゃんは、ここでおしまい……」

「や、何言ってるんすか皆実《みなみ》先輩？　別にそんなことはないっすよ」

淡々とした皆実の勝利宣言に対し、泉小夜《いずみさよ》はあざとい仕草で首を振ってからくるりと彼女に背を向けた。そうして窓枠に手を掛けてから不意に「……ぁ」と思い出したように俺の方を振り向くと、相変わらず萌《も》え袖な手をちょこんとこちらへ伸ばして。

「いいっすか、よわよわ先輩？　今だけ、泉が特別に手握らせてあげるんで──ドキドキするくらいなら許してあげるっすけど、無理やり襲ってこないでくださいね？」

「はいはい。高所恐怖症だから、って理由以外でドキドキする予定は全くねえよ」

「それはそれでムカつくっすけど……ま、いいっす」

──【飛行】技能発動。

序盤こそ全く機能していなかったが、そもそも俺たち【怪盗】陣営の基本方針は〝ペア攻略〟だ。中でも俺と泉小夜のチームＢが行動の軸にしているのは【飛行】技能。確かに俺は再使用時間《クールタイム》の消化中だが、彼女の方は全く問題なく使用できる。

だからこそ、

「ぁ………逃げられた」

ほんの少しだけ悔しそうな皆実の声をＢＧＭに、俺と泉は鮮やかに上階へ逃れていた。

＃＃

【《FM&S》5ターン目夜フェイズ：システム履歴《ログ》】
【防衛機構：看破《シングル》《高速移動》&防御《ダブル》《鍵開けor罠《わな》解除》／盗難成功／判定：未所持】
【宝：残り二つ】

【――探偵側推理状況――】
【篠原緋呂斗《しのはらひろと》：飛行／感度良好／戦闘適性】
【榎本進司《えのもとしんじ》：毒耐性／高速移動／■■（感度良好×）】
【浅宮七瀬《あさみやななせ》：高速移動／罠解除／■■（毒耐性／感度良好×）】
【彩園寺更紗《さいおんじさらさ》：高速移動／■■／■■】
【藤代慶也《ふじしろけいや》：鍵開け／戦闘適性／感度良好】
【泉小夜：飛行／感度良好／罠解除】
【泉夜空《よぞら》：鍵開け／毒耐性／感度良好】
【久我崎晴嵐《くがさきせいらん》：罠解除／毒耐性／■■（飛行／戦闘適性／感度良好／鍵開け×）】
【〝真の怪盗〟：毒耐性or感度良好／鍵開けor罠解除／■■（高速移動／戦闘適性×）】
【残り容疑者（探偵視点）：泉小夜／泉夜空】

♯

続く6ターン目——夜フェイズ。

今回の昼フェイズは両陣営ともに大きく作戦を変えることなく臨んでおり、俺たち【怪盗】としては及第点の結果に終わった。《コアエンジン》はそれなりに潰せているし、新たに暴かれた所持技能も最低限。少なくとも悪い展開じゃない……のだが、

「……マズいことになったわね」

エントランスホールの真ん中で、豪奢《ごうしや》な赤の髪を揺らした彩園寺《さいおんじ》が溜《た》め息《いき》を吐《つ》く。

マズいことになった——まあ、現状を端的に説明するならそうなるだろう。6ターン目の昼フェイズ、基本的にはこれまでと同じ守り方を続けていた【探偵】陣営だが、最後の最後で阿久津雅が一つの《調査道具》を使用した。陣営全体で自由に割り振れる五つのアビリティ枠のラスト。昼フェイズ終了を示すチャイムが鳴り響くのと同時、全プレイヤーの端末画面に表示されたのは《改造済みの時計《チートクロック》》なる名称だ。

「チッ……マズいどころの騒ぎじゃねェだろ、大将」

微《かす》かな焦《あせ》りと苛立《いらだ》ちを感じさせる声音で、藤代慶也《ふじしろけいや》が彩園寺の言葉に同調する。

「《改造済みの時計《チートクロック》》って言やァ、ランク8以上の【探偵】じゃなきゃ使えねェ相当上位の《調査道具》だ。《大捕物《レイド》》のルール文章《テキスト》そのものに干渉できる珍しい効果……コイツ

のせいで、この《FM&S》は最大10ターンから最大8ターンにまで削られた」

「ど、どどど、どうしましょう藤代さん……！　最大8ターンって、もう終盤です！　ごめんなさいごめんなさい、わ、わたしがのんびりしてたから――」

「うるせェ、騒ぐな。一ミリもテメェの責任じゃねェだろうが」

「ひうっ！　ご、ごごごごごめんなさいっ！」

「……だから」

涙目で頭を下げまくる泉夜空《いずみよぞら》と、額に指を押し当てて渋面を作る藤代。

相変わらずちぐはぐなコンビだが……確かにその通りだ。《改造済みの時計《チートクロック》》の効果により《FM&S》は最大8ターンで幕引きを迎える仕様《ルール》になってしまった。つまり、この夜フェイズを含めてたったの3ターンだ。相当に切羽詰まっていると言っていい。

「ん……まずは、篠原《しのはら》の考えを聞かせてもらいたいわね」

そこで彩園寺が、赤の長髪をさらりと揺らしながらこちらへ身体《からだ》を向けてきた。

「【怪盗】の勝利条件は、全ターン終了までに五つの宝を盗み出すこと……ただし、その前に《真の怪盗》がバレちゃったら【探偵】の勝ちでゲームセット。そして私たちは、今のところ三つの宝を手に入れているわ。あと二つ盗めば勝ち、ってわけね」

「ああ。だから、俺たちに〝宝を盗まない〟なんて選択肢は最初からない――あと三回の盗難チャンスのうち、必ず二回は盗みに入らなきゃいけない。で、今回だけど……」

言いながら、俺は端末を操作して現在設定されている防衛機構の状況を目の前に投影展開させることにした。今夜の宝に仕掛けられているのは【鍵開け】の〝看破《シングル》〟のみ――つまり、真犯人が【鍵開け】を持っているか否《いな》かを判定するだけのザル警備だ。

けれど、

「こいつはどう見ても罠だ。……ついさっきの昼フェイズ、俺たちが壊せなかった《コアエンジン》は三つある。だから宝の防衛機構だって本当はもっと重ね掛けできるはずなのに、あいつら【探偵】側は何故《なぜ》か【鍵開け】の看破《シングル》システムしか設定してない……さすがに誘い水だろ、これは。俺たちが飛び込みやすいように守りを緩くしてるんだ」

「……まあ、そうでしょうね」

自身がまとめている【探偵】陣営の想定推理状況――例の〝逆推理〟のことだ――をじっと見つめながら、彩園寺《さいおんじ》はこくりと一つ頷《うなず》いてみせる。

「だってもう、それさえ分かれば《真の怪盗》が一人に絞り込める状況だもの」

「ああそうだ。だから、普通ならここで盗みに入るのは有り得ない。今夜はあえて見送って、次の7ターン目でどうにか【鍵開け】やら【飛行】に対応する《コアエンジン》を狙い続けて真犯人が特定されないような状況を作るべきだ。……でも」

そこで一旦言葉を止める俺。

思い出すのは、数日前の作戦会議だ――館内に散らばる《コアエンジン》を攻める際の戦略として昼フェイズの司令塔《リーダー》である彩園寺更紗《さらさ》が打ち出した方針は二つ。一つは彼女自身が提案した〝ペア戦略〟であり、もう一つは俺が発案したアイデアの種を【怪盗】陣営の全員で打ち直して実戦レベルまで鍛え上げたモノだ。何ならペア戦略よりもずっとずっと根本的な、この《大捕物《レイド》》における全ての行動の中核を為《な》すような考え方。

「——ここは、宝を盗むべき場面だ」

たとえば俺と泉小夜《いずみさよ》が一切噛《か》み合っていなかった時も、阿久津《あくつ》の登場により【探偵】側の守りがもう一段階固くなった時も、これだけは常に守り続けていた。一度の例外もなく貫き通してきた。歴戦の【探偵】たちを騙《だま》し抜く、最初で最後のトリックだ。

「ハッ……だから、お前らのおかげだよ。おかげで【探偵】陣営の〝宣告〟は外れる」

一通り記憶を辿《たど》った辺りで、俺はニヤリと口角を上げることにした。

そう——そうだ。7ターン目の昼フェイズ、阿久津たち【探偵】陣営は間違いなく推理を外す。これは相手を侮っているというわけじゃなく、単に当たるはずがないからだ。今の【探偵】陣営が持っている情報で《真の怪盗》に辿り着くことは絶対にない。

「一回きりの宣告チャンスを外すんだから、この時点で【探偵】側の勝利条件は一つ潰れる……ま、そこまでは予定調和だ。ただ、それだけで【怪盗】陣営の勝ちが確定するってわけじゃない。盗まなきゃいけない宝はあと一つ残ってるし、それに【探偵】たちも形振《なりふ》り構わなくなるはずだからな。DC《カウンター》累積での〝即脱落〟も起こり得る」

「そうね。せっかく《真の怪盗》を上手《うま》く隠し通せても、たまたま脱落しちゃったらもう宝は盗めないもの。もちろん、誰がいなくなっても普通に大打撃だけれど……」

「ああ。……ってわけで、ここからの作戦は単純明快だ」

そこで、俺はエントランスホールに集まった【怪盗】たちをぐるりと見渡して。

微《かす》かに頬《ほお》を緩めながら、いつも以上に気取った口調でこう言った。

「【怪盗】は【怪盗】らしく——一人でも多く逃げ切るぞ」

b

「——…………………は？」

7ターン目、昼フェイズ。

《大捕物《レイド》》の再開と同時に〝宣告〟コマンドを実行した【探偵】陣営の枢木千梨《くるるぎせんり》は、直後に表示された【宣告は失敗しました】なるメッセージに呆然《ぼうぜん》と言葉を失っていた。

有り得ない。……有り得ない、はずだ。三つ目の宝が盗まれた時点で《真の怪盗》候補に残っていたのは泉夜空《いずみよぞら》と小夜《さよ》の二人だけ。そして昨夜、【怪盗】は【鍵開け】の看破《シングル》が施された宝を盗みにきた。結果はシロ——真犯人は【鍵開け】技能を持っていない。

故に《真の怪盗》は泉小夜だ。

状況証拠的にはそれで間違いないのだが、しかし彼女の宣告は〝失敗《ハズレ》〟に終わった。

（どうなっている……？　まさか、最後の【鍵開け】判定が虚偽《イカサマ》の類《たぐい》だったとでも？）

混乱と共に自問する枢木。すぐに思い至るのはその手の細工だが、とはいえそんなことは不可能だ。何せ【怪盗】だけが行動できる夜フェイズでは《略奪品》やアビリティの使用が完全に禁じられている。ただ、事実として泉小夜は《真の怪盗》ではなかった。

「っ……さすがだな、少年」

背中のポニーテールを揺らしながら枢木は悔しげにポツリと呟《つぶや》く。詳しい経緯はよく知らないが、どうせあの少年――天下無敵の7ツ星こと篠原緋呂斗《しのはらひろと》が〝何か〟をやったのだろう。やはり彼は別格だ。何というか、空恐ろしい気配《モノ》すら感じてしまう。

――と、

「そう……間違っていたのね、貴女《あなた》の推理」

「！」

そこで背後から掛けられた声に小さく目を見開きながら、枢木はゆっくりと身体《からだ》を反転させた。声の主は他でもない、この《FM&S》において【探偵】陣営の中核を為《な》すプレイヤー・阿久津雅だ。《支援／傀儡《かいらい》》アビリティを操る6ツ星の色付き星所持者《シングルカラー》。

（陣営選択会議で同席した越智春虎《おちはるとら》からも相当に研ぎ澄まされた雰囲気を感じたが……阿《あ》久津雅《くつみやび》。この女からも奴《ヤツ》と同様の冷たさを感じるな……）

やれやれ全く、と首を横に振る枢木《くるるぎ》。阿久津雅《あくつみやび》の才能が〝善〟なのか〝悪〟なのかは測りかねるところだが、少なくとも今は【探偵】陣営の仲間だ。栗花落《つゆり》女子を勝ち残らせるためにも、越智《おち》のシナリオに沿うためにも、積極的に手を取り合う必要がある。

「ふむ……どうする、阿久津殿。残る宝は一つ、さらに泉《いずみ》殿が〝ハズレ〟だったことで真犯人の特定も難しくなった。私たち【怪盗】陣営もこのままではジリ貧だ」

枢木千梨《せんり》による妥当な問い掛け。

それを受けて、銀灰色の長髪を静かに揺らした阿久津雅は冷酷な表情でこう言った。

「そうね。こうなったら仕方ないわ。もう推理なんて関係ない——今すぐに、潰す」

#

——こうなることは分かっていた。

俺は、薄暗い部屋で端末の画面を覗《のぞ》き込みながら小さく下唇を噛《か》み締《し》める。

《FM&S》7ターン目、昼フェイズ——《大捕物《レイド》》の終焉《しゅうえん》まで残り2ターンとなったこのタイミングで【探偵】陣営がまず行ったのは〝宣告〟だった。俺たちの中に潜む《真の怪盗》を特定することで館の宝を永久に守る、推理ゲームならではの勝利方法だ。

けれど【探偵】たちは推理《それ》を外した。

いや……まあ、俺たちにとってそのこと自体は意外でも何でもなかった。それもそのはず、何しろ【怪盗】陣営の戦略というのは端的に言えば誤誘導《ミスリード》。最初から【探偵】側の推理を外させることだけに特化した作戦だったんだから。

内容としてはこうだ。

まず前提として、この《大捕物《レイド》》では館内に散らばった《コアエンジン》が【探偵】側の武器に対応している。【探偵】たちが使用できる武器というのはあくまでも〝直前の昼フェイズで破壊されなかった《コアエンジン》に対応する種類《モノ》〟だけであり、その他の武器は選択肢にすら浮かばない。そもそも端末画面に表示される瞬間がない。

『だから――1ターン目からずっと、絶対に潰し続ける《コアエンジン》を作るんだ』

……作戦会議の際に自分で放った言葉を思い出す。

『対応する武器と技能は何でもいい。とにかく、そいつを最初のターンから毎回欠かさずに壊し続けるんだよ。生き残ってる《コアエンジン》が少なくなってくると一つ一つの守りが固くなるかもしれないから、必ず各ターンの最初にぶっ壊す』

『それが上手《うま》くいけば、対応する武器は《F M & S》に登場しない……要はなかったことになる。【探偵】側が知らない技能が最後まで存在し続けることになる』

――そう、そうだ。

実は、この館の中に《コアエンジン》は八基あるんだ。故に【怪盗】陣営の技能も【探偵】陣営の武器も八種類存在する。けれどその中の一つ——【不眠症／催涙弾】に対応する《コアエンジン》を俺たちが一度たりとも生存させなかったため、彼女たち【探偵】はその存在を知らないんだ。武器も技能も一つ少ない〝七種類〟だと思い込んでいる。

（……だから、枢木《くるるぎ》が《真の怪盗》を見誤るのは当然だ）

そんなことを考えながら、俺は〝逆推理〟の一覧に視線を落とす。

これらの情報に間違いなんてものは欠片《かけら》もないのだが……《コアエンジン》の完全封印という荒業があったため、唯一消去法というやり方にだけ漏れが発生してしまう。未所持技能の情報が溜《た》まることによる副次的な確定手段こと〝消去法〟——それは、彼女たちが認識すらしていなかった〝八つめの技能〟が登場するだけでいとも容易《たやす》く崩壊する。

——つまり。

俺たちの中にいる《真の怪盗》とは6ツ星の不死鳥・久我崎晴嵐その人だ。

おそらく【探偵】たちはまだそれに気付いていないのだろう。仕組み《トリック》くらいはバレているかもしれないが、一瞬で久我崎《くがさき》まで思考を結び付けられるとはとても思えない。

というか……その推測が正しいことは、今の戦況が如実《にょじつ》に物語っている。

『——改めてご報告します、ご主人様。7ターン目に入ってから、館内に配備された全ての【防衛獣】が行動パターンを変更……これまでのような誘導型の配置ではなく、積極的に【怪盗】を追い掛けて【猛毒薬】等で攻撃してくる追跡型に進化しています。おそらくですが、阿久津《あくつ》様の狙いは【怪盗】陣営の強制排除かと……』

「……ま、そうだろうな」

イヤホンから聞こえる姫路《ひめじ》の声に同意を返しつつ、俺は端末の画面を切り替える。

そうして目の前に投影展開させたのは【怪盗】陣営全体の行動履歴《ログ》だ。中でも注目すべきは使用された武器を示す〝被弾状況〟の一覧。今までは【怪盗】側の技能を特定するため満遍なく散らされていたはずのそれが、このターンに入ってからは【猛毒薬】と【防衛獣】――すなわちDC《カウンター》を発生させる武器に集中していることが分かる。

「…………」

つまりは、先ほど姫路が零《こぼ》した推測の通りだ。俺たちの隠蔽工作にまんまと嵌《は》まって勝利条件の一つを失った【探偵】たちは、強制的に【怪盗】を追放する作戦に切り替えたのだろう。どうせこの《大捕物《レイド》》はあと2ターンで終わるのだから、推理を修正するより力業に出てしまった方が早いという合理的な判断だ。

……一度きりの〝宣告〟が外れた以上、俺たち【怪盗】側が有利なのは間違いない。

けれど、それを踏まえても状況はなかなか厳しかった。

『ッ……！　失礼します、ご主人様。たった今、浅宮《あさみや》様と藤代《ふじしろ》様が相次いで十発目の【猛毒薬】に被弾しました。お二方とも《FM&S》から退場となります』

「ああ、確認した。……向こうからすれば、もう誰だっていいんだろうな。ここで《真の怪盗》を落とせれば儲《もう》けものだし、そうじゃなくても【怪盗】側の人数が減れば《コアエンジン》を壊しづらくなって、夜フェイズで宝を盗めない可能性が高くなる」

『ですね。ただ、そうなると……』

そこで逡巡《しゅんじゅん》したように言い淀《よど》む姫路。

姫路が言いたいことは何となく分かる——仮に【探偵】陣営の狙いが俺たちの推測通りなら、誰でもいいというのは少し違う。だって、彼女が逮捕されるようなことになれば直ちに《背水の陣《ハイスイノジン》》が無効化され、この《大捕物《レイド》》のルールも本来の鬼畜仕様に戻ってしまうからだ。故に彼女の脱落は【怪盗】陣営全体の敗北に直結する……かもしれない。

それに——何よりも、

「……ま、借りっぱなしには出来ない〝契約〟だからな」

自分自身へ言い聞かせるようにそう言って、俺は静かに立ち上がることにした。

♭

「っ……ウザい、っす！」

小さな身体《からだ》を振り回して、背後から迫ってきていた【防衛獣】の魔の手を躱《かわ》す。

《FM&S》7ターン目、昼フェイズ——一階のエントランスホールで大立ち回りを繰り広げる泉小夜《いずみさよ》は、美少女にあるまじき荒い息を吐きながら首筋の汗を拭っていた。

真犯人の〝宣告〟こそ失敗したものの、即座にダメージ武器主体の殲滅《せんめつ》作戦に切り替えてきた【探偵】陣営。次々に脱落していく【怪盗】たちと同様に、彼女も【毒耐性】の技能なんか持っていない。端末上に表示されたDC《カウンター》は既に〝8〟を数えていた。

「……案外しぶといのね、貴女《あなた》も」

そんな泉《いずみ》の視線の先にいるのは、この状況を作り出した張本人だ。学園島《アカデミー》最大の治安維持組織と言われていた《ヘキサグラム》の元幹部であり、現在は七番区森羅《しんら》高等学校に籍を移して《アルビオン》の中枢に食い込んでいる女・阿久津雅《あくつみやび》。銀灰色の長髪が綺麗《きれい》な息を呑《の》むほどの美人だが、その表情は氷のように固く冷たい。

とはいえ、今の泉小夜《さよ》にとってそんなことは別にどうだっていい。

「うるさいっす……先輩みたいな不躾《ぶしつけ》な人を追い払うのが、泉と夜空《よぞら》姉の役目なんで」

「？　私みたいな、って？」

「あは、決まってるじゃないっすか。能力なんかないくせに、分不相応にも8ツ星に手を掛けようとしてる人たち……って意味っすよ」

呼吸を整えながら不格好な笑みを浮かべる泉小夜。

彼女が《アルビオン》を敵視している理由は、よわよわ先輩もとい篠原緋呂斗《しのはらひろと》に対するそれと全く同じだ。彼らは既に色付き星を六つ所持している。ここで桜花《おうか》が全滅するような事態になれば、既に外縁連合を掌握している森羅が期末総力戦《パラドックス》を勝ち抜ける未来は相当に濃厚なものとなるだろう。故にこの《大捕物《レイド》》だけは絶対に勝たせられない。

そんな泉の気迫を受けてもなお、対峙《たいじ》する阿久津雅の表情は涼しいままだ。

「ふぅん？　貴女たち〝守護者〟がどういう存在なのか、私は全く知らないけど……それはそっち、そっちの都合でしょ？　春虎《はるとら》の──《アルビオン》の野望は8ツ星にならないと達成できない。だから、目的を叶《かな》えるための手段として色付き星《ユニークスター》を集めているだけよ」

「っ……それで学園島《アカデミー》が崩壊することになっても、っすか？」

「そんな些細《ささい》なことには興味ないわね」

欠片《かけら》ほどの迷いも見せずに即答する阿久津雅。

対する泉の方はと言えば、視線を下に向けながら乾いた笑みを浮かべていた。何かの覚悟が決まったような感覚。薄紫のツインテールが微《かす》かに揺れて自身の視界を半分隠す。

「──……あは」

そして、

「それを聞けて良かったっす……じゃあ、遠慮なく泉にぶっ倒されてくださいっす!!」

言うが早いか、彼女は阿久津雅に向かって全力で駆け出していた。この《大捕物《レイド》》における【怪盗】は常に【探偵】から逃げる側であり、反撃する手段は一切ない。けれど司令塔である彩園寺更紗《さいおんじさらさ》の判断で、たった一つだけ〝拘束用〟の武器が導入されていた。

窮地を抜け出すための《略奪品》を指先で起動しつつ、泉は──

「あぐっ！」

「……悪いが、泉殿《いずみ》。その先には進めさせられない」

疾走中に横合いから殴りかかってきた剣圧に吹き飛ばされ、即座に〝行動不能〟状態に陥った泉小夜《さよ》の耳に静かな声が降ってきた。続けてコツコツと歩み寄ってきたのは、枢木《くるるぎ》千梨《せんり》——十六番区栗花落《つゆり》女子学園に所属する戦闘特化型《バーサーカー》の6ツ星ランカーだ。

「泉殿に特段の恨みはないが……阿久津《あくつ》殿を葬られてしまうと【探偵】陣営の作戦が全て破綻してしまうのでな。立ち上がってくるのなら何度でも私が盾になろう」

「……あは、いいんすか《鬼神の巫女《みこ》》さん？　そんな性悪女に扱《こ》き使《つか》われて」

「全く……そんな様《ザマ》で減らず口を叩《たた》けるのだから大したものね、貴女《あなた》も」

煽《あお》るように言う泉小夜に対し、枢木の代わりに軽い溜《た》め息《いき》を吐《つ》いてみせる阿久津。

「それじゃあ、せっかくだから命乞いの機会でも与えてあげる——《真の怪盗》は誰？」

そうして繰り出されたのは端的な質問だ。

「藤代慶也《ふじしろけいや》は違った。浅宮七瀬《あさみやななせ》も違った。貴女に関しては昨日の時点で既に〝ハズレ〟だと判明している。だったら誰が真犯人《当たり》なの？」

「……何で泉がそんなこと教えると思ってるんすか？」

「この《大捕物《レイド》》はどうせ【探偵】陣営の勝ちだから。貴女たちも無様な姿を晒《さら》し続ける趣味はないでしょう？　《真の怪盗》だけを強制排除して楽に殺してあげる、と言っているの。……別にいいのよ？　教えてくれないなら貴女を潰すだけだから。貴女が消えれば弱体化《デバフ》がなくなって、その時点で【怪盗】陣営の勝ち筋はほとんど潰《つい》える」

「こわこわな先輩っすね、こっちは……」

【猛毒薬】の弾丸が込められた銃を額に押し当てられながら、それでも泉はへらへらと返す。どんな甘言で唆されたところで《真の怪盗》を教えるつもりなんかない。

（というか……むしろ、このまま泉が生き残ればどう考えても勝つのは【怪盗】陣営の方っす。だから、どうにかして逃げ出したいところっすけど……）

さりげなく辺りを見渡してみる。……広いホールの中には阿久津雅《みやび》と枢木千梨、それから【防衛獣】が五体ほど集っている。もちろん、全員が【猛毒薬】の武器を装備中だ。仮に自由を取り戻せたとしても、単独でこの包囲網を突破できるとは思えない。

（援軍が来れば話は別っすけど……ま、さすがに有り得ないっすね）

自身の相棒《ペア》である【怪盗】のことを思い浮かべながら微《かす》かに自嘲する泉。

篠原緋呂斗《しのはらひろと》――学園島《アカデミー》唯一にして最強の7ツ星プレイヤー。散々〝よわよわ〟だなんだと煽《あお》っているが、彼ほどこの手の《決闘》に適性を持つ高ランカーは他にいない。何せ微塵《みじん》もクリアさせる気のなかった《E×E×E《クロス・イー》》すら突破されてしまったんだ。こんな絶望的な状況からでも、篠原緋呂斗なら助け出してくれるかもしれない……が、

（それこそ有り得ないっす。よわよわ先輩にとって、この《大捕物《レイド》》は〝泉が脱落した上

で【怪盗】陣営の勝ち〟っていうのが最高の結果……《背水の陣《ハイスイノジン》》がなくてもどうせ勝っちゃいそうっすから、ここで泉《いずみ》を助けるメリットなんか一つもないっす。例の〝契約〟だって、泉が戦場からいなくなれば恩返しも何もない……証明終了《QED》、っすね)

薄紫の髪を静かに振る。

やはり、どう考えても援軍は期待できない――だからこそ、ここは自力で突破しなければならない。泉の〝行動不能〟が途切れるまではあと数秒だ。阿久津雅《あくつみやび》も枢木千梨《せんり》も視線を逸《そ》らす気配は全くないが、それでも彼女自身がどうにかしなければならない。

(……無茶《むちゃ》、っすけど……)

諦めにも似た感情を内心に抱きながら、ぐっと足に力を込めて。

全身を縛る見えない糸が切れた、その瞬間――

「「「……ッ!?」」」

――広い館内を照らす全ての灯りが同時に落ちた。

♯

『よっし、電気系統の乗っ取り完了だよん！　行っちゃえヒロきゅん！』

(ありがとうございます、加賀谷《かがや》さん……!!)

館の中から全ての灯《あか》りが消滅した直後。

少し前から二階の廊下に身を潜めていた俺は、螺旋《らせん》階段の手摺《てす》り部分を滑り台のように利用しつつ、真っ暗なエントランスホールへと降り立っていた。

《グオ!?　グオオオオ！　グオオオオオォ!!》

突然の暗闇に一階の【防衛獣】たちはすっかり翻弄されている。本来《FM&S》という《大捕物《レイド》》に〝明るさ〟なんて要素《ギミック》はないが、フィールドが館である以上、機能としては〝ブレーカー〟の類《たぐい》がどこかに存在するはずだった。けれどその在処《ありか》を探している暇はとてもなかったため、加賀谷《かがや》さんに頼んで強制的に潰してもらったという経緯《いきさつ》だ。

『って言っても、ここの設備だと一分もしないうちに復旧しちゃうからねん！　あんまりゆっくりしてる暇はないかも……！』

イヤホン越しに提供される情報を叩《たた》き込《こ》みながら、俺は螺旋階段を抜けてエントランスの中央に差し掛かった。視界は既に暗視ゴーグルのような様式《モード》に切り替わっており、周囲の様子ははっきりと視認できる——が、とはいえ俺も【毒耐性】の技能を持っているというわけではない。迂闊《うかつ》に物音を立てないように注意しながら暗闇を進む。

「ッ……どこに隠れている、曲者《くせもの》!!」

（おわっ……!?）

乱暴に木刀を振り回す枢木《くるるぎ》にも極力近付かないように進行ルートを選びながら、俺はようやくお目当ての場所まで辿《たど》り着いた。暗闇の中で小さくなっている少女。つい一《いっ》ヶ月《かげつ》前に俺を誘拐し、現在もバチバチに対立している彩園寺《さいおんじ》家の影の守護者――泉小夜。

「……ふぇ？」

そんな彼女の腕を後ろから掴《つか》んだ刹那、呆《ほう》けたような声が俺の耳朶《じだ》を打った。戸惑いと混乱、それから困惑を含んだ吐息。さすがにこの距離なら俺が〝篠原緋呂斗《しのはらひろと》〟であることは分かっただろうが、故にこそ彼女は疑問と共に更なる言葉を紡ごうとする。

ただ、ここで声なんか出されたら一瞬で蜂の巣にされてしまうから。

（黙ってろよ守護者様――舌噛《か》むぜ？）

囁《ささや》くようにそう言って、俺は即座に【飛行】技能を使用する。

そして――パッ、と電気が復旧したのはその刹那だった。閃光弾《フラッシュ》代わりの明転、そこから最も早く立ち直ったのはやはり阿久津雅《あくつみやび》だ。彼女は銀灰色の髪を揺らすようにして辺りを見渡すと、螺旋《らせん》階段の上まで移動した俺と泉《いずみ》の姿を目聡《めざと》く見つける。

「ッ……追い掛けなさい！」

「――承った、阿久津殿」

微《かす》かに焦《あせ》りを感じさせる阿久津の指示を受け、飛び出してきたのは枢木千梨《くるるぎせんり》に他ならない。木刀を携えたままカンカンカン、と螺旋階段を踏み抜くような勢いで駆け上がってくる《鬼神の巫女《みこ》》。その姿を見た俺は泉小夜《さよ》の手を引っ掴みながら身体《からだ》を翻《ひるがえ》した。

「ちょ、ちょっ……あの、先輩⁉」

廊下を疾駆する傍《かたわ》ら、隣の泉が混乱したような口調で訊《き》いてくる。

「何で泉のこと助けて──っていうか、手！　手握ってるっす！　どさくさに紛《まぎ》れてセクハラしないでくださいっす！」

「はぁ!?　いや、手も触っちゃいけないならどうやって助けろってんだよ！」

「だから何で助けるんすか！　先輩と泉は敵・同・士っす!!」

「お前のためじゃねえよ馬鹿！　理由なんて、俺が勝つために決まってんだろ──!!」

この期《ご》に及んで意味不明なことを尋ねてくる泉に乱暴な言葉を返しながら、俺は手近な扉を開けて中へと転がり込むことにした。幸い室内に【防衛獣】はいないようだ。軽く呼吸して乱れた息を整えつつ、そのまま窓の近くへ歩み寄って──

「……残念。ここは、行き止まり……」

「っ!?」

──囁くような淡々とした声音に、思わずぞくっと背筋を震わせる。

続けてじわりと滲《にじ》み出るような形で《隠密《おんみつ》》アビリティを解除して俺たちの前に立ちはだかったのは、十四番区聖ロザリアの学区代表・皆実雫《みなみしずく》だった。青のショートヘアをさらりと揺らした《凪の蒼炎《なぎのそうえん》》は、例のドデカい大砲を真っ直《ます》ぐ泉小夜へと向けている。

「この部屋に飛び込んできたのが、運の尽き……ロマン砲の、餌食。ストーカーさんの連勝記録も、今回でお終《しま》い……つまり、わたしが新時代の魔王」

「お前……まさか、読んでたのか？　俺たちがここに逃げてくることも、全部……？」

「違う。完全に、たまたま……運の差で、ここにいた」

ふるふると首を横に振って告げる皆実《みなみ》。……まあ、それはそうか。俺がここに来ることなんて俺だって想像していなかった。理屈や理論では決して辿《たど》り着けなかった場所。けれどフィーリングで俺の行動を追跡する皆実は、稀《まれ》に〝偶然〟を引き寄せてしまう。

「でも……」

当の皆実はいつも通り眠たげな表情のまま続ける。

「このフェイズでわたしたちが勝つのは結局無理……でしょ？　多分、真犯人は不死鳥さん……だって、あの人だけさっきから一回も会ってない。行方《ゆくえ》が、不明……」

「へえ？　なかなか名推理じゃねえか」

「それは、そう……だってわたしは、迷宮なしの名探偵。真実は、大体一つ……」

ふふんと微《かす》かなドヤ顔と共に告げる皆実。

そうして彼女は、さらりと揺らした前髪の隙間から青い瞳でこちらを見つめる。

「今から不死鳥さんを探すのは、面倒……でも、今回は《コアエンジン》がほとんど壊されてない。宝の防衛機構は、満載……だからもう、あとはツインテちゃんさえ倒せば自動的に【探偵】の勝ち。その子の弱体化《デバフ》は、かなり厄介……可愛《かわい》さとは、裏腹に」

「……あは。皆実先輩にそんな風に思われてたなんて、泉嬉《いずみうれ》しいっす」

「？　そう……わたしは、入学した頃からマークしてた。ちょっとした、古参……」

「……泉、初めてちょっとびっくりしたっす」

思いもよらない言葉に驚いたような声を零《こぼ》す泉だが、皆実雫《しずく》とはこういうやつだ。

ともかく――青の髪を揺らした《凪《なぎ》の蒼炎《そうえん》》は、すちゃっと引き金に指を触れさせる。

「まあ、いい……これで、わたしたちの勝ち。ストーカーさん、悔しい？」

「ん……どうだろうな」

「ふ。その言い方は、ちゃんと悔しいやつ……それなら、満足」

ほんの少しだけ嬉しそうな口調でそう言って。

皆実がロマン砲による攻撃を今まさに解き放とうとした――瞬間だった。


「――甘いわね」


唐突に紛《まぎ》れ込んできた四人目の声。

妙に聞き覚えのあるその声が鼓膜を撫《な》でたと思った刹那、部屋の窓を外から突き破るようにして一つの人影が室内に転がり込んできた。そうして彼女は目にも留まらぬ速さで疾走すると、大砲の銃口を突き付けられていた泉小夜《さよ》の前に滑り込む。使われた技能は【飛行】と【高速移動】……その二つを共に持つ【怪盗】は陣営内に一人しかいない。

豪奢《ごうしゃ》な赤の長髪、意思の強い紅玉《ルビー》の瞳。

三番区桜花《おうか》学園の学区代表にして《FM&S》昼フェイズの司令塔《リーダー》は、すなわち彩園寺《さいおんじ》更紗《さらさ》は――十発目の【猛毒薬】をその身に受けて、ふらりと床に崩れ落ちる。

「…………は？」

そんな事態に最も早く反応を示したのは泉小夜《いずみさよ》だった。彼女は困惑に満ちた所作で両膝を床に突くと、呆然《ぼうぜん》とした表情のまま彩園寺の肩をぐいと揺らす。

「いや、ちょ……な、何やってるっすか更紗さん⁉」

「何って……」

既に〝即脱落〟の条件を完全に満たしてしまっているからだろう。青色の粒子に全身を包まれつつある彩園寺は、床に横たわったまま優しげな笑みを浮かべてみせる。

「見ての通り、小夜を守ったんじゃない。いつも守られてばかりだから、たまには身体《からだ》も張らないとね。……って、これだけ言うと良い話に聞こえるけれど、基本的には単なる損得勘定よ？《真の怪盗》を除けば、今の【怪盗】陣営で一番逮捕されちゃいけないのは私でも篠原《しのはら》でもなくて小夜だもの。貴女《あなた》が落ちたら【怪盗】は負ける」

「そ、それは、そうかもしれないっすけど……でも！」

下唇をぎゅっと噛《か》んで涙を堪《こら》えるようにしながら続ける泉。

「守られてばっかりって、そんなの当たり前じゃないっすか！　泉たちは更紗さんを守るための存在っすよ!?　守護者っすよ!?　更紗さんが脱落しちゃったら、泉——」

「……何よ？　まさか小夜、私がいなくなったらその瞬間に手でも抜くっていうの？」

「っ……そんなわけ、ないっす。死んでも桜花を勝たせるっす」

「でしょ？　だったら何も問題ないじゃない」

そこで一旦言葉を切って、ちらりと俺に紅玉《ルビー》の瞳を向ける彩園寺。

俺と目を合わせた彼女は微《かす》かに口元を緩めると、それから静かに目を瞑《つぶ》り……泉に、あるいは俺に〝未来〟を託すかのように、柔らかな口調でこう言った。

「それじゃあ——あとは任せたわ」

そんな言葉を最後に、桜花の《女帝》彩園寺更紗がふっとフィールドから姿を消す。

「っ……」

想像もしていなかった光景に思わず強く拳を握ってしまう俺。

いや——期末総力戦《パラドックス》のベースが〝ケイドロ〟である以上、もちろん一度捕まったらお終《しま》いというわけじゃない。現に水上《みなかみ》や辻《つじ》だって逮捕状態から救出されている。とはいえ、無敗の《女帝》が一時的にでも戦線を離脱するというのはそれだけで衝撃的だった。

「む……想定外の、戦果。白星どころか、大金星……？」

皆実《みなみ》としてもこの結果は意外だったようで、不思議そうにこてりと首を傾《かし》げている。

——だが。

だが――はっきり言って、俺はまだ分かっていなかったんだ。彩園寺更紗《さいおんじさらさ》が退場するという非常事態に最も悪い影響を受けてしまうのが誰なのか。最も自身を責めてしまうのが誰なのか。彩園寺家の影の守護者というのが一体どういう存在なのか……そして、泉家の当主という肩書きがどういう意味を持つのか、俺はきっと何も分かっていなかった。

「ぁ……ぁ……」

キィ、と微《かす》かな音がする。

見れば、隣の部屋に繋《つな》がる扉が開け放たれていた――【鍵開け】技能を持つ【怪盗】は数少ない。その中の一人であるチームCの片割れが、泉夜空が当の扉からこっそりと顔を出し、呆然《ぼうぜん》と目を見開きながら室内の様子を窺《うかが》っていた。

##

「――――ぁ」

ダメージカウンターの累積によって《FM&S》から追放された彩園寺。

そんな主《あるじ》の姿を見て、泉夜空《いずみよぞら》は明らかに異様な反応を示していた。

呆然自失――一言で表現するならそれが最も相応《ふさわ》しいだろう。何が起こっているのかまるで分からないとでもいうような、あるいは理解した上で完全に思考を放棄してしまっているかのような、虚《うつ》ろで壊れた〝無〟の表情。

「夜空、姉……」

そこで声を上げたのは泉小夜《さよ》だった。同じく彩園寺家の影の守護者である彼女だけは多少なりとも状況が理解できているのか、立ち上がって姉の元へ駆け寄ろうとする。

「だめ――」

けれど、それより早く皆実《みなみ》の方が動いていた。【毒耐性】を持つ泉夜空に【猛毒薬】の弾丸を撃ち込んでも意味がないため、とりあえず〝行動不能〟に持ち込もうという算段だろう。そんな目論見《もくろみ》は果たして上手《うま》くいき、皆実の手が夜空に触れる――が、

『【行動不能】→【無重力】』

「…………え？」

どこか人間味の薄いシステマチックな声が夜空の口から零《こぼ》れた瞬間、皆実の手は軽々と跳ね上げられていた。タッチによる〝行動不能〟が正しく機能していない……いや、それどころか全く真逆の強化でも掛かっているかのような謎の挙動だ。

「……ほう？　接触《タッチ》が効かぬのなら、こちらはどうだ【怪盗】――!!」

と――そこへ飛び込んできたのは《鬼神の巫女《みこ》》こと枢木千梨《くるるぎせんり》だった。阿久津《あくつ》の指示で俺たちを追い掛けてきたランク8の【探偵】。皆実による〝行動不能〟が一瞬で弾《はじ》かれたのを見るや、彼女は居合切りの要領で様々な武器を泉夜空へ叩《たた》き込《こ》む。

けれど、

『【鈍足弾】→【高速移動】』『【大罠《わな》】→【罠解除】』『【妨害電波】→【感度良好】』

「っ!? 何だ、これは……行動履歴《ログ》が、バグって……?」

『──《FM&S》を終わらせます』

無感情な声音でそう言って。

次の瞬間に起こったことを即座に理解できたプレイヤーなど、泉小夜《いずみさよ》以外にはただ一人としていなかっただろう──何しろ、館内にある全ての《コアエンジン》がほぼ同時に破壊されたのだ。何の脈絡もなく、前触れもなく、根拠もなく弾《はじ》け飛んだ。続けて泉夜空《よぞら》の身体《からだ》からどす黒いエフェクトの【猛毒薬】が霧散して、十個のDC加算で枢木と皆実を直ちにこの館から退場させる。《FM&S》に【探偵】側の離脱なんてルールはなかったはずなのに、そんな些末《さまつ》な事情などお構いなく……だ。

「な……」

あまりに圧倒的で一方的な展開に、俺は呆然《ぼうぜん》と言葉を零《こぼ》すしかない。まさか、とは思うが……これは、夜空がやったのか? 方法なんて全く分からない。何が起こったのかなんてまるで分からないが、この惨状は彼女によって引き起こされたものなのか?

「……あは」

その時、乾いた笑みを零したのは当の泉夜空──ではなく、小夜の方だった。館内図《マップ》から全ての光点が消えたのを見届けた彼女は、ちらりと扉の方を見遣《みや》って阿久津雅《あくつみやび》が来ていないことを確かめてから、薄紫の瞳を真《ま》っ直《す》ぐ俺に突き付けて続ける。

「先輩……よわよわ先輩、これで分かってくれましたか?」

「……何が、だよ。今のところ全く意味が分からない」

「ま、そうっすよね。……これが、泉家の当主が持つ資質なんすよ」

　ポツリと忌々《いまいま》しげに零される言葉。

「泉の方は、冥星をちょっとだけ上手く扱えるだけ……《背水の陣《ハイスイノジン》》みたいに〝冥星の効果を相手に押し付けることができるだけ〟っすけど、夜空姉は違うっす。そもそも冥星は泉家の当主が8ツ星昇格戦で使うことを目的に作られたものっすから、学園島の全員にとって〝負の効果〟を持つ冥星でも、夜空姉にとっては〝正の効果〟になるんすよ。要するに、弱体化の反転……それが夜空姉の持つ唯一無二の性質っす」

「ッ――――んだよ、それ」

「あはっ……だから言ってるんすよ、勝てないって」

　不格好に口角を持ち上げながら、どこか吐き捨てるように告げる泉小夜。

「これが泉家の当主っす。これが彩園寺《さいおんじ》家の影の守護者っす。これが8ツ星昇格戦のラスボスっす……！　先輩は、本当に勝てるんすか!?　夜空姉をちゃんと負かしてくれるんすか!?　大歓迎っすよ、勝てるものなら勝ってみてくださいっす!!!!」

　全力の煽《あお》りと挑発から構成された〝宣戦布告〟代わりの絶叫。

それと同時に、7ターン目の終了を示すチャイムが館内に鳴り響く——この時点で《真の怪盗》である久我崎晴嵐《くがさきせいらん》が生き残っており、さらには全ての《コアエンジン》が破壊されているため、今回の夜フェイズで宝を盗めることは実質的に確定した。つまり《FM&S》は俺たち【怪盗】陣営の勝利で終幕だ。英明学園《えいめい》も桜花学園《おうか》も、越智春虎《おちはるとら》の予言《シナリオ》から振り落とされることなくどうにか生き延びた……と言っていい。

ただ、その代償として俺の共犯者である彩園寺更紗《さいおんじさらさ》が逮捕されてしまった。

そして、それによって泉夜空《いずみよぞら》が覚醒——もとい〝暴走〟状態に突入してしまった。

（弱体化《デバフ》の反転……冥星を〝正の効果〟として使える特性、泉家当主の力。……それじゃあ、何だ？　俺はこれから、彩園寺が脱落した状態で越智春虎の〝予言〟と暴走中の泉夜空を——こんな連中を同時に相手取らなきゃいけないってのか⁉）

……そんな、あまりにも絶望的な予感に。

俺は静かに天を仰いでいた。

【《Fake Mystery & Survival》——終了。勝者：〝怪盗〟陣営】
【〝怪盗〟陣営：報酬として桜花《おうか》学園プレイヤーの全逮捕回避】
【〝探偵〟陣営：ペナルティとして累計逮捕人数から八人減少】
【特記事項：浅宮七瀬《あさみやななせ》、藤代慶也《ふじしろけいや》、枢木千梨《くるるぎせんり》、皆実雫《みなみしずく》、彩園寺更紗——〝逮捕〟】

♭♭

「ふふっ……」

——少女は船に乗っていた。

遥《はる》か遠い故郷へと運んでくれる連絡船。こっそり忍び込んだため客室ではなく貨物室の類《たぐい》だが、天候が穏やかなおかげもあってか乗り心地はそう悪くない。

彼女の手元にある電子端末には、目的地である学園島《アカデミー》で行われているとある《決闘《ゲーム》》の詳細情報が表示されている。……本来なら、あの島の情報はそれなりに高いセキュリティで守られている。だからこそ彼女は、自身が〝誘拐〟されて本土へ移る直前に、とびきりの非常事態が発生した時だけ連絡《アラート》が届くような仕組みを構築していた。

「わたしが島に戻ったら莉奈《りな》や雪《ゆき》に迷惑が掛かってしまうかもしれませんが……」

もちろんそれは理解している。理解しているが、その上での判断だ。彩園寺家の影の守護者——泉夜空を止める方法は、きっと彼女しか知らない。

「これは、元々わたしの問題ですから。彩園寺家の長女として——跡継ぎとして、本物のお嬢様として。篠原《しのはら》さんばかりに責任を押し付けるわけにはいきません」

……そんなわけで。

上機嫌に鼻歌を紡ぎながら、少女はにこにこと嫋《たお》やかな笑みを浮かべていた。

あとがき

こんにちは、もしくはこんばんは。久追遥希《くおうはるき》です。

この度は本作『ライアー・ライアー13　嘘《うそ》つき転校生は最悪の仲間たちと騙《だま》し合います。』をお手に取っていただき、誠にありがとうございます！

いかがでしたでしょうか……!?　地下牢獄《ろうごく》を脱出し、ついに期末総力戦《パラドックス》に合流した緋呂《ひろ》斗《と》！　敵と味方が目まぐるしく入れ替わる大規模《決闘《ゲーム》》で、対峙《たいじ》するのは《アルビオン》の首魁《しゆかい》・越智春虎《おちはるとら》に彩園寺《さいおんじ》家の影の守護者・泉《いずみ》姉妹を始めとする強敵たち……と、目が離せない展開になっています。ぜひ楽しんでいただければと!!

続きまして、謝辞です。

今巻も最強すぎるイラストで作品を彩ってくださったkonomi先生。挿絵も口絵も全て最高ですが、自分は特に表紙がめちゃ好きです！　やはり小悪魔ツインテは至高……。

担当編集様、並びにMF文庫J編集部の皆様。今回も最後までお力添えいただき本当にありがとうございました！　次巻も引き続きよろしくお願いいたします。

そして最後に、この本を読んでいただいた皆様に最大級の感謝を。

次巻もめちゃめちゃ気合い入れて書きますので、どうかお楽しみに……！

久追遥希

MF文庫J

ライアー・ライアー 13
嘘つき転校生は最悪の仲間たちと騙し合います。

2023年3月25日　初版発行

著者　久追遥希

発行者　山下直久

発行　株式会社KADOKAWA
〒102-8177 東京都千代田区富士見2-13-3
0570-002-301（ナビダイヤル）

印刷　株式会社広済堂ネクスト

製本　株式会社広済堂ネクスト

Printed in Japan　ISBN 978-4-04-682333-5 C0193

◇◇◇

【ファンレター、作品のご感想をお待ちしています】
〒102-0071 東京都千代田区富士見2-13-12
株式会社KADOKAWA　MF文庫J編集部気付「久追遥希先生」係「konomi（きのこのみ）先生」係